COLLECTION « BEST-SELLERS »

PATRICE LAVALLÉE
ROBERT LEROUX

L'ÉVANGILE
DE JUDAS

roman

ROBERT LAFFONT

© Éditions Robert Laffont ltée, 2004

ISBN 2-221-10032-8

À Nancy et Pina, avec amour

Remerciements

Beaucoup vous diront que la seule façon d'apprendre à écrire, c'est d'écrire. Ces gens ont raison, croyez-nous. Cependant, ils se sont bien gardés de dévoiler que l'accouchement n'était pas sans douleur. Un conseil alors pour tous ceux qui voudraient emprunter cette voie : persévérez, chers amis.

Cette histoire n'aurait jamais vu le jour sans les encouragements et l'appui indéfectible de Pauline Normand, notre éditrice. Mille mercis.

Une pensée particulière pour le Dr Louis Morissette, psychiatre, qui a si gentiment consacré son temps à répondre à nos nombreuses questions.

Merci encore à Sara Matos qui, sans le savoir, a enrichi ce roman, en proposant certaines lectures sur Internet.

Nous sommes très reconnaissants à André Rodrigue des Imprimeries Miro pour son appui technique, ainsi qu'à Minou Petrowski, Isabelle Richer et Yzabelle Martineau pour leur sens du détail et la justesse de leurs conseils.

Merci aussi à Natalie Lavallée pour son œil infaillible, ses suggestions et ses commentaires précieux au fur et à mesure que nous progressions dans cette histoire.

Et, finalement, nos remerciements tout particuliers à nos familles et amis pour leur soutien et leur amour.

Que représente une personne de moins
sur cette terre de toute façon ?
Ted Bundy

L'extrême terreur nous rend
les gestes de notre enfance.
Chazal

Je fus élevé par un démon
préparé à régner comme celui qui est,
je suis le seigneur du désert !
Un homme de fer des temps modernes.
KISS, *The God of Thunder*

Chapitre 1

15 octobre 2004
New York, 12 h 30

Le premier signe avant-coureur de l'été indien fut le soleil radieux qui accueillit le réveil des New-Yorkais ce matin-là. La seule trace qui subsistait des orages ayant balayé l'est des États-Unis depuis près d'un mois était l'asphalte détrempé. Même le vent frais du nord avait cédé sa place à une brise tiède qui laissait présager un jour rempli de promesses.

Un jour comme les adorait Vincent Tindo.

* * *

Le son du carillon tinta joyeusement lorsqu'il entra chez la fleuriste. Aussitôt, l'odeur pénétrante des tubéreuses l'envahit. Vincent se dirigea vers le comptoir encombré de rubans multicolores, de raphia, de fruits séchés et de pots en terre cuite de toutes les formes.

— Bonjour, monsieur, vous désirez ? Cette semaine, les roses et les marguerites sont en solde, précisa la fleuriste.

— Faites-moi un bouquet de lis, s'il vous plaît.

Grace le détailla à la dérobée. Il était sans contredit le type d'homme qu'on n'oublie pas : mince et large d'épaules, il portait une casquette des Yankees de New York sur ses cheveux blonds. Grace pensa qu'il devait être cultivé puisqu'il arborait à l'auriculaire une chevalière du MIT que seuls les diplômés de l'endroit pouvaient porter. « Le fiancé idéal », aurait gloussé sa copine Jill, si elle avait été là. Mais ce qui attirait surtout Grace, c'étaient ses immenses yeux bleus. Magnifiques, étincelants, envoûtants.

— C'est pour quelle occasion ?

— Pardon ? répondit Vincent qui sembla surpris de sa question.

— Est-ce pour une fête ? Un mariage ? Un anniversaire peut-être ?

— Non. Rien de spécial. Je tiens seulement à remercier… une amie qui a eu la grande gentillesse de me prêter son appartement pendant quelques jours.

Grace apprécia sa voix chaude et posée, rarement avait-elle été en présence d'un homme qui dégageait une telle assurance.

— C'est très galant de votre part, glissa celle-ci avant de s'engouffrer dans la serre vitrée pour y chercher les lis.

— Voilà !

Elle assortit le bouquet d'un joli ruban violet.

— Ça vous convient ?

Le sourire de Vincent s'élargit.

— C'est tout simplement splendide ! s'extasia-t-il. Mais ne le gardez pas trop longtemps près de votre visage.

— Pourquoi ? lui demanda-t-elle en fronçant les sourcils, intriguée.

— Parce que les fleurs faneront devant votre beauté.

Ils se regardèrent un instant et éclatèrent d'un rire simultané.

Vincent sortit son portefeuille et paya le bouquet.

* * *

Deux coins de rue plus loin, Vincent Tindo entra dans un Starbucks café. L'endroit était bondé, mais il réussit à se frayer un passage jusqu'au comptoir où il s'assit entre un vieillard et deux flics qui entretenaient une discussion animée. Il déposa son bouquet sur le comptoir.

— Qu'est-ce que je te sers, mon chou ? demanda le jeune serveur d'une voix efféminée.

Le garçon s'était accoudé au comptoir, bombant le torse sous son t-shirt blanc qui mettait en valeur un métissage qu'accentuaient les mèches dorées de ses cheveux crépus.

Tindo lui jeta un regard assassin. Il avait horreur de toute familiarité… douteuse de la part d'inconnus. Se penchant vers lui, il ponctua chaque mot d'un ton féroce que son regard ne démentait point.

— Je veux deux cafés. Un pour boire ici, l'autre, pour apporter. Compris ?

— Compris, répondit le serveur d'un ton tout aussi appuyé.

Pivotant sur lui-même, il se trémoussa en lançant :

— Tant pis pour vous. De toute façon, vous n'êtes pas mon genre.

— Vous terrorisez toujours les gens de cette façon ?

La voix était sèche et râpeuse comme du papier de verre.

Vincent se détourna, puis son attention fut attirée par le vieillard à côté de lui qui tenait une télévision portative en équilibre précaire sur ses genoux. Sans relever l'impertinence du ton, il répondit :

— Toujours. Disons que c'est une de mes spécialités. Ma plus grande spécialité, pour ainsi dire.

Le serveur apporta les consommations. Ses boucles d'oreilles s'agitèrent quand il hocha la tête d'un air de défi, en ajoutant :

— Voilà vos deux cafés. Merci et revenez nous voir.

— C'est un pédé, mais aussi un chic type, grommela le vieillard. C'est tout le contraire pour celui-là, ajouta-t-il en pointant de l'index son minuscule écran.

— Tyre Hands, ajouta le vieillard. En novembre, l'année prochaine, il deviendra à coup sûr notre prochain président. Ne trouvez-vous pas qu'il ressemble comme deux gouttes d'eau à Kennedy ?

Pendant quelques secondes, les deux clients observèrent à l'écran le politicien à l'allure intellectuelle, avec sa longue silhouette musclée et son chic costume marine. Seuls quelques fils gris dans sa chevelure brune et les ridules autour de ses yeux laissaient deviner qu'il approchait de la quarantaine.

— Ce type ne m'inspire pas du tout confiance. Et ce n'est pas juste le fait qu'il soit républicain. Il est… il est… bon sang ! Je ne sais pas trop comment l'expliquer.

Le septuagénaire semblait tout chamboulé.

— Vous le trouvez un peu tordu, peut-être ?

— Ce type, reprit le vieillard sur un ton de confidence, me donne des frissons dans le dos.

Près d'eux, les deux policiers, un homme et une femme, discutaient ferme.

— Je hais ces fouteurs de merde. Ils se servent toujours d'histoires morbides afin de faire mousser la vente de leur torchon. Tu vois ? Toutes les manchettes ne parlent que du Tueur fantôme.

Le pseudonyme qui émergea de ces bribes de conversation attira aussitôt l'attention de Tindo.

— Le Tueur fantôme ? demanda-t-il à sa voisine. Interrompant la discussion qu'elle entretenait avec son collègue, cette dernière le toisa d'un regard glacial.

— Vous débarquez de quelle planète ? Dans les journaux, on ne parle que de lui. Dieu que j'aimerais mettre la main sur cette ordure.

— C'est le type qui a tué dix femmes à Pretoria, intervint plus poliment l'autre flic.

À une centaine de kilomètres de New York, de l'autre côté du fleuve Hudson, dans le New Jersey, Pretoria était une petite ville de trente mille habitants vaguement connue pour son patrimoine historique

— Ah oui ! Ce mec-là ! reprit Vincent d'un ton laconique. Je sais maintenant de qui vous parlez. Mais il y a quelque chose qui m'intrigue. Pourquoi l'appelle-t-on le Tueur fantôme ?

— Pour vous résumer l'affaire, l'ami, enchaîna le flic aux tempes grises et au visage anguleux, avec les nouvelles technologies se rapportant à l'ADN, un tueur a plus de cent façons de se faire coincer, que ce soit par une fraction d'empreinte, un cheveu, un poil, une goutte de sperme, un peu de sang séché, et j'en passe. C'est un miracle quand il réussit à en éviter plus de la moitié. En vérité, il a autant de chance de réussir un meurtre parfait que de gagner à la loterie.

À contrecœur, il ajouta :

— Dans le cas présent, notre zigoto a réussi à faire le coup dix fois de suite.

16

En prononçant cette dernière phrase, les rides profondes de ses yeux et de son front s'accentuèrent, comme s'il prenait tout à coup conscience de la gravité de ses propos. Pourtant, Vincent nota dans son attitude un certain respect, presque une pointe d'admiration, pour le tueur qui déjouait le corps de police de Pretoria et toute l'équipe du FBI depuis près de sept mois.

— Je vous souhaite de l'attraper un jour, leur dit-il. Qui sait, peut-être avez-vous déjà pris un café et bavardé avec lui ? D'après ce que vous me dites, ce pourrait être n'importe qui.

Sur ce, il vida son café d'un trait, les salua et sortit.

* * *

— Bonjour, monsieur.

Le gardien affecté à la surveillance de la porte d'entrée de la tour d'habitation Skyliner du Lower Manhattan avait un air engageant.

— Vous m'excuserez de ne pouvoir vous serrer la main, lui répondit Vincent Tindo en lui rendant son sourire.

Il désigna du regard le sac en papier brun et le bouquet dont il était chargé.

— En finissant mon jogging, j'ai décidé de rapporter un café et des fleurs à madame Weist.

— C'est gentil à vous, monsieur.

— Vous croyez qu'elle les aimera ? interrogea Vincent, faussement anxieux tandis qu'ils se dirigeaient vers les ascenseurs :

— Je suis certain qu'elle sera ravie !

— J'y compte bien, répliqua Vincent, alors que les portes de l'ascenseur se refermaient sur lui.

* * *

L'appartement de Kelly Weist occupait tout le trente-septième étage.

Aussitôt arrivé, Vincent enfila des gants de latex et une charlotte sous laquelle il enfouit avec précaution ses cheveux. Puis, il déverrouilla la porte d'entrée avec la clé qu'il lui avait… empruntée. Dans l'appartement, il changea de chaussures — elles avaient deux pointures de plus que les siennes — et les couvrit d'une paire de chaussons de chirurgien bleus.

— Salut, chérie, lança-t-il.

Aucune réponse ne l'accueillit.

Vincent déposa le café sur la table basse du salon et alla chercher un vase dans l'une des armoires de la cuisine.

— Hum ! Tu as du goût, ma belle. Du cristal. Je vois que l'on partage un intérêt commun pour la pureté. C'est sympa, non ? Qu'en dis-tu ?

Le silence continuait d'emplir la pièce.

Vincent alla déposer le vase sur la table basse et prit un soin particulier à y disposer les fleurs. Puis, il les huma longuement.

— Elles sont magnifiques, n'est-ce pas ?

L'extase lui fit fermer les yeux un instant. Il regarda langoureusement la femme ligotée sur l'une des chaises de la salle à manger — réplique coûteuse de l'époque victorienne. Sa bouche était à ce point distendue par la balle de tennis qu'il lui avait enfoncée de force, que les commissures de ses lèvres étaient fendues, comme celles de Joker du film *Batman*. Le sang avait suinté sous le bâillon et maculait son menton. Elle était nue et des traces de flagellation zébraient son corps.

À travers ses paupières contusionnées, elle regarda son tortionnaire s'avancer vers elle et des borborygmes de terreur jaillirent de sa gorge.

— Voyons, mon bébé, ne pleure pas, Vincent est là, lui dit-il d'un ton apaisant en léchant ses larmes.

La fausse empathie du tueur terrorisa Kelly encore plus que sa colère.

Pendant les longues minutes où il l'avait laissée seule, elle avait eu tout le temps de se maudire de l'avoir fait monter, mais plus encore d'avoir cédé à l'influence de ses amies.

« Kelly, tu as tout pour toi : tu es séduisante, tu es riche et en passe de devenir l'avocate la plus en vue de New York avec l'affaire Thompson. À trente-quatre ans, il ne te manque qu'une chose dans la vie : un homme. Un vrai. Celui qui saura te donner le grand frisson. »

Le grand frisson, avait-elle pensé avec ironie. *Je vais crever.*
Dire qu'elle l'avait trouvé beau, charismatique, intelligent… et à la fois énigmatique et secret !

Ils avaient fait connaissance dans un bistrot du Lower
Manhattan où elle avait l'habitude d'aller, seule, siroter un
verre avant de rentrer potasser ses dossiers. Elle avait été
étonnée qu'un si bel homme — d'autant plus qu'il lui avait
paru plus jeune qu'elle — l'aborde avec un tel intérêt pour
la courtiser ensuite pendant toute une semaine. Il avait
même insisté pour mieux la connaître avant de faire
l'amour. Une perle rare !

Mais en ouvrant le coquillage, elle avait laissé s'échapper
un monstre redoutable.

D'une politesse exquise qui contrastait avec la brutalité
de ses propos, Vincent semblait goûter avec ravissement
cette agréable conversation à sens unique.

— Je suis vraiment peiné d'avoir à tuer le gardien de
l'immeuble.

Lancée sur un ton banal, cette phrase qui sonnait comme
une sentence vint confirmer les pires craintes de Kelly.

— Malheureusement pour ce pauvre homme, il a vu
mon visage. C'est une situation qui me désole beaucoup, je
trouvais ce bougre vraiment sympathique.

Vincent caressa la joue meurtrie de Kelly et il continua,
sur un ton plus léger :

— C'est dommage que nous ne puissions faire plus
ample connaissance. Ce n'est pas que je ne t'aime pas, mais
tu ne m'es plus d'aucune utilité. Dès cet après-midi, je
n'aurai plus besoin de ton hospitalité. Vois-tu, mon boulot à
New York tire à sa fin. Tu comprends, j'espère.

Kelly tenta de hurler, mais elle ne parvint qu'à émettre
un grognement.

— Ne rends pas la situation plus difficile qu'elle ne l'est
déjà, renchérit Vincent en se dirigeant vers la chaîne stéréo.
Moi aussi, je déteste les adieux et les départs ; ce sont
comme de petits meurtres.

Il enfonça une touche et aussitôt un son de cloches
d'église emplit le vaste appartement insonorisé.

— *Hell's Bells* d'AC/DC, cria Vincent pour couvrir le son
de la musique. Je mets toujours cette chanson quand je

m'apprête à travailler. Surtout si j'en ai pour une partie de la journée.

Il alla dans la chambre et en ressortit avec une mallette noire en tout point identique à celle que les médecins utilisaient à l'époque pour leurs visites à domicile. Une mallette dont il ne se séparait jamais. Elle contenait ses outils de travail. Avec délicatesse, Vincent déposa un écrin de velours sur la table du salon. Lorsqu'il l'ouvrit, les scalpels et autres objets métalliques étincelèrent dans la lumière vive. Il caressa ses outils comme un père la tête de ses enfants, tout en berçant son corps au rythme de la musique.

— Cesse de te tortiller ainsi, dit-il à Kelly en la voyant essayer de se soustraire à ses liens. Tu vas te faire du mal. Je dois t'avouer que je suis déçu à l'idée de quitter ton appartement. J'aime le luxe.

Il choisit une pince en métal qui ressemblait à une pince à sourcils.

— Bon, allons-y. Le temps presse. Je ne veux surtout pas être en retard à mon prochain rendez-vous.

Vincent s'approcha de Kelly en esquissant quelques pas de danse à la Fred Astaire. Il s'agenouilla devant elle et, bien qu'elle serrât de toutes ses forces ses genoux écorchés et ensanglantés l'un contre l'autre, Vincent parvint aisément à lui entrouvrir les jambes.

— Voilà. Super.

L'excitation qu'il ressentait à l'idée de la découper en morceaux était sans commune mesure avec tout ce qui pouvait exister au monde.

Vincent examina d'un œil attentif son pubis et les lèvres de son vagin — ou ce qu'il était capable de voir sous le sang croûteux et malodorant qui barbouillait l'intérieur des cuisses jusqu'au nombril. Il avait l'air boudeur d'un enfant qui a cassé son jouet. Le sang avait coagulé. Tant mieux. Il ne fallait pas tuer la patiente, tout de même ! Enfin, pas tout de suite.

— Tu excuseras ma maladresse. Comme tu peux le constater, je suis très malhabile avec un rasoir de barbier. Je sais. Je sais. Tu te demandes sans doute pourquoi je t'ai rasé la chatte alors que je n'ai aucun poil sur le corps ? Par simple mesure de précaution, très chère. Ma paranoïa m'a toujours

tenu à l'écart des barreaux, continua-t-il, froidement calcu-
lateur. Tu sais, ces petites coupures, ce n'est qu'une entrée
en matière. Attends de voir tantôt la jolie dentelle que je
ferai sur ton ventre — d'ici à ici (de son doigt, il dessina le
motif de son œuvre à venir, de la naissance de ses seins
jusqu'à son clitoris). Puisque tu as avalé mon sperme, je dois
t'enlever l'estomac. Il faut bien que je sois à la hauteur de
ma réputation !

À peine effleura-t-il ses blessures que Kelly rejeta la tête
et poussa un hurlement étouffé de douleur. Elle n'était plus
qu'une plaie. Comment avait-elle pu — elle, une jeune
avocate batailleuse, renommée pour savoir jouer des coudes
et pour sa froideur impitoyable —, comment avait-elle pu se
retrouver entre les mains de ce sadique ? Elle scrutait fié-
vreusement les moindres gestes de son tortionnaire pendant
qu'il préparait ses instruments. Tout à coup, il lui prit la
main, de la façon tendre et affectueuse d'un futur époux
s'apprêtant à lui passer l'anneau au doigt, et il emprisonna
l'ongle de son pouce entre les petites pinces de métal.

— Je crois que tu as besoin qu'on te fasse les ongles, ma
belle. Hier soir, tu m'as griffé le dos quand nous avons fait
l'amour. Par conséquent, il se pourrait qu'il y ait de gentils
petits morceaux de moi sous tes ongles. Je voudrais bien te
laisser ce dernier souvenir de mon admirable passage pour
te tenir compagnie dans ta tombe, mais il faudra te conten-
ter de quelques organes en moins. Ce sera vite fait, je te
l'assure.

Kelly se mit à gémir et à balancer la tête de droite à
gauche. Vincent trouva qu'elle avait un drôle d'air avec ses
yeux de raton laveur et son nez large comme celui d'un
boxeur venant de recevoir un compte de dix.

Il commença à tirer. Doucement. Très doucement.

La suite se situe bien au-delà des mots.

Chapitre 2

John Matthews respira à fond et se retint de jeter la cassette dans l'Hudson. Il contrôla une soudaine montée de colère qui se faisait, de jour en jour, plus violente et plus persistante. Ses traits se détendirent. Il essaya de jouir du soleil qui lui réchauffait la peau du visage.

Comme à l'habitude, la circulation sur le pont George Washington était au ralenti. Il serait donc en retard à son rendez-vous. Encore ! Au volant de son Acura noire décapotable, il avait roulé au mépris des limitations de vitesse depuis la charmante petite ville de Pretoria dans le New Jersey.

John s'observa dans le rétroviseur.

Ses épais cheveux bruns étaient encore en bataille. Il avait les traits durs et virils, mais une éternelle expression moqueuse faisait pétiller de malice ses yeux noirs. Les femmes appréciaient son charme réservé, elles disaient se sentir en sécurité près de lui. Les hommes, eux, avaient d'instinct un sentiment de méfiance à son égard. Son assurance et son calme étaient déconcertants. Pour ceux qui le croisaient, l'agent du FBI paraissait redoutable.

Ignorant le ronronnement des moteurs autour de lui, perdu dans ses pensées, John soupira. Tout compte fait, il était incapable de jouir du paysage. La haine lui tordait le ventre. Depuis qu'il était sur cette enquête, il n'avait qu'un nom en tête : le Tueur fantôme, pseudonyme que lui avaient donné les médias. Un tueur en série de la pire espèce : cruel, sadique, sanguinaire, mais surtout extrêmement intelligent, qui avait à son actif dix meurtres. Même s'il le traquait depuis sept mois, John n'avait pas encore découvert le moindre indice susceptible de le mettre sur une piste. À l'exception peut-être de la cassette qui n'était qu'à un doigt d'aller flotter sur les eaux miroitantes de l'Hudson.

Un bruit de klaxon le ramena à la réalité. Les voitures avaient recommencé à avancer, et il bloquait la voie aux impatients derrière lui. Il roula tranquillement et reprit sa place dans la file serrée qui se pressait sur le pont.

La veille, en fin d'après-midi, il était allé au poste de police afin d'interroger l'éventuel témoin de l'un des meurtres. Comme il s'y attendait, la démarche avait été vaine et la suite des événements, pour le moins effrayante. La nuit venait de tomber quand il avait décidé de s'octroyer quelques heures de repos... qu'il croyait ne pas mériter. À l'extérieur, le ciel, d'un noir d'encre, déversait des torrents de pluie. Trempé, il avait démarré sa voiture en se demandant si, par sa faute, une autre jeune femme n'était pas en train de mourir. C'est alors qu'une voix grave et distinguée, sortant du poste de radio de son automobile, l'avait pris par surprise, couvrant le bruit de la pluie qui tambourinait sur la carrosserie comme des rafales de mitraillette intermittentes.

« Bonsoir, agent Matthews. Vous vous portez bien, j'espère... Verriez-vous un inconvénient à ce que je vous tutoie ? (Il y eut un léger silence.) Si je ne m'abuse, *John*... à cet instant précis, tu dois te poser deux questions : qui je suis et comment j'ai pu subrepticement introduire cette cassette dans ton véhicule ? Est-ce que je me trompe ? »

John était pétrifié. L'humidité qui lui glaçait les os était moins réfrigérante que la peur qui l'avait saisi dans ses griffes.

La voix enchaîna :

« Tu serais effrayé, John, de savoir comment c'est facile de pénétrer de façon illicite dans une voiture... même lorsqu'elle est garée dans le stationnement d'un poste de police. Un jeu d'enfant. Mais ma hâte me fait perdre mes bonnes manières. Laisse-moi me présenter. Je suis celui que les journaux appellent gentiment le Tueur fantôme. Enchanté de faire ta connaissance. »

Transi malgré le chauffage, John avait écouté la suite avec attention, espérant découvrir un détail intéressant, une piste, un indice, si minime soit-il.

« Que tes nuits doivent être angoissantes quand tu te dis que je suis peut-être en train de les passer en agréable compagnie ! »

John avait serré le volant à s'en blanchir les jointures.

« Mais trêve de bavardage, John, et parlons business. Tout d'abord, laisse-moi te dire, vilain garçon, que je suis très déçu de toi… John Matthews… John Matthews… Trente-huit ans et déjà une légende du FBI. Le super flic ! L'homme qui a effectué le plus grand nombre d'arrestations de tueurs en série de toute l'histoire des États-Unis, chuchote-t-on dans les couloirs de Quantico. Tu as fait emprisonner beaucoup de mes confrères, mais tu n'as toujours pas réussi à me mettre le grappin dessus. Pourquoi ? Est-ce une question de surmenage ? Est-ce que tu as perdu ce que tous les grands joueurs d'échecs nomment *l'instinct de gagnant,* cette fascinante faculté de se glisser dans l'esprit de son adversaire, d'anticiper ses coups afin de découvrir sa stratégie et de pouvoir contre-attaquer ? »

Et si c'était le cas ? avait alors pensé John en fermant les yeux. Le tueur avait dit tout haut une vérité qu'il avait tenté de refouler dans l'un des coins les plus reculés de son esprit.

« Pour te faciliter la tâche, cette voix que tu entends est bien la mienne. À moins qu'elle n'appartienne à ton passé… »

Un éclat de rire presque sauvage avait retenti si fort dans les haut-parleurs que John avait sursauté.

« Essaie de la faire analyser si ça te chante. On m'identifiera peut-être. Aussi bien te l'avouer, je me lasse de te voir tourner en rond. Comme tu es incapable de m'avoir, c'est donc moi qui t'aurai le premier. »

Enfoncé dans ses pensées, John oublia la chaleur du soleil et les bourrasques de vent qui charriaient des émanations de monoxyde de carbone provenant des voitures entassées dans cet embouteillage monstre.

« C'est bizarre que toi, le grand flic, tu n'aies pas réalisé, depuis le début de notre charmante histoire, à quel point je m'amuse en ta compagnie. Tu vois, le chasseur est devenu le gibier. Ces dix salopes m'ont permis une chose, outre de m'offrir des plaisirs délicats, c'est de t'étudier. Eh oui ! Depuis le début, je sais que tu me cherches, mais c'est moi qui t'observe, en fait. Tu ne sais plus lire les signes. Normal, tu es anesthésié par ta petite vie routinière. Même la mort de tes parents, tu n'as pu t'en libérer. Intelligent, mais aveugle. Tu n'arrives pas à dépasser la surface des choses. Alors que moi, je vais à l'essentiel. Voilà la différence entre nous deux. Mais je vois que tu tentes d'aller au-delà des méthodes de ton cher FBI, avait ajouté le tueur d'une voix dédaigneuse en appuyant bien sur chacune de ces trois lettres. Est-ce par plaisir ou par culpabilité que tu joues au héros, jour après jour ? »

Regardant d'un air absent la pluie qui noyait la nuit froide, il avait maudit l'assassin qui raillait le souvenir de ses parents.

« Ta façon peu orthodoxe d'enquêter sur les homicides m'intéresse. Ça prend une bonne paire de couilles pour s'aventurer la nuit, seul, sur les lieux d'un meurtre. Je t'ai observé à quelques reprises, tapi dans le noir, tout près de toi, tandis que tu explorais l'endroit avec ta lampe-torche en enregistrant tes observations sur un petit magnétophone. Au fond, tu es fort, John, très fort ! Tu t'es déjà demandé pourquoi tu sembles avoir autant d'affinités avec les gens comme moi, pourquoi tu comprends si bien leur façon de raisonner, pourquoi tu arrives à te glisser dans leur esprit ? »

Oui, avait admis John. Cette faculté qu'il possédait l'avait jadis conduit à chercher des réponses, celles-là mêmes que Vincent avait formulées par la suite :

« Un psychiatre t'expliquerait que des traumatismes antérieurs, comme la mort de tes parents, ont provoqué chez toi le développement d'une capacité plus grande que celle du commun des mortels à fantasmer. Un talent qui te permet de pénétrer dans l'esprit du tueur, de te fondre en lui, d'imaginer ses désirs, de deviner ses pulsions… »

« FOUTAISES ! Moi je te dis que la différence entre toi et moi est bien mince, John, très mince. Nous sommes, en quelque sorte, des âmes sœurs. Certes, ce n'est pas toi qui tiens le couteau, la corde ou le scalpel. Mais n'est-ce pas fascinant, pour un flic, d'endosser le costume de l'assassin ? Pardon. Pour un *profiler*, comme disent les bonzes du FBI. »

« Changement de propos… Aimes-tu les échecs, cher frère ? Je crois que oui. Un homme de ton intelligence doit savoir apprécier ce jeu si… noble. Donc, voici la situation telle qu'elle se présente à toi : ton roi est acculé dans un coin de l'échiquier et je peux te mettre échec et mat en trois coups imparables. Mais, vois-tu, John, je ne prendrai pas trois coups. Je vais faire durer le plaisir. Comme un chat avec une souris : j'aime jouer avec ma… nourriture ! Alors, commençons réellement la partie. Voici quelques informations qui sauront te motiver, j'espère. J'aime bien connaître mon adversaire, John. J'ai donc fait une petite recherche, question d'en savoir un peu plus sur toi. Es-tu bien assis ? Tu vas en rester bouche bée. Le nom de Kathy Chimera te rappelle bien quelque chose, n'est-ce pas ? Si je ne m'abuse, elle était ta coéquipière pendant tes deux premières années au FBI, jusqu'à ce que survienne ce terrible accident… Tu sais, cet accident… Me croirais-tu si je te disais que c'est moi qui ai orchestré le spectacle ? »

Seigneur, non ! avait alors pensé John. Une peine immense et un sentiment d'injustice aigu l'avaient alors assailli en entendant cette révélation.

« Elle a hurlé plusieurs fois ton nom, tu sais. Ses cris étaient si déchirants qu'ils me donnaient des frissons. J'ai lu dans ses yeux tout l'amour qu'elle te portait quand elle t'a appelé au secours. Ses derniers mots ont été pour toi. *John, oh ! John*… et puis elle a rendu son dernier souffle. »

« Aimais-tu cette femme, couillard ? Pourquoi t'étais pas là, hein ? T'as préféré sauver ta peau ? Lui avais-tu déclaré ton amour ? Je l'espère… Ça l'aura au moins consolée. »

Il y avait eu une pause dans l'enregistrement. Le psychopathe savourait sans doute sa petite victoire personnelle avant de revenir à ses premières considérations.

« Crois-moi, on ne devient pas un excellent tueur du jour au lendemain. Ça demande, disons, énormément de… pratique. Par contre, je crois qu'à l'époque j'étais déjà doué pour le métier. Camoufler le meurtre en accident, ça relevait du génie ! Et ces stupides flics n'y ont vu que du feu… »

« Bon. Assez parlé. Rien ne sert de ressasser les vieux souvenirs. Nous aurons amplement le temps de discuter lorsque nous consacrerons notre relation sur l'autel de ta propre mort, petit frère. Alors là, tu promettras n'importe quoi pour que je t'accorde ma grâce. Tu m'imploreras d'abréger tes atroces souffrances. J'en fais le serment. À bientôt ! »

Un furieux concert d'avertisseurs l'extirpa de ses douloureux souvenirs. La circulation avait repris son cours. John embraya.

Chapitre 3

Après qu'il en eut terminé avec sa victime, Vincent s'assura de n'avoir laissé aucun indice incriminant. Avec les nouvelles technologies d'enquête, un simple bouton de pantalon pouvait aider les flics à le retracer. Fier de lui, il en était encore à contempler les restes ensanglantés de Kelly quand son téléphone cellulaire sonna.

Son temps comme fondateur et président-directeur général du conseil d'administration de North System — compagnie informatique reconnue par les experts financiers comme l'une des dix sociétés américaines qui représentaient le meilleur investissement pour les actionnaires — tirait à sa fin.

Vincent décrocha.

— Tindo.

— Salut, Vincent, c'est Peter. La transaction est réussie. Le tout sera ficelé au plus tard demain midi.

— Parfait.

— Demain soir, tu seras donc plus riche de quarante-sept millions de dollars. Comme convenu, j'aurai pris soin de prendre ma part de cinq pour cent. Est-ce que je vire la totalité de la somme sur ton compte à Zurich?

— Non. J'aimerais que tu fasses un don de dix millions au Parti républicain.

— Pardon? s'exclama l'avocat. Ma foi, tu es fou! Tu m'as bien dit dix millions?

Exact. Ce Tyre Hands m'est sympathique et je lui prédis un avenir… d'enfer, dit Vincent avec un sourire dans la voix.

Tu pourras transférer le reste dans mon compte à Zurich, en prenant les dispositions habituelles.

Il y eut un long silence au bout de la ligne.

— D'accord, répondit l'avoué sans s'obstiner. De toute façon, tu fais ce que tu veux de ton pognon.

Vincent interrompit la communication sans même prendre la peine de répondre quoi que ce soit.

L'heure du rendez-vous était imminente. Il le sentait dans chacun des pores de sa peau. Si elle avait été encore vivante, Kelly Weist aurait été stupéfiée d'apprendre qu'elle ne devait les circonstances de sa mort qu'à l'immense *bay-window* de son salon — dont elle s'était tant enorgueillie —, qui faisait toute la longueur de la salle de séjour et procurait une vue parfaite sur l'entrée du building du FBI, sur Federal Plaza.

Il était 15 heures quand Vincent ajusta, de sa main encore gantée, la lentille du télescope. L'instinct en éveil, il resta une longue heure aussi immobile qu'une statue, affrontant l'épreuve de l'attente avec plaisir. Il était doté de toute la patience nécessaire à ces situations. Il avait encore en tête le souvenir d'une petite trappe dissimulée dans le haut d'un certain placard, à Washington. Amusé et excité par le défi, il s'y était dissimulé le temps que les flics fouillent l'appartement et que l'équipe médicolégale détermine la cause du décès de l'agent fédéral Kathy Chimera. Jugeant imprudent de s'esquiver peu de temps après le départ des autorités, il avait attendu vingt-quatre heures avant de sortir de sa cachette. Même s'il détestait toujours le port du préservatif, le viol de la flic lui avait donné un plaisir peu égalé depuis. Si Vincent affectionnait quelque chose, c'était le travail bien fait et, par-dessus tout, le boulot qui ne laissait pas de *traces*.

Soudain, il se raidit. Parmi la foule opaque, une silhouette familière remontait l'avenue. À l'aide du zoom, il put avoir une meilleure vue de l'homme portant un jean, une chemise bleue et un blouson de cuir noir, qui marchait comme s'il était seul sur le trottoir. La masse semblait se fendre sur son passage. Il irradiait de lui la confiance de ceux qui côtoient la mort tous les jours.

Son traqueur. Un agent fédéral. Un homme très dangereux.

John Matthews.

Vincent éprouva de l'appréhension.

Alors qu'il allait s'introduire dans le bâtiment fédéral, Matthews hésita, puis s'abstint, ignorant la femme qui le précédait et qui lui tenait poliment la porte d'entrée. Il releva ses verres fumés sur son front, fit un demi-tour sur lui-même et leva les yeux en direction de Vincent.

Cet enfoiré a senti ma présence, pensa ce dernier.

Le flic tourna le dos à l'objectif et disparut finalement de sa vue.

— Mon cher John, crois-moi, aujourd'hui nous allons beaucoup nous amuser ensemble, dit-il tout haut avant de s'esclaffer.

Chapitre 4

— Matthews est toujours notre meilleur homme pour coincer ce sadique, tonna Jeffery McGirr, chef de la division d'élite du FBI chargée d'enquêter sur les meurtres commis par les tueurs en série sur tout le territoire des États-Unis.

Large d'épaules à faire pâlir un joueur de rugby, ce dernier se retourna vers son interlocuteur qui était assis bien droit dans son fauteuil. Avec ses cheveux blonds et ses yeux bleus où brillait une étincelle de colère, McGirr ressemblait en tout point à ses ancêtres celtiques. Il avait le même caractère batailleur.

— À lui seul, il a arrêté plus de tueurs en série que vous n'avez passé de jours sur le terrain, lança-t-il, en colère. Au cours des dix dernières années, il a réussi à faire coffrer douze de ces maniaques et à épargner la vie de beaucoup de gens. Donc, je m'en contrefiche s'il ne porte pas de complets trois-pièces, s'il ne fait pas toujours de rapport quand vous en voulez un ou si vous n'avez pas de nouvelles de lui pendant plus d'une semaine. C'est sa façon particulière d'opérer. Gardez la vôtre pour les chiens-chiens en cravate dont vous êtes le patron. Matthews est sous « ma responsabilité ». Ne l'oubliez surtout pas !

Curtis Penridge, qui occupait le poste de directeur régional du FBI, avait depuis longtemps assuré ses arrières. Il comptait de nombreux appuis à Washington, ainsi qu'au département de la Justice. Mais avant tout, il était passé maître dans l'art de cacher son jeu sous des couverts de fausse amabilité. Les moins serviles de son service le considéraient comme un arriviste prêt à tout pour gravir les échelons du pouvoir. Ils avaient raison. La gloire, le prestige, la renommée s'étaient substitués à la devise du FBI : « Fidélité, Courage, Intégrité ».

Imperturbable, Penridge joignit les mains comme pour prier, geste que McGirr trouva ridicule de la part d'un homme qui semblait n'avoir pour dieu que sa petite personne.

— Au cas où vous l'auriez oublié, votre homme, si futé soit-il, n'a pu empêcher le tueur d'assassiner une autre femme, la dixième. Faut-il le préciser ? ajouta Penridge en remontant ses lunettes rondes sur son nez.

Une lueur de triomphe brillait dans ses yeux.

Tremblant de colère, Jeffery McGirr se retint de saisir ce misérable ambitieux par le col et de lui faire traverser la pièce d'un coup de poing. Ce crâne d'œuf abritait le cerveau d'un expert habitué aux intrigues politiques, il devait donc faire attention.

— J'ai consulté le dossier de Matthews, enchaîna Penridge avec un sourire victorieux.

— Comment avez-vous pu l'obtenir ? tonna McGirr, stupéfait, en abattant son poing sur le bureau.

— C'est sans importance. Restez calme et rasseyez-vous. Nous voulons la même chose et nous protégeons les mêmes intérêts. Causons.

Les yeux de fouine de Penridge examinaient le visage colérique de McGirr pour tenter d'y lire la défaite. Il prit tout le temps d'ajuster le pli de son pantalon et de laisser le temps à ce gros porc, fraîchement débarqué de Washington avec ses grands airs supérieurs, d'avaler sa pilule et de comprendre qu'il venait d'être humilié et remis à l'ordre. Il continua, le plus calmement du monde :

— Ce que j'ai lu m'a, disons… surpris, mais surtout intrigué. Ses parents ont péri brûlés dans leur résidence alors qu'il n'avait que sept ans. Matthews s'en est tiré indemne parce que ce soir-là, il était allé dormir chez un ami. Sans famille immédiate, l'État l'a confié à un orphelinat. Enfance difficile. Asocial.

Penridge fit une pause pour sortir un dossier du tiroir de son bureau, l'ouvrit et le consulta. Il continua :

— Violent. Il a pris part à de nombreuses bagarres. (Penridge leva les yeux vers McGirr, toujours aussi rouge de colère.) Matthews a de la chance d'être aussi intelligent. Très au-dessus de la moyenne, même. Grâce à une bourse d'études, il a réussi à entrer à l'université et à décrocher un doctorat en criminologie à l'âge de vingt-cinq ans. Premier de sa promotion. Il y ajoute un certificat en informatique. Toujours premier de classe. À vingt-huit ans, il postule au FBI et, aussi incroyable que cela puisse paraître, il finit encore premier de sa promotion.

— Je sais tout cela. Où voulez-vous en venir, Penridge ? vociféra McGirr.

— J'y arrive. Ne soyez pas si impatient.

McGirr était furieux de constater que Penridge s'amusait à créer un effet mélodramatique.

— Matthews a peut-être le flair, l'habileté, une infaillible technique pour traquer les tueurs en série, mais votre prétendu héros n'a pas encore réussi à épingler celui qui charcute toujours ces femmes à Pretoria. Tous les jours, je reçois des appels des gouverneurs des États de New York et du New Jersey qui me pressent de mettre fin à cette folie meurtrière. Cette malheureuse affaire fait la une de tous les quotidiens du pays et même d'outre-mer. Peut-être serait-il préférable de le relever de l'enquête qui, je vous le rappelle, est sous mon entière responsabilité.

Avant que McGirr ne puisse réagir, on frappa à la porte.

— Entrez, lança Penridge en adoptant son ton le plus cérémonieux.

John Matthews fit son entrée et referma la porte derrière lui.

— Après trois rendez-vous manqués et deux heures de retard, vous voilà finalement ! lança Penridge.

Matthews ne releva pas l'insulte, mais ses yeux noirs se durcirent. Il préféra se tourner vers son supérieur et ami, qui venait déjà vers lui, main tendue.

— Content de te voir, John, dit McGirr d'un ton amical.

Ils échangèrent une vigoureuse poignée de main.

— Moi aussi, Jeffery. Mais tu n'es pas descendu de Washington seulement pour prendre de mes nouvelles, hein ?

McGirr tourna la tête brusquement et eut pour Penridge — qui n'avait pas daigné se lever de son fauteuil — un regard arrogant qui expliquait tout.

— Touchante réunion de famille, commenta ce dernier, interrompant les retrouvailles. Mais prenez un siège et venons-en au fait.

— Comme trouble-fête, Penridge, vous êtes difficile à battre, plaisanta John, nullement porté sur les échanges de politesse. Au fait, pourquoi m'avoir demandé dans votre bureau ?

Le poing devant la bouche, McGirr toussa en maudissant mentalement, une fois de plus, le franc-parler habituel de son protégé. Les yeux de Penridge s'agrandirent et il cessa de respirer.

— De quel droit m'insultez-vous ? Vous n'êtes bon qu'à...

John lui lança la cassette.

— Qu'est-ce que... ? souffla Penridge.

— Le tueur l'a déposée dans ma voiture lors de mon passage au poste de police, hier, en début de soirée. Je dis bien le tueur, car c'est le genre de jeu qu'aime jouer cet enfoiré. Ce dernier a dû prendre un plaisir terrible à se foutre encore de nous.

— Les caméras de surveillance ont-elles enregistré la scène ? grogna McGirr, soudainement excité.

John lui lança un regard impassible. Il était aussi calme que s'il était en train de siroter un daiquiri sur une plage des Caraïbes.

— Hélas, non ! se contenta-t-il de répondre.

Les yeux de Penridge émirent un éclair de déception.

— Bon sang, mais qui est ce fils de pute ? aboya ce dernier en serrant les poings. Le salaud !

— En attendant, intervint John, demandez aux gars du labo d'analyser la cassette. Je veux tout le tralala habituel. Mais je doute qu'ils trouvent quelque chose. À mon avis, il est inutile d'espérer que le tueur ait commis une erreur aussi bête.

La sonnerie d'un cellulaire interrompit la suite.

— Ne vous gênez pas pour nous, Penridge, ajouta John qui, avec un léger sourire sur les lèvres, commençait à s'amuser de la situation. C'est certainement une grosse huile de Washington.

Cramoisi, Penridge prit son téléphone dans la poche de son veston.

— Agent Penridge, répondit-il.

— Tiens, tiens… Curtis Penridge lui-même, s'exclama, à l'autre bout du fil, une voix grave et distinguée. Le chef régional du FBI en personne. Je vois que j'ai malheureusement piraté le mauvais téléphone cellulaire.

— Qui êtes-vous ? questionna Penridge en se raidissant comme si on venait de le gifler.

Ignorant cette interruption, son interlocuteur reprit :

— En passant, votre femme Nora se porte bien. L'extraction de sa dent de sagesse ne lui a pas causé trop de douleur, paraît-il. J'ai vu les radiographies. Ce n'était pas une opération facile. Et votre fille, Margaret ? Toujours à Princeton ? Souhaite-t-elle encore être avocate ?

— Nom de Dieu ! Mais qui êtes-vous donc ? hurla Penridge en se levant d'un bond.

— Content de vous avoir parlé, agent Penridge, mais j'ai d'autres chats à fouetter. Passez-moi Matthews.

Ahuri, Penridge hésita, ne sachant trop comment réagir, puis tendit le cellulaire à John, comme s'il lui brûlait la main.

John s'en saisit à contrecœur, mais il attendit quelques secondes avant de le porter à son oreille.

Aussitôt, la voix mielleuse se fit entendre.

Ce salaud me voit, pensa John en dardant son regard en direction de la fenêtre. Il fit un signe du menton à son supérieur. McGirr, qui avait suivi son regard, comprit lui aussi. Il s'empressa d'aller fermer les stores. Une pénombre feutrée s'installa dans la pièce.

— Comment vas-tu, John ? Depuis quelque temps, je trouve que tu as les traits tirés. Fais-tu de beaux rêves ? J'espère que les révélations que je t'ai faites, grâce à mon petit cadeau, ne t'ont pas trop perturbé. En vérité, j'espérais que tu ferais un meilleur adversaire. Pour t'aider, j'ai même pris soin de circonscrire ton champ d'investigation à la seule ville de Pretoria. Tu me déçois beaucoup. Aurait-il fallu que je joigne ma photo à mon empreinte vocale ?

— Qui êtes-vous ? demanda John.

— Arrête ! Tu sais trop bien qui je suis. Ton pire cauchemar... ou, pour ainsi dire, celui que tout le monde appelle le Tueur fantôme.

De l'homme émanait la plus totale arrogance et sa voix était un mélange de mépris, de méchanceté et d'ironie.

— Qu'est-ce qui me prouve que c'est bien toi ? questionna John.

— Dernièrement, je me suis amusé avec dix femmes qui n'ont plus à s'en faire avec les aléas de la vie. Pardon, j'oubliais la dernière sur la liste. Une délicieuse petite avocate qui avait un très joli cul. Un peu trop timorée à mon goût, si tu veux mon avis. Ça fait monter à onze le nombre de mes charmantes conquêtes ! Que dis-tu de ça ? Est-ce assez pour toi ? Il t'en faut peut-être plus pour me croire ?

— N'importe quel taré qui lit le journal peut obtenir cette information.

— Il y a par contre un détail qui semble vous échapper et dont les médias n'ont pas parlé : ce qui est advenu de certains des organes de ces petites chéries. Sans parler du signe. Vous savez, la jolie bavette que je leur tricote sur l'estomac. N'est-ce pas l'élément de preuve que vous devez avoir isolé ? Est-ce que je me trompe ?

Le tueur se mit à rire.

John hocha la tête en direction de McGirr et de Penridge qui le regardaient.

— Que veux-tu ? interrogea John d'un ton glacial.

— Tu le sais. Rendre le jeu plus excitant.

La gorge de John se serra. Il contrôla sa respiration devenue saccadée en fermant les yeux.

— Pour mettre un peu de piquant dans notre relation, je vais te donner le nom de la prochaine victime et tu auras trois heures pour la trouver. Sinon, je me verrai dans l'obligation de lui faire goûter une de mes nombreuses spécialités. Tu vois ce que je veux dire ?

John sentit monter en lui une colère si intense qu'elle menaça de le faire exploser. Nul ne pouvait ôter la vie à d'innocentes victimes sans avoir à payer pour chacun de ses crimes.

— Le nom de la salope est Diane Hurst. Trouve un exemplaire du livre *The Chinese Sailor* et lit la page 432. Qui sait, tu y feras peut-être des découvertes intéressantes ? Un petit conseil : on dit en anglais qu'on ne doit jamais juger un livre par sa couverture, c'est-à-dire que l'habit ne fait pas le moine. Ah oui, je t'ai laissé un amuse-gueule, question de te mettre l'eau à la bouche ! Va à la fenêtre.

Lorsque John ouvrit les stores, le soleil provenant d'un ciel clair inonda la pièce surchauffée. Posant la main en visière sur ses yeux, il scruta l'immeuble d'en face à la recherche d'un indice quelconque. Puis il la vit. La marque du tueur. Rouge, elle semblait avoir été tracée du doigt.

Penridge se précipita alors sur le téléphone et aboya des ordres.

— Ma onzième victime. C'est l'avocate dont je t'ai parlé. Considère ça comme un petit coup de pouce de ma part. Pour rester fidèle aux règles de notre petit jeu, je ne devrais peut-être pas la compter parmi les victimes. Après tout, elle n'habitait pas à Pretoria comme les autres.

John pouvait sans peine s'imaginer le rictus sadique du tueur.

— Bon, assez perdu de temps. Il ne te reste plus que deux heures cinquante-huit minutes. Le temps file, mon ami. Dépêche-toi !

Puis, il coupa la communication.

— C'était bien lui ? demanda McGirr d'une voix tendue.

— Oui, répondit John. Il a kidnappé une femme. Diane Hurst. (McGirr nota le nom sur un calepin.) Si on ne la retrouve pas au cours des trois prochaines heures, il l'assassinera.

Il était si furieux que Penridge demeura muet de stupeur. Pire, il était mal à l'aise de voir que seule la détermination la plus froide se lisait dans les yeux de John Matthews. Pas la moindre trace de peur ou d'hésitation.

— Autre chose ? lui demanda McGirr.

— Il me faudrait un exemplaire du livre *The Chinese Sailor*. Et un hélicoptère. Nous devons partir tout de suite.

Penridge eut l'air choqué.

— Vous n'irez pas à Pretoria quand le tueur est juste là, à portée de main, à nous narguer ! éclata-t-il d'un ton furieux. Vous déraisonnez ! Une femme est en danger en ce moment !

John s'approcha de Penridge, le regard flamboyant.

— Pauvre crétin ! lui dit-il. Avec quoi pensez-vous qu'il a dessiné son signe ? Je ne peux plus rien pour cette personne. Pour Diane Hurst, il est peut-être encore temps. Un temps précieux que je perds en discutant avec vous. Faites-moi confiance, je sais ce que je fais.

* * *

Pour la première fois, John avait l'impression qu'il s'approchait enfin de l'assassin. Quand il pensait à cette affaire, il était toujours frappé par sa démesure. Comment un homme avait-il pu tuer autant de femmes dans une si petite ville sans laisser un seul indice ? Cela dépassait l'entendement. Il portait bien son pseudonyme, car seul un fantôme pouvait disparaître aussi facilement. Jamais John n'avait été confronté à une telle situation. Mais ce soir, sa détermination serait récompensée.

— Nous serons à Pretoria dans une dizaine de minutes, entendit-il dans son récepteur.

Le bruit des hélices étant assourdissant, John se contenta de lever le pouce pour signaler au pilote qu'il avait bien entendu.

Assis à l'arrière, Penridge et McGirr s'évitaient du regard. Chacun détaillait le paysage par les hublots. Cette scène presque comique arracha un sourire à John.

L'hélicoptère tourna en se penchant sur le côté et fit un crochet au-dessus de l'Hudson. Le rivage désert approchait. Plus loin, une forêt touffue. Et derrière, Pretoria.

* * *

À l'ouest, le soleil n'était plus qu'une boule en fusion quand l'hélicoptère se posa dans le stationnement jouxtant le poste de police. Les deux hommes qui l'attendaient détournèrent la tête pour se protéger le visage de la poussière et des gravillons soulevés par le tourbillon des hélices. Matthews, Penridge et McGirr sortirent tous les trois de l'hélicoptère à la hâte et allèrent à la rencontre des deux officiers de police qui se dirigeaient vers eux. John fit rapidement les présentations.

Jack Monroe, le chef de police de Pretoria, les accueillit avec froideur. Depuis le début, il avait ouvertement montré son désaccord à l'égard de l'ingérence du FBI dans ce qu'il considérait comme son enquête. Les prenait-on pour des débutants? Son antipathie était à peine camouflée lorsqu'il lança durement:

— Nous avons envoyé une patrouille au domicile de Diane Hurst. Mais nous pensons que le tueur l'a déjà séquestrée. D'après nos renseignements, elle travaille dans une boutique de lingerie fine du centre-ville, mais elle ne s'est pas présentée au boulot ce matin. Pas plus qu'elle n'a prévenu de son absence. Une autre équipe est déjà en place pour les questions d'usage.

D'un pas pressé, les cinq hommes traversèrent le stationnement, puis pénétrèrent dans le poste de police en effervescence.

— Avez-vous une description physique? demanda Penridge dans la cohue.

— Oui. Nous sommes en train d'en faire un agrandissement, répondit le flic qui accompagnait Jack Monroe. Dans moins d'une heure, sa photo sera affichée dans toute la ville, assura Justin Thurman en regardant l'horloge murale. Et dans quinze minutes, CNN émettra un communiqué spécial pour alerter la population. La nouvelle sera également reprise par toutes les chaînes de télévision des États de New York et du New Jersey. On aura peut-être une chance de la retrouver si quelqu'un la voit.

Dégingandé, maigre, les cheveux noirs, la pomme d'Adam proéminente, l'adjoint de Monroe donnait l'impression d'être un sous-fifre incapable de la moindre initiative, mais cette impression trompeuse servait bien l'homme que John savait être vif d'esprit, intuitif et très professionnel.

— J'ai aussi reçu un bref rapport de l'équipe envoyée au Skyliner. Ils ont retrouvé le corps sans vie d'une jeune femme. L'appartement est au nom d'une certaine Kelly Weist. Le meurtre présente la même signature que celle de notre tueur, mais la victime provient de chez vous. Elle a été torturée, violée et… éviscérée, puis recousue avec ce qui semble être du fil de canne à pêche. La mort remonterait à quelques heures.

— La onzième, murmura John avant de lancer un regard noir à Penridge.

— Les agents ont également découvert un homme, la gorge tranchée, qui semblerait, à première vue, être le concierge de l'immeuble, ajouta Justin Thurman.

— Il devait être en mesure d'identifier le tueur, expliqua John. Les flics sont encore sur les lieux ?

— Oui. Ils attendent le médecin légiste.

— Appelle-les, dit John précipitamment, et demande-leur de vérifier si le hall de l'immeuble était sous surveillance vidéo. Je veux cette putain de cassette ! Qu'on la visionne et qu'on me fasse un portrait de chacun des hommes qui sont entrés dans l'immeuble et qui en sont sortis au cours des dernières vingt-quatre heures !

— C'est comme si c'était fait, répondit Justin Thurman en sortant son cellulaire. Allez-y, j'arrive dans quelques minutes.

Suivant Jack Monroe, le reste de l'équipe arriva dans la salle qui servait de cellule de crise. Rectangulaire, immense, sans la moindre fenêtre, la salle comportait pour tout ameublement une grande table en formica placée au centre de la pièce et quelques inconfortables chaises brunes à roulettes. Dans un coin trônait un vieux rétroprojecteur. Après avoir enlevé sa veste de cuir, John s'assit en évitant de regarder les murs tapissés de photos des victimes. L'air climatisé n'arrivait pas à chasser l'odeur de pourriture — purement psychologique — que ne manquait pas de provoquer la vue de tous ces corps figés par la mort. Comme chaque fois qu'il pénétrait dans cette pièce, un spasme de culpabilité et de rage lui tordit l'estomac à la vue de ces jeunes femmes dont on n'avait pas encore vengé le meurtre en coffrant leur assassin ou en l'envoyant sur la chaise électrique...

Justin Thurman arriva à ce moment-là.

— Tu avais vu juste, lança-t-il à John. Les flics ont bien trouvé une cassette dans le magnétoscope.

L'excitation rougit alors le visage de Penridge.

— C'était..., continua Thurman, mal à l'aise, c'était une cassette pour enfant de Warner Bros. Celle de *Roadrunner*...

— L'enfant de pute ! tonna McGirr tandis que Penridge secouait la tête en guise de découragement.

— Avez-vous trouvé un exemplaire du livre ? demanda alors John à Monroe, sans ménagement, au moment où les flics prenaient place autour de la table.

Le regard mauvais de ce dernier n'émut guère John. L'heure n'était pas à la sensiblerie. Ces petites guerres intestines le laissaient froid. Seul comptait le sauvetage de cette femme. Rien d'autre. Pas même l'orgueil démesuré de Monroe qui voyait sa supposée renommée s'amenuiser au rythme des cadavres qui s'accumulaient autour de lui. *Comment peut-il oublier qu'il s'agit de sauver une vie humaine ?* pensa John.

— Aucune des deux librairies de la ville n'a le bouquin en stock, clama Monroe. La dernière édition remonte à 1965, c'est peut-être la raison de sa rareté. Un de mes hommes est parti chercher Myrtle Crisp, la bibliothécaire.

Aussitôt, on cogna à la porte et un policier se pointa dans l'entrebâillement.

— Spencer vient d'arriver avec la bibliothécaire. Selon lui, la vieille n'est vraiment pas commode. Je la fais venir tout de suite ?

— Bien sûr, s'écria Monroe. On n'a pas toute la journée !

Myrtle Crisp était assise dans le corridor, mais toutes les personnes présentes dans la pièce purent entendre la conversation qu'elle tint avec le policier.

— Venez, madame, ils vous attendent.

— Ce n'est pas madame, c'est mademoiselle, répondit-elle d'un offusqué. Je suis une aînée. Non, je n'ai pas besoin de votre aide. Vous me croyez sénile ? Je connais le chemin. Et arrêtez de crier comme ça, je ne suis pas sourde !

Malgré tout le sérieux de la situation, les policiers ne purent s'empêcher d'esquisser un sourire. Ce fut une vieille dame toute fragile qui fit son apparition. Ses cheveux gris étaient remontés en chignon bien haut sur la tête, dégageant ainsi son visage anguleux et parcheminé. Elle portait une robe jaune à manches longues, garnie d'un col de dentelle, et des sandales blanches à talons plats qui dataient d'une autre époque. Mais ce que John remarqua en premier, ce furent ses yeux bleu turquoise, pétillants comme ceux d'un chat, et le livre qu'elle tenait contre sa poitrine décharnée. Il se leva pour l'accueillir.

— J'espère que vous avez une bonne raison d'avoir mis fin à ma partie de bridge, commença-t-elle de sa voix éraillée par le petit vin quotidien. Pour une fois que j'allais foutre une raclée à ce vieux Stan Azinger. Vous me…

— Nous vous sommes très reconnaissants d'être venue si rapidement, l'interrompit John.

— Avais-je vraiment le choix !

— Puis-je jeter un coup d'œil sur le livre, s'il vous plaît ? lui demanda John en essayant de contenir son énervement.

Elle le fixa avec un regard à faire fondre un glacier et le lui tendit.

The Chinese Sailor
par
E.D. Siblings

Sans un regard pour la couverture, John feuilleta aussitôt les premières pages. Le livre avait été publié la première fois en 1952 par la maison d'édition Pacific Fiction. L'exemplaire que John avait entre les mains était une édition originale de cette année-là et il était toujours dans un état remarquable.

— Mademoiselle Crisp (pour être digne de ses bonnes grâces, John appuya sur le « mademoiselle »), pouvez-vous me résumer l'histoire ?

— Cher monsieur, mon titre de bibliothécaire ne signifie pas que j'ai lu tous les livres qui existent en ce bas monde, répondit-elle, de peur de passer pour une ignorante. Vous croyez que je n'ai que ça à faire de mes journées, je suppose ?

— Vous avez raison, s'excusa John. Mais pouvez-vous au moins me dire quand le livre a été emprunté pour la dernière fois ?

— Il y a sept ans. Mais regardez vous-même, c'est inscrit à la fin. Ce n'est pas ce que j'appellerais une question « très brillante » !

Le toisant encore, mais d'un regard moins dur, elle ajouta sur un ton radouci :

42

— En passant, appelez-moi Myrtle.

C'est qu'il lui plaisait bien, tout compte fait, cet enquêteur.

Le sourire qu'elle lui fit révéla les dents plantées de guingois d'une sorcière peu ragoûtante sur le point de leur jeter un mauvais sort.

— J'ai menti, dit-elle, d'un ton coquin. Je connais un peu l'histoire de ce livre. Est-ce que ça a un rapport avec les meurtres de toutes ces femmes? C'est si terrible, si terrible, une histoire pareille, radota-t-elle pour elle-même.

— Oui, répondit John. C'est vrai. Et il faut se dépêcher de trouver le coupable avant qu'il ne recommence. C'est pourquoi nous avons demandé votre collaboration. Nous sommes certains que vous pouvez nous être d'une aide inestimable.

Il ne voulait pas trop brusquer la vieille dame, mais le temps filait.

— D'accord. Je vais vous aider. Le livre raconte l'histoire d'un homme venant d'une petite ville côtière appelée Tsingtao, et qui a volé une pirogue pour ensuite partir en mer dans l'espoir d'atteindre l'Amérique.

John fut étonné de constater que la bibliothécaire pouvait résumer un bouquin de seize cents pages si facilement. Il alla à la page 432, celle que lui avait indiquée le tueur, et la lut à haute voix. L'histoire racontait comment Chi Li Sung avait trouvé miraculeusement refuge sur une petite île de la mer de Chine après avoir essuyé une violente tempête. Et aussi comment il s'était mis à l'abri dans les cavernes qui bordaient la plage, pour soigner ses blessures.

— C'est tout? s'impatienta Monroe. Il se pourrait que le chiffre 432 corresponde à autre chose... à une adresse, par exemple...

— Possible.

John se tourna vers mademoiselle Crisp.

— Quels renseignements pouvez-vous me fournir sur l'auteur? lui demanda-t-il.

— Les deux auteures n'ont publié qu'un roman sous le seul nom de Siblings. Le livre a été bien accueilli par la critique, mais il a connu des ventes modestes.

— Je ne vous suis pas bien.

— Siblings était le nom d'emprunt de deux sœurs, Edna et Denise Parkinson, qui habitaient dans le Massachusetts. À l'époque, peu de femmes écrivaient, à part quelques exceptions, et lorsqu'elles le faisaient, c'était souvent sous un nom d'emprunt, un nom d'homme, vous voyez... Les écrivaines n'étaient pas vraiment prises au sérieux, ni aussi bien payées que les hommes.

— 432, Parkinson Road, cria Monroe avec conviction en bondissant de sa chaise. C'est mince, mais ça se tient !

— Le tueur a précisé qu'il ne fallait pas juger le livre par sa couverture. Il essaie peut-être de nous lancer sur une mauvaise piste, suggéra John aussitôt.

Penridge l'ignora et consulta sa montre.

— Il nous reste une heure et quart.

— Il nous faut combien de temps pour obtenir un mandat ? demanda McGirr à Monroe.

— On peut bien tenter de contacter le juge Mills, mais il est certainement parti pêcher du côté de Creeks River et notre mandat ne nous servira plus à rien si nous arrivons trop tard. Mais, nom de Dieu ! s'exclama-t-il comme s'il parlait à une bande d'attardés. Bougez, bougez ! C'est une question de vie ou de mort.

McGirr interrogea Penridge du regard. La suite des opérations n'était plus sous sa responsabilité.

Ce dernier hocha la tête.

— On ne peut pas procéder ainsi, Penridge. Il nous faut un mandat et vous le savez bien, intervint John. Sinon, il nous glissera entre les doigts. Cette embrouille sent trop le coup foireux.

Penridge observa John comme s'il s'agissait d'un animal répugnant emprisonné dans un bocal.

— Et vous, qu'avez-vous de mieux à nous proposer ? répliqua Penridge. Gamberger sur votre cul en attendant que votre cerveau concocte une idée de génie qui, de toute façon, ne viendra jamais ? ajouta-t-il sur un ton de défi.

Penridge se tourna de nouveau vers Monroe qui arborait un air réjoui.

— Rassemblez vos hommes. Je veux savoir dans la minute qui habite à cette adresse, fit-il en sortant.

Avant de quitter la pièce à son tour, McGirr posa la main sur l'épaule de John.

— Tu viens avec nous ?

Sa raison le poussait à suivre McGirr, et pourtant, il restait cloué sur place, à la merci de son instinct auquel il avait appris à faire confiance.

— Allez-y sans moi, répondit John. Je pense trouver une autre piste.

Pourtant, il n'en avait jamais été moins sûr.

— Tu es certain ? Ça va fournir un bon prétexte à ce fils de pute de Penridge de te virer et ce coup-ci, je pourrai difficilement te protéger. Tu t'en doutes, hein ?

John hocha la tête et son ami lut la réponse dans ses yeux.

— C'est comme tu veux, lui lança McGirr. On se revoit plus tard.

Les deux hommes se serrèrent la main.

— Bonne chance ! lança John.

— Voulez-vous garder le livre ? demanda la vieille à Matthews, qu'elle trouvait de plus en plus sympathique. Si oui, je ne vous demanderais qu'une seule faveur : me le rapporter quand vous en aurez fini. Si vous n'avez plus besoin de moi, j'aimerais bien retourner à la maison. Les jumeaux de ma fille vont bientôt arriver, et ces deux chenapans sont de vraies tornades…

— Jumeaux ? répéta John, à lui-même.

— Oui. Pourquoi ?

— La ville n'a-t-elle pas été bâtie entre deux collines ?

— Oui et non, répondit Myrtle Crisp. C'est vrai que la ville est bâtie entre deux collines, mais Pretoria tient son nom des deux femmes qui l'ont fondée, les jumelles Warrener.

John pensa à la façon dont Chi Li Sung avait trouvé une île dans toute l'immensité de la mer de Chine.

— À l'époque de la guerre d'Indépendance, enchaîna la vieille, Pretoria désignait la vaste plaine où les deux sœurs Warrener avaient établi un hôpital de fortune. L'histoire raconte qu'elles étaient des infirmières formidables ayant consacré toute leur vie à apaiser les souffrances des malades.

Fixant de nouveau Myrtle Crisp, John se remémora à voix haute le contenu de la page 432.

— Chi Li Sung a guéri ses blessures comme les deux sœurs Warrener guérissaient celles de leurs patients.

— Exactement. Il y a de ça quelques années, l'ancienne administration de la ville a inauguré un parc en leur honneur.

— Attendez! cria John. Est-ce que c'est le parc qui est situé à la sortie de la ville? demanda-t-il à la bibliothécaire. Celui où on peut explorer des grottes?

— Oui. Warrener Park. L'histoire dit que c'est à l'intérieur de ces grottes qu'on mettait les soldats blessés et que les autres s'abritaient contre les intempéries.

— Vous êtes merveilleuse! Merveilleuse! s'exclama John. Merci beaucoup.

— Vous me flattez, minauda-t-elle.

John se dit à lui-même, à voix haute:

— Salaud, c'est donc là que tu m'attends?

* * *

Moins de quinze minutes après leur arrivée sur les lieux, le secteur entourant la demeure du 432 Parkinson avait été sécurisé. Les maisons avoisinantes avaient été évacuées, des tireurs d'élite avaient pris position sur les toits et un groupe d'intervention attendait l'ordre de prendre d'assaut la propriété.

La pénombre était tombée, augmentant ainsi la tension chez les hommes qui patientaient.

Accroupi, Monroe zigzagua entre les voitures de police garées de travers dans la rue et alla voir Penridge qui examinait la maison à l'aide de jumelles.

— La maison appartient à un certain Vincent Tindo, lâcha Monroe, essoufflé par ce court exercice. Le gars a sa propre compagnie informatique. North System. Aucun casier judiciaire. Célibataire. On n'a rien d'autre sur lui. La voisine d'en face m'a informé qu'elle a vu Tindo la dernière fois il y a quatre jours environ. Il sortait du stationnement au volant de sa Mercedes grise.

— Cette foutue baraque a l'air vide, grommela Penridge, envahi par une vague de détresse en observant la magnifique demeure plongée dans le noir.

Son crâne dégarni et sa petite moustache genre début du siècle lui donnaient l'air d'un dictateur — un dictateur nerveux sentant son règne sur le point de s'achever. Il était terrassé à la seule pensée que Matthews pouvait avoir raison. Après tout, il s'agissait peut-être d'une fausse piste, et cette perspective était loin de le réjouir. La publicité qui entourerait ce fiasco potentiel mettrait sa carrière en péril. Sans compter le procès que cet homme riche pourrait leur intenter ! Penridge voyait s'effacer devant lui ses vacances, ses avantages sociaux et ses escapades en bateau avec sa jeune maîtresse qui lui coûtait au moins le salaire moyen d'un ouvrier.

— Avez-vous essayé de joindre le suspect par téléphone ? s'enquit ce dernier d'une voix à peine maîtrisée.

— Oui. Aucune réponse, haleta Monroe.

Penridge prit le porte-voix sur le siège de la voiture de police derrière laquelle il s'était abrité.

— Vincent Tindo ! hurla-t-il. Ici le FBI. Sortez par la porte de devant, les mains sur la tête !

McGirr apparut alors à ses côtés comme un fantôme dans la nuit.

— Les gars sont prêts à donner l'assaut. Ils attendent les ordres.

Penridge se renfrogna. Il ne voulait pas endosser cette responsabilité. Tout à coup, l'éclat de ses yeux perdit toute suffisance.

— Tindo ! hurla-t-il de nouveau. C'est votre dernière chance ! Relâchez votre otage et rendez-vous !

Un hélicoptère de la chaîne MSNBC vrombit tout à coup au-dessus d'eux. Il volait si bas que les trois hommes eurent le réflexe de se protéger la tête de leur bras.

— Il ne manquait plus qu'eux ! aboya Penridge. Chassez-moi cet hélico d'ici vite fait !

— Je m'en occupe, répondit Monroe avant de passer l'ordre dans le micro de sa radio.

— Et puis ? demanda McGirr.

Penridge réfléchit.

Il scruta la maison à deux étages de style victorien qui lui semblait déserte. Les gyrophares balayaient par intermittence sa façade en brique brune et l'allée en pierre des champs, bordée d'érables centenaires.

Le silence se prolongeait.

Indécis quant au geste à poser, mais conscient qu'il lui fallait se décider, il ordonna enfin l'assaut.

— Dites à vos hommes d'y aller, souffla-t-il à McGirr.

* * *

John arrêta la voiture devant une barrière métallique qui lui interdisait l'accès au reste du parc. Il continuerait donc à pied. Il coupa le contact et sortit.

Le feuillage des arbres bruissait dans la brise légère comme un voile de dentelle. La nuit était aussi silencieuse qu'une tombe ; l'endroit, désert.

John dégaina son arme.

L'acuité de ses sens était décuplée. Il flairait une présence. Le face-à-face tant espéré était sur le point de se produire.

Warrener Park, dont l'attraction principale demeurait le très joli lac Prince, s'étendait sur près de deux hectares et constituait un endroit idéal pour les sorties dominicales en famille.

John suivit le chemin rocailleux, le seul qui semblait conduire jusqu'aux grottes. Il cheminait comme un chat, essayant de camoufler le bruit de ses pas, mais il se sentait nerveux d'être à découvert. Inutile d'essayer de dissimuler sa présence. Le tueur avait tout prévu, de sa venue jusqu'au chemin qu'il devait emprunter. John était certain qu'il l'attendait dans les grottes, sous le couvert de l'obscurité la plus totale. C'est ce que lui-même aurait fait à sa place.

À sa gauche s'étendait une épaisse forêt. À sa droite, une pente douce menait à une vaste aire à pique-nique et plus loin, en contrebas, au lac Prince qui, dans la nuit, semblait aussi lisse et noir qu'une nappe de plomb.

Arme au poing, il marchait depuis environ cinq minutes, lorsqu'il aperçut un écriteau où était inscrit en lettres noires : « **Grottes Warrener 0,3 km** ».

Baigné de sueur, John suivit le chemin qui s'éloignait du lac et qui bifurquait dans la forêt touffue. Là où se terrait sûrement son prédateur.

Le vent léger semblait vouloir l'inciter à poursuivre sa route. Après quelques minutes, il ralentit le pas instinctivement. De l'endroit se dégageait une atmosphère morbide, terrifiante.

Il marcha encore pendant quelques pas. Lentement cette fois-ci.

La voix de Myrtle Crisp résonna dans sa tête :

« ... le chemin fait un bref crochet sur la droite pour se terminer face aux grottes... »

La vue des grottes se profilant dans la noirceur l'électrisa. Sa montre lui indiqua qu'il lui restait encore seize minutes avant que le tueur ne mette à exécution sa sombre menace. John faisait face à un choix déchirant. Jamais il n'aurait le temps d'explorer chacune de ces grottes, tel que l'aurait exigé la procédure. Les secondes s'égrenaient. Furieux de se sentir aussi impuissant, John se força à reprendre son sang-froid. Il n'était pas homme à abandonner ; cependant, il réalisait qu'il avait peu de chances de sauver Diane Hurst. Soudain, il entendit l'écho d'un cri terrifié déchirer la nuit et se terminer dans un silence insupportable.

Mon Dieu, faites qu'elle soit encore vivante, pensa-t-il de toutes ses forces en s'avançant prudemment dans l'obscurité d'une des grottes à sa droite, d'où s'était échappé le sinistre cri qui lui avait glacé le sang. Après une minute ou deux, John constata que l'obscurité autant que le sol accidenté rendaient sa progression malaisée. Au risque de se fracturer une jambe, il accéléra résolument le pas.

Le tueur pouvait être n'importe où. Aucun crissement de gravier. Pas un mouvement.

John se méfiait de l'intelligence perverse de l'assassin. D'ailleurs, l'endroit ne pouvait être mieux choisi. Impossible de le surprendre en utilisant sa lampe-stylo. Et, dans le cas contraire, en continuant d'avancer à tâtons, il n'aurait probablement pas le temps de sauver Diane Hurst.

Une série de petits cris aigus provenant du plafond de la grotte le firent sursauter. On eût dit qu'une colonie de chauves-souris s'apprêtait à prendre son envol.

Certaines grottes sont très profondes et s'étendent sur plusieurs centaines de mètres..., l'avait averti Myrtle Crisp.

Merde! jura John en lui-même en s'entaillant le tibia sur l'arête d'une grosse pierre qui lui barrait le passage. *Combien de minutes me reste-t-il ?* Il continua sa progression rapide dans la galerie qui s'enfonçait toujours plus loin vers les profondeurs.

— S'il vous… plaît, laissez-moi partir, supplia une voix de femme. Non. Non. NON, PAS ÇA !

Une étincelle d'espoir s'alluma dans le cœur de John. Par miracle, Diane Hurst était encore en vie. La voix provenait de sa gauche. *Mais d'où exactement ?* Il vit tout à coup un mince rayon de lumière filtrer entre deux crevasses, à près de quatre ou cinq mètres de sa position, et entendit plus clairement les plaintes.

— Pourquoi ? Pourquoi ? Laissez-moi partir. Je vous promets de ne rien dire à la police. S'il vous plaît. Non. Non. Je vous en prie, ne me faites plus mal. NOOOOOOOOOOON !

Le hurlement déchira le silence et mourut dans une sorte de gargouillements étranglés que John reconnut aussitôt. Il s'élança sans réfléchir dans la brèche au sein de la paroi rocheuse. C'est alors qu'il se rendit compte de son erreur.

Ce que John avait cru n'être qu'un boyau menant vers une autre galerie était en fait une petite caverne de quelques mètres de diamètre, à peine éclairée par la lumière vacillante d'une torche fixée dans une crevasse. La vision de la jeune femme étendue nue sur le sol, la gorge tranchée d'une oreille à l'autre et baignant dans son sang, lui brûla les rétines.

Ébranlé, il réagit trop tard. Un bruit avait déchiré l'air à sa gauche et il ne put rien faire pour éviter ce qu'il vit arriver en une fraction de seconde, sinon bander au maximum ses muscles et se parer à absorber le choc. La douleur qui explosa dans son épaule le fit tomber à genoux et lâcher son arme qui alla rebondir plus loin sur le sol pierreux. Seule sa haine féroce l'empêcha de sombrer dans l'inconscience.

— John Matthews ! Je suis enchanté et agréablement surpris de te voir, s'exclama une voix étouffée. Je doutais que tu puisses me trouver. Pardon. *Nous* trouver. Chapeau !

Le meurtrier déboucha derrière un escarpement rocheux et apparut dans la pénombre. Portant un grotesque masque blanc de mardi gras, il tenait un long tuyau de métal qu'il s'amusait à frapper dans sa main à un rythme régulier, comme un maton prêt à brutaliser un détenu.

Cet être n'était pas du tout ce que John avait imaginé. Ce dernier s'attendait à voir un homme quelconque, âgé de vingt-cinq à trente-cinq ans, au physique ordinaire, peut-être un ouvrier ou un enseignant, à qui personne n'aurait prêté la moindre attention.

Grand, élancé, l'individu que les médias appelaient le Tueur fantôme semblait en réalité quelqu'un de distingué, voire de racé, même si John ne pouvait distinguer les traits de l'homme sous son masque ridicule.

— N'est-ce pas mignon ces hurlements, juste avant de mourir? dit-il dans un éclat de rire assourdi. C'est le moment que je préfère. Avec le temps, tu comprends, je pourrais être blasé, mais c'est tout le contraire. Ces petites salopes ont toujours le don de m'exciter. Que dis-tu de mon déguisement? N'est-il pas superbe? Je jugeais primordial de garder une certaine aura de mystère autour de notre première rencontre. Sinon, quel intérêt y aurait-il à nos petits jeux?

Bien qu'il l'eût déjà pressenti, John sut à sa contenance que l'homme qui lui faisait face n'en était en fait pas un: toute humanité l'avait déserté. Sans s'attarder au délire du psychopathe, il passa en revue les différentes options qui s'offraient à lui. À vrai dire, ses chances de s'en tirer étaient très minces. Il avait souvent fait face à des situations précaires, mais jamais encore avait-il été si près de se transformer en victime.

— Je croyais que tu étais un homme de parole, dit-il calmement au tueur.

La sensibilité commençait à revenir dans son bras gauche. Il put enfin bouger les doigts.

— Tu m'avais donné trois heures. Il me restait encore du temps. Pourquoi l'avoir tuée?

— Tu es vraiment stupide! éructa l'assassin. C'est moi qui dicte les règles du jeu. Moi. MOI.

Il se tourna et donna un violent coup de pied au corps sans vie de Diane Hurst.

— Cette chienne était condamnée à crever le jour où j'ai posé les yeux sur elle. C'est vrai, il te restait trois minutes. Mais voyons, mon cher John, rien n'aurait pu m'empêcher d'en profiter. Et cela a duré si longtemps! C'est qu'elle était coriace, celle-là. Il fallait bien abréger ses souffrances!

Il s'approcha et empoigna sauvagement John jusqu'à le soulever de terre. Les deux hommes se trouvèrent nez à nez.

— Réponds-moi, pauvre larve. Croyais-tu réellement que tu pourrais m'arrêter ? Moi ! Le Tueur fantôme ! L'ANGE DE LA MORT !

— Oui, répondit John, tout sourire, en assénant un brutal coup de tête au visage de son assaillant.

L'attaque prit l'assassin par surprise, qui recula en titubant. Lorsqu'il releva la tête, un flot de sang coulait sous son masque jusqu'à son cou. Sans aucun signe de souffrance, il s'essuya du revers de la main et vit le liquide poisseux qui le maculait. Il s'esclaffa.

John n'avait pas perdu de temps. Ignorant la douleur intense, il essaya de saisir son .38 qui était sur le sol à un mètre de lui. Il se précipita sur son arme et, en pivotant, le braqua devant lui par réflexe. Le violent coup de pied du tueur l'atteignit directement à la mâchoire. Un feu d'artifice éclata dans son cerveau. Il s'écroula en laissant tomber de nouveau son arme et sa tête heurta le sol. Le tueur éclata d'un rire excité, saccadé. Il semblait s'amuser. John fit un effort incommensurable pour ne pas sombrer dans l'inconscience. Regroupant ses forces, il réussit à se relever. Ses jambes semblaient faites de coton.

— Tu m'étonnes, John. Tu es plutôt résistant pour un petit agent du FBI. Mais diable que tu es lent ! Le Bureau devrait réviser vos méthodes d'entraînement au corps à corps. Tu es la preuve vivante qu'elles sont dépassées.

Il s'approcha de John et lui balança un vicieux coup de poing à la tempe. Juste avant que l'agent ne s'écroule une autre fois, ébranlé par la force de la frappe, il le rattrapa par le revers de son blouson de cuir.

— Me concèdes-tu la victoire, pauvre flicaille de merde ?

En guise de réponse, John lui cracha sa morve sanglante au visage.

— Mais c'est qu'il est grossier, le sale gosse ! À partir de maintenant, John, je ferai de ta vie un cauchemar. Un cauchemar !

John n'eut pas assez de forces pour éviter la pluie de coups qui accompagna chacun de ces mots.

— Cette épaule requiert une petite chirurgie, je crois. Heureusement pour toi, j'ai une certaine expérience dans ce type d'opération. Ha ! Ha ! Ha !

Une lame effilée de couteau de boucher étincela.

— Tu vas maintenant savoir ce qu'ont enduré mes charmantes victimes.

Le tueur se mit alors à chanter d'une voix mélodieuse :

One more soul left all alone.
Where did your guardian angel go ?
There's no escape... no place to hide,
The time has come for you to die.

Puis, il enfonça tranquillement la lame de son couteau dans l'épaule gauche de John. La douleur cambra son corps et il perdit conscience.

Chapitre 5

La première sensation qu'il ressentit en émergeant du néant fut la douleur. Comme du feu, elle dévorait sa tête et son épaule. Il entendait des voix, mais son esprit n'arrivait pas à traduire ce déluge chaotique.

Il ouvrit les yeux. La lumière des néons l'éblouit et la nausée lui souleva l'estomac.

— Bienvenue parmi les vivants.

John se tourna vers la source de cette voix. En bougeant la tête, une vague de douleurs se répandit dans son corps meurtri, comme si tous ses os avaient été broyés.

Les yeux rougis par le manque de sommeil, McGirr lui souriait, mais une vague inquiétude assombrissait son regard.

— Tu es à l'hôpital, lui dit ce dernier. Ton épaule est très amochée, mais les médecins ont dit que…

— Le tueur ? l'interrompit aussitôt Matthews dans un souffle rauque.

Il tenta de soulever la tête, mais l'effet des anesthésiants l'en empêcha.

— L'a-t-on attrapé ? Je suis arrivé à temps, mais il l'a tuée quand même. Je n'ai rien pu faire pour l'arrêter.

Les larmes, qu'il essaya tant bien que mal de contenir, emplirent ses yeux gonflés par les ecchymoses. Elles lui brûlèrent les paupières. Le choc, la fatigue de cette longue enquête semblaient avoir miné ses forces. Bien que leur amitié remontât à une dizaine d'années, McGirr ne l'avait jamais vu aussi démuni, vidé de sa rage. Sa fragilité frappa son ami. Sa gorge se noua d'émotion tandis qu'il s'efforçait de trouver les mots pour le réconforter.

— Écoute, John. Tu as fait tout ce que tu as pu. Tu as eu la bonne intuition, c'est la faute à ces sales cons. Ils auraient dû attendre, au lieu d'aller se jeter dans le premier piège comme des débutants. Et moi, j'aurais dû rester avec toi et envoyer Penridge se faire foutre. Tu n'aurais pas été seul pour affronter ce malade.

Il fit une pause avant d'ajouter :

— Ça me répugne de te dire ça, mais c'est un peu grâce à lui si tu es encore en vie.

— Il ne m'a sûrement pas épargné. Je pense plutôt qu'il devait me croire mort ! souffla John, épuisé, en agrippant les barres de sécurité de la civière.

— Vers vingt et une heures, le répartiteur du 911 a reçu un appel anonyme. L'homme au bout du fil lui a dit que les flics auraient une belle surprise s'ils allaient faire un tour dans le coin des grottes Warrener. Sans son intervention, tu serais effectivement mort… au bout de ton sang.

— Ce gars est vraiment fou à lier. Pour lui, ces meurtres sont une partie d'échecs. Il joue avec nous ! Et de votre côté ? demanda John.

— Le type à qui appartient la baraque du 432 Parkinson Road, s'appelle Vincent Tindo. Trente ans. Un crack de l'informatique. Il n'était pas chez lui. C'est Penridge qui a ordonné l'assaut.

— Et il n'avait pas le mandat.

— Non.

Les deux hommes savaient fort bien ce que Penridge allait faire. Il justifierait son intervention en prétextant qu'une vie humaine était en jeu.

— Avez-vous trouvé quelque chose ? demanda John.

McGirr changea d'expression et inspira profondément. Des plis barraient son front rougeaud. Quelques secondes s'écoulèrent.

— Oui.

— Merde ! jura John en serrant les poings.

— Dans son congélateur, il y avait une liste où figuraient les noms des victimes, ainsi que l'heure et la date précises de leur assassinat.

Matthews eut l'impression d'être plongé dans un cauchemar sans fin.

— Il y a autre chose, continua McGirr. Le congélateur était également plein… plein d'organes. Les experts du centre médicolégal sont en train de déterminer s'ils sont d'origine humaine.

Ces mots firent à John l'effet d'un coup de poing.

— Je dois filer tout de suite au poste, coupa-t-il en tentant encore de se lever.

Mais un brouillard glissa aussitôt devant ses yeux comme le rideau devant une scène à la fin du spectacle. Étourdi, il retomba sur le lit.

— Reste ici et repose-toi. Les médecins ont dit que tu avais perdu beaucoup de sang. Selon eux, tu ne seras pas sur pied avant deux ou trois jours. Tu sais, il y a de jolies infirmières dans le coin.

— Je n'ai pas le temps. Quelle heure est-il?

McGirr jeta un coup d'œil à sa montre.

— Sept heures. Tu as dormi comme une bûche toute la nuit.

— Avez-vous réussi à arrêter ce Tindo?

— Les hommes de Monroe l'ont appréhendé en fin de soirée dans un bistrot français, Chez Philippe, si je me souviens bien. Il a tout de suite protesté et clamé son innocence. On l'a placé en détention préventive. Monroe et Penridge l'ont cuisiné une bonne partie de la nuit sans grand succès. Tindo a à peine prononcé deux phrases durant toute la durée de son interrogatoire.

— Lesquelles?

— Il a précisé qu'il lui restait seulement vingt heures de détention préventive et qu'à moins d'avoir une preuve matérielle qui le reliait aux meurtres, nous serions dans l'obligation de le relâcher. Il s'est aussi offusqué qu'on ait fouillé sa maison sans mandat de perquisition, ce qui constitue, a-t-il souligné, «une infraction au code criminel». Penridge a envoyé l'enregistrement de l'interrogatoire de Tindo ainsi que la cassette qu'on a retrouvée dans ton véhicule au labo de New York à des fins d'analyse. Il veut savoir si on a affaire au même homme. Mais nous n'aurons pas les résultats avant la fin de l'après-midi. Peut-être même juste demain matin.

* * *

C'est un peu après quinze heures qu'un taxi déposa John devant chez lui. Le médecin s'était offusqué de son insistance à vouloir quitter l'hôpital avant son complet rétablissement. Néanmoins, il avait accepté, mais non sans lui prescrire un puissant cocktail d'analgésiques qui, en principe, ne devraient pas affecter sa lucidité et ne l'empêcheraient pas de travailler.

John paya la course. C'est le chauffeur qui lui ouvrit la portière et il eut toutes les misères du monde à s'extirper du taxi.

Monroe avait proposé une voiture de police pour le raccompagner, mais John avait décliné l'offre. Il avait besoin d'être seul pour rassembler ses idées. Le flic qui l'aurait reconduit en aurait sûrement profité pour le questionner sur l'affaire du Tueur fantôme, et il ne se sentait pas la force d'en parler maintenant.

John remercia le chauffeur et le gratifia d'un généreux pourboire.

Dieu qu'il fait chaud, songea John en levant les yeux vers le ciel brumeux.

La température l'incommodait, lui qui préférait de loin les saisons froides. Sa blessure à l'épaule se mit à le tarauder. L'humidité collait déjà ses vêtements à son corps.

Depuis le début de l'enquête, le service de police de Pretoria avait mis à la disposition de John une jolie maison victorienne de couleur prune, ceinte de tourelles et de pignons et sise dans l'un des quartiers cossus de la ville. Peu habitué à ce procédé — le FBI payait habituellement une chambre d'hôtel aux hommes qu'il envoyait sur le site d'une investigation —, l'agent avait néanmoins accepté l'offre avec un réel plaisir, tout en espérant que l'enquête ne durerait pas. Jamais il n'avait regretté sa décision. Comme l'enquête se prolongeait, John en était venu à se sentir chez lui dans cette maison. Son équilibre mental reposait sur le fait de pouvoir vivre une vie aussi normale que possible, malgré l'horreur et les atrocités qui étaient son lot quotidien. Connu de tous les commerçants du quartier et apprécié de ses voisins, John parvenait presque à meubler sa solitude. Vers la fin du mois de mai, il avait même aménagé un potager dans sa cour. Ainsi, même si le monde lui paraissait de plus en plus anarchique, il puisait son réconfort et sa force dans les petites choses de la vie et dans l'apparente solidité de ses institutions. Les liens sociaux qu'il tissait durant ses enquêtes, aussi éphémères fussent-ils, lui faisaient oublier un peu les bêtes sanguinaires qu'il traquait. Bien que son comportement fût parfois peu orthodoxe en comparaison de celui de ses confrères du FBI, John compensait par des états de service remarquables. Certaines fantaisies lui étaient permises, tant qu'elles n'interféraient pas dans le cours de ses enquêtes. Son style de vie particulier et la maison en faisaient partie.

En arrivant sur le pas de l'escalier menant à sa belle véranda qui s'étendait jusqu'à l'immense haie de cèdres délimitant la cour arrière, John s'émerveilla de la douce mélodie du carillon qu'il avait fixé sous le porche d'entrée, à droite de la baie vitrée.

Avec sa blessure, il eut de la difficulté à déverrouiller la porte et, dès qu'il pénétra dans la maison, il la referma d'un bon coup de pied. L'air froid du climatiseur central lui arracha un frisson.

— Salut, Rubens, dit-il en se penchant vers le chat noir et grassouillet qui miaulait en tournant en rond. J'espère que madame Astacio n'a pas encore succombé à tes charmes et qu'elle ne t'a pas trop nourri. Tu es à la veille d'exploser. Et dis-moi qu'elle a pensé à arroser les plantes.

Se servant de sa main droite, John le prit à bras-le-corps. Paupières mi-closes, le chat se laissa faire en ronronnant. Il avait l'air heureux de le retrouver. *Tu es bien le seul à qui j'aurai manqué*, pensa John qui eut soudain envie d'une épaule, lui aussi. Dans la cuisine, il déposa son trousseau de clés et son téléphone cellulaire sur la table en chêne.

Spacieuse, la maison comportait un vestibule fermé par des portes françaises donnant accès à un immense séjour séparé de la cuisine par une arche flanquée de deux colonnes blanches. On accédait à l'étage supérieur et aux trois chambres en gravissant un magnifique escalier en érable clair adjacent au séjour.

— Toi, mon gros, tu ne bouges pas de là, dit John en installant Rubens sur un tabouret près du comptoir.

Indolent, le chat bâilla et entreprit de faire la toilette de sa patte gauche.

John alla dans l'armoire chercher une boîte de pâté, l'ouvrit avec difficulté et vida son contenu dans le bol de verre perpétuellement vide, resté près de la porte-fenêtre.

— À ce rythme-là, mon coco, plus aucune chatte de ton harem ne va vouloir de toi. Un régime ne te ferait pas de mal.

Rubens regarda le sol comme si l'épreuve d'avoir à sauter lui répugnait, mais la faim eut raison de sa paresse.

Pendant ce temps, John s'empara de la bouteille de Glenfiddich et s'en versa une généreuse rasade. Il en but aussitôt deux longues gorgées entre lesquelles il examina l'orchidée qu'il avait tout récemment transplantée. Avec un peu de chance, il la sauverait.

Pourquoi n'avait-il pas pu en faire autant avec toutes les victimes ?

L'impression de toujours se sentir responsable des événements tragiques qui survenaient le rongeait de manière insidieuse. Il était peut-être sur le point de craquer. À trente-huit ans, il se sentait déjà vieux. Tellement vieux.

Il vida son verre d'un trait et se servit un autre scotch. Dans le salon, il saisit la télécommande et alluma le téléviseur. Après s'être confortablement installé sur le canapé de cuir, il alla droit à la chaîne CNN pour écouter les informations de seize heures. Le présentateur ouvrit son bulletin avec la nouvelle de la découverte des corps de Diane Hurst et de Kelly Weist : les deux supposées nouvelles victimes du Tueur fantôme. On présenta également des extraits des déclarations de McGirr et de Monroe, interrogés plus tôt dans la journée. Tous deux paraissaient exténués : leurs costumes étaient froissés et des cernes bleuissaient leurs yeux. Assiégés par les journalistes, ils informèrent les médias qu'ils détenaient un suspect important dans l'affaire des meurtres.

Absorbé dans ses pensées, John ne cessait de se remémorer son affrontement avec le tueur. *Je l'avais à portée de main.* Quel était le nom du détenu, déjà ? *Vincent. Oui. Vincent Tindo.* Il tenta de trouver la logique reliant tous les événements des derniers mois ; en dépit de ses efforts, il n'y parvint pas.

Repu, Rubens vint le rejoindre sur le canapé et s'affala en travers de ses cuisses. La chaleur de l'animal ne fit que raviver le froid de son vide intérieur.

John éteignit le poste de télévision.

La douleur terrible et lancinante qui martelait son épaule gauche lui enlevait presque toute force. C'est à peine s'il pouvait respirer. Il tâta avec précaution la chair enveloppée d'un épais bandage, mais la douleur fut telle qu'il dut fermer les yeux pour ne pas voir osciller la pièce.

— J'ai tout foutu en l'air, dit-il à l'intention de Rubens qui, les yeux fermés, ronronnait sous sa caresse. Mais crois-moi, cet enfoiré n'aura pas une seconde chance ! J'en donne ma parole !

À quel moment sa vie avait-elle échappé à tout contrôle ? À la mort de ses parents ? Dès son entrée au sein du FBI ? À la vue de son premier cadavre : une fillette de dix ans, torturée, mutilée et violée qu'on avait retrouvée dans une benne à ordures derrière un centre commercial de Cleveland ? Quand sa vie avait-elle éclaté de la sorte, l'amenant inexorablement vers le chaos ?

« Dans la vie, mon chou, il y a des événements sur lesquels nous n'avons aucune prise », lui répétait sa mère, à l'occasion.

Était-ce si simple ?

Au lieu de continuer à chercher des explications qu'il ne trouverait pas, John prit Rubens sous son bras valide et se dirigea avec peine vers sa table à dessin, baignée de soleil.

Il apprécia du regard les esquisses au crayon qui y étaient étalées : le plan, pièce par pièce, du chalet de ses rêves. Sa retraite. Il y travaillait sans relâche depuis deux ans. Ce passe-temps était devenu l'exutoire au stress quotidien de son métier. Durant de longues heures, souvent à la seule lueur d'une petite lampe de bureau ou d'un feu de foyer, il s'escrimait sur une ligne, un angle.

Si, par le passé, sa vie s'était avérée instable et chaotique, il n'allait pas perdre l'existence nouvelle qu'il s'efforçait de construire.

— Ça te dirait de vivre en pleine forêt, près d'un lac, très loin de la société ? demanda-t-il à Rubens qui, calé contre sa poitrine, releva la tête. Tu pourrais te mettre à la chasse et perdre quelques kilos. En parlant de bouffe, j'ai une faim de loup. Non, ne me regarde pas de cette façon. Si ton estomac proteste, tu n'as qu'à lécher ton bol.

* * *

Après un coup d'œil dans le réfrigérateur, John décida de se préparer des fettuccine, sauce au persil et au basilic. Une recette toute simple qui lui venait d'un bon ami, chef dans l'un des meilleurs bistrots de Washington. Une fois les pâtes sur le feu, il jeta dans le bol du robot culinaire quelques branches de persil, des gousses d'ail, du basilic, de l'huile d'olive et un reste de parmesan râpé, puis il mélangea le tout. Il versa la sauce sur les pâtes et ajouta des pignons comme touche finale. Des olives noires, un gorgonzola et un fabuleux pomerol, un Château l'Évangile 1990, couronnèrent son petit festin. Il mangea sans se presser devant la porte-fenêtre qui donnait sur la véranda et la cour arrière, admirant les chrysanthèmes mauves, rouges et jaunes qu'il avait plantés au printemps. Dehors, le ciel s'assombrissait peu à peu, et le crépuscule s'annonçait triste et gris.

À la vue de son repas et surtout de l'excellent bordeaux, Maureen se serait bien moquée de lui.

Dès le début de leur relation, elle s'était donné pour mission de l'éduquer afin qu'il devienne un parfait bourgeois.

« Ainsi, vous êtes John Matthews. Celui que mes amis désignent comme étant le super flic », avait-elle dit d'une voix chaude et sensuelle en l'abordant, six ans auparavant, à la soirée donnée en l'honneur de Lenny Taylor, le nouvel élu au poste de gouverneur de l'État de New York.

Mal à l'aise dans l'atmosphère étouffante où régnait la plus grande hypocrisie mondaine, il était sorti pour savourer l'air frais et marin de cette nuit d'août. Évitant de se mêler à la foule, il contemplait l'Atlantique au loin. Quelqu'un avait prononcé son nom et il s'était retourné pour découvrir une femme au corps félin, aux longs cheveux noirs, au sourire espiègle et à la beauté éblouissante. Un ange. Il avait appris qu'elle était psychiatre dans les États de New York et du New

Jersey et conseillère au bureau du procureur général du comté de Williamston.

Au fil de la discussion, ils s'étaient aperçus qu'ils partageaient une passion commune pour le jazz, Van Gogh, les voitures de luxe, la crème Chantilly, l'opéra, Tennessee Williams et le poète Walt Whitman.

Leur relation avait duré cinq années.

« J'ai été idiot de la laisser partir, murmura John en sortant de ses pensées. J'aurais dû la retenir. »

Allongé près de son bol vide, le chat releva la tête d'un geste lent.

— Tes regards indignés n'y changeront rien, boule de poil. Fais même le guet si ça te chante, tu n'auras rien jusqu'au déjeuner.

Après avoir fini sa bouteille de vin, John, un peu ivre, se renversa contre le dossier de sa chaise et oublia pour un court instant son enquête. Même s'il ne parvint pas à effacer de sa mémoire le visage masqué du tueur, il réussit à se détendre. Depuis sept mois, il était sur la corde raide, au bord du gouffre, incapable du moindre répit.

En a-t-il déjà été autrement ?

Après avoir nettoyé et rangé la vaisselle du mieux qu'il pouvait, il monta dans sa chambre, se déshabilla et alla faire couler l'eau du bain. Il se brossa les dents puis examina son reflet dans le miroir. Exception faite de ses éternels cheveux bruns en bataille, sa barbe de deux jours, les cernes violacés sous ses yeux et la vilaine écorchure qui courait sur la moitié de son visage lui donnaient l'allure d'un sans-abri.

« Tu as une sale gueule, mon homme », dit-il à voix haute avant de se glisser dans l'eau délicieusement chaude en prenant bien soin de ne pas mouiller son bandage.

Après s'être frictionné de la tête aux pieds, il ferma les yeux et sentit avec bonheur la tension quitter son corps peu à peu. Fidèle à son habitude, Rubens s'étendit sur le couvercle de la cuvette pour une autre de ses innombrables siestes.

Vingt minutes plus tard, John se sécha et alla se glisser sous les couvertures de son grand lit, jouissant de la tiédeur de ses draps de percale. C'est à ce moment que les souvenirs enfouis dans les tréfonds de sa mémoire depuis son enfance remontèrent à la surface avec une surprenante vivacité.

L'incendie.

La mort de ses parents.

En un éclair, John fut replongé à l'âge de sept ans dans cette nuit fatidique qui allait bouleverser toute sa vie.

En cette fin d'après-midi, il avait demandé à son père, qui lisait à l'ombre du porche, s'il voyait une objection à ce qu'il aille dormir chez un copain qui habitait dans le voisinage. Son père avait accepté, bien que chaque minute passée avec son fils comptât pour lui plus que tout au monde. Il avait prévu continuer les leçons d'échecs, mais s'abstint de le contrarier. Depuis que son médecin lui avait expliqué la virulence du cancer qui le rongeait et minait ses forces vives à une vitesse grandissante, rien ne lui déplaisait davantage que de faire de la peine à son fils et à sa femme.

Ce soir-là, les deux garçons avaient mangé du pop-corn et visionné un film d'horreur. Une explosion avait réveillé John en pleine nuit. Convaincu qu'il s'agissait d'un cauchemar, il s'était rendu compte que c'était sa maison qui flambait. Le nez collé à la fenêtre du deuxième étage, il avait vu une silhouette tituber hors du brasier et s'effondrer sur la pelouse. Il sut plus tard que ce personnage d'holocauste était sa mère. Son père, lui, avait péri à l'intérieur. John avait hurlé longtemps en frappant la fenêtre de ses poings. Puis, il s'était effondré dans un déluge de larmes.

Pourquoi ? Pourquoi ? Pourquoi ? s'était-il demandé plus d'une fois par la suite, dans la noirceur des dortoirs d'orphelinat où il avait passé le reste de sa jeunesse. Il en voulait à ses parents d'être morts. À Dieu, d'avoir permis cette ignominie. Et à la vie, d'être si injuste.

Mais au plus profond de son cœur de petit garçon, un sentiment avait secrètement fait son nid. La culpabilité. Celle d'avoir survécu à la mort de ses parents. Pourrait-il un jour, un seul jour, se défaire de ce sentiment qui lui collait au corps comme une seconde peau et lui empoisonnait l'existence ?

Au cours de sa première année au FBI, John avait demandé de consulter le rapport d'enquête du service d'incendies de Tulsa concernant l'explosion meurtrière qui avait jadis détruit une maison familiale dans le quartier huppé de Griffin Town. Sa lecture l'avait anéanti. Selon les enquêteurs, l'incendie avait été causé par des chiffons imbibés de solvant, qui s'étaient enflammés après avoir été exposés à une source de chaleur. Le feu avait fait exploser la chaudière, anéantissant en peu de temps toute la maison.

Cette après-midi-là, John, accompagné de ses copains, était descendu dans le sous-sol dans l'idée de repeindre sa bicyclette. Cependant, dans leur excitation, ils avaient renversé de la peinture sur le sol. Pas grand-chose, mais le père de John risquait inévitablement de s'en apercevoir. Ils avaient alors cru bon d'employer de la térébenthine pour effacer leur bévue. À ce moment-là, le bruit familier que faisait la canne du père de John s'était fait entendre dans l'escalier. Les garçons avaient eu peur d'être pris sur le fait, et ils avaient caché la bicyclette dans l'atelier de couture où son père ne mettait jamais les pieds. Mais à la dernière seconde, John avait aperçu les chiffons sur l'établi et s'était précipité pour les dissimuler à l'endroit le plus près de lui : derrière la chaudière.

Il était le seul responsable de la mort de ses parents.

* * *

John rêvait de couteaux dégoulinants de sang, de rires déments et de cadavres éventrés couverts d'asticots, lorsqu'il prit conscience qu'on sonnait à la porte. Il se réveilla, trempé de sueur. La douleur à son épaule était presque insoutenable. Il prit deux cachets sur la table de nuit et les avala d'un coup sec.

« O.K. O.K. J'arrive ! » cria-t-il en enfilant un boxer et un t-shirt blancs.

Le corps raide et endolori, il descendit les marches d'un pas lourd avec Rubens sur les talons. Par la fenêtre du séjour, il crut distinguer une camionnette bleue qui démarrait et s'engageait dans la rue obscure.

Intrigué, il ôta le verrou de sécurité et ouvrit la porte.

Le temps avait subitement fraîchi. Le vent arrachait des murmures en soufflant dans les branches. Couverte d'un tapis de feuilles jaunes desséchées, la rue était déserte.

Une superbe douzaine de lis roses, protégée par un bel emballage transparent, était déposée sur le paillasson qui indiquait *Bienvenue* à ses visiteurs.

De qui peuvent-ils bien provenir ? s'interrogea-t-il.

Rubens les renifla, mais il ne semblait pas apprécier leur odeur musquée. John tourna le dos à la porte et rentra dans la maison en allumant le plafonnier du vestibule. L'éclairage lui fit plisser les yeux.

Une jolie petite enveloppe fleurie accompagnait la gerbe. Sur le dessus, on avait inscrit son prénom d'une écriture fine et stylisée. La saisissant avec précaution par un coin, il alla dans le séjour chercher une paire de gants en latex dans la poche intérieure de son blouson de cuir.

Selon les règles, il aurait dû confier l'enveloppe au laboratoire d'analyse, mais John s'en contrefichait. En son for intérieur, il savait qui était l'expéditeur de ces lis. Avec minutie, il ouvrit l'enveloppe à l'aide d'un coupe-papier. À l'intérieur, il y avait une simple feuille rouge.

Un message.

Prompt rétablissement, John.

D'un ami qui te veut du bien.

Chapitre 6

Sis en plein cœur du centre-ville, le poste de police de Pretoria était abrité dans un vieux bâtiment historique de trois étages en pierre grise, datant du début du siècle. Avant de devenir le siège des représentants de l'ordre, le bâtiment avait abrité un hôpital psychiatrique, ce qui expliquait peut-être l'austérité de son architecture. La plupart des habitants de la ville s'amusaient à raconter qu'ils ne voyaient aucune différence entre les psychiatres et les flics : ils étaient tous aussi timbrés les uns que les autres.

Il était près de vingt-deux heures lorsque John gravit l'escalier du poste de police. Le parc de l'autre côté de la rue était désert. Un vent fort et froid soufflait maintenant sur la ville. L'air était chargé d'ozone. L'orage approchait et l'été indien tirait à sa fin.

Sans se préoccuper de ses confrères, John fila au bureau qui lui avait été assigné. Il enleva son blouson de cuir et l'accrocha au dossier de sa chaise.

Le poste de contrôle était en pleine effervescence. Les policiers s'échangeaient les informations les plus récentes ; les téléphones sonnaient dans tous les coins et les fax dévidaient des montagnes de papiers. Le compteur tournait. Il ne restait plus que quelques heures avant que Vincent Tindo ne soit relâché, et toujours aucune preuve tangible pour le relier aux meurtres.

Le premier à venir rejoindre John Matthews fut le chef adjoint, Justin Thurman. Il jeta un coup d'œil inquiet aux gestes lents, à la démarche mal assurée et à la pâleur du visage de John.

— Tu fais du zèle ? Tu devrais être chez toi à te reposer, lui dit-il avec sympathie. Tu as la mine épouvantable d'un homme qui vient d'être rescapé après un mois en forêt.

John ignora la remarque. Il s'était réveillé avec quelques courbatures, mais il était prêt à reprendre le combat.

— Du nouveau ?

Thurman secoua la tête.

— Absolument rien. Depuis que nous avons rendu publique l'arrestation de Vincent Tindo aux infos de dix-huit heures, nos standards débordent. En moins d'une heure, cent vingt-trois personnes ont déclaré être le tueur. Et plus d'une centaine d'autres ont affirmé soit le connaître, soit détenir des informations sur lui. Une équipe bosse là-dessus et effectue les vérifications nécessaires. Toutefois, je ne m'attends pas à des résultats probants. Mais on ne sait jamais.

— L'espoir est parfois dangereux, grommela John, trop bas pour être entendu.

Il se souvint qu'après la mort de ses parents, il avait attendu en vain leur retour. Il avait tant espéré qu'ils viennent le délivrer de cet infâme orphelinat auquel l'État l'avait confié. Cependant, rien ne s'était produit et il lui avait fallu bien du temps pour comprendre et accepter que son sort était scellé : jamais plus il n'aurait de parents.

— Tiens, dit-il en tendant à Thurman un sac transparent contenant une enveloppe blanche. Ça accompagnait la douzaine de lis roses que le tueur m'a gentiment fait livrer chez moi plus tôt dans la soirée. Envoie-la au labo. Demande à Glenn qu'il relève les empreintes et qu'il les compare à celles de Tindo. Dis-moi, Tindo a-t-il fait un appel depuis le début de sa détention ?

— Non. McGirr m'a tantôt demandé la même information. Il trouvait cela bizarre qu'un gars plein aux as ne se précipite pas illico sur le téléphone pour appeler son putain d'avocat.

— Ce n'est donc pas l'auteur de cette charmante attention.

— Un complice ?

— Ça ne cadre pas avec la personnalité du tueur. Mon instinct me dit que c'est un homme qui aime opérer seul.

Prends la photo de Tindo et distribue-la chez tous les fleuristes de Pretoria et des villes avoisinantes qui font la livraison de fleurs. Qui sait, un employé va peut-être reconnaître son visage. Et s'il a passé la commande par téléphone, on va pouvoir le retracer avec le numéro de sa carte de crédit.

Les deux hommes se doutaient bien que cette voie aboutirait probablement à un cul-de-sac.

Cette commande peut-elle avoir été faite plusieurs jours auparavant ? se questionna alors John. Possible. Mais cette idée déplaisante suggérait que Tindo, en supposant qu'il soit bien le tueur, aurait prévu exactement la suite des événements. La méticulosité des meurtres révélait bien une intelligence tordue et supérieure. *Mais les devins n'existent que dans la fiction,* conclut-il.

— McGirr est-il dans les parages ?

— Tu l'as manqué de peu. Il a dit qu'il allait prendre une douche, vider quelques bières, puis tenter de dormir deux heures.

— Voulait-il que je le rappelle ?

— Non. Je crois qu'il était certain que tu ne serais pas assez fou pour te pointer ici. Ce que je croyais également.

— As-tu les résultats de l'analyse vocale ? demanda John.

— Pas encore. Nous les aurons dans environ deux heures. Mais le centre médicolégal vient tout juste de nous faire parvenir les résultats des organes retrouvés chez Tindo : ils sont d'origine animale. Si cet enfoiré est vraiment le tueur, il se fout complètement de notre gueule !

— Peut-être. Des nouvelles de Penridge ?

— Reparti à New York, répondit Thurman d'une voix enchantée.

— Les rats quittent toujours un navire à la dérive, répliqua John avec un sourire.

— Voici au moins le dossier de Tindo, enchaîna Thurman en déposant une enveloppe brune sur le vieux secrétaire. Intelligent, notre mec. Riche aussi. Mais ce putain d'emmerdeur est aussi vierge que l'était Marie. Que comptes-tu faire ?

— Lire ce dossier et faire sa connaissance.

La chemise cartonnée que tenait John entre ses mains ranima son angoisse et son sentiment d'insécurité. Il resta immobile, indécis, à fixer le dossier. Peut-être y avait-il, au cœur de ces nombreuses pages, un indice intéressant qui lui permettrait de mieux cerner la personnalité de Tindo et de déterminer si ce dernier était bien son tueur. Se calant contre l'inconfortable dossier de sa chaise, John desserra, pour être à son aise, la boucle de son holster et l'enleva.

Il ouvrit le dossier. Une photographie du suspect accompagnait le rapport. Sur le cliché, Tindo portait un élégant costume gris anthracite et une cravate Hermès en soie noire. John lui trouva un air intellectuel malgré son sourire séducteur et sa beauté très classique. Tindo était sans contredit un très bel homme.

TINDO, VINCENT JAMES
Sexe : M
Date de naissance : 6 juin 1974*
État civil : Célibataire
Lieu de résidence : 432 Parkinson Road, Pretoria

C'est alors que John vit l'astérisque qui faisait référence à une note mentionnant la possibilité que le sujet ait trafiqué les registres informatiques de l'état civil.

Il interrompit sa lecture et regarda la fenêtre où des trombes d'eau se déversaient. L'orage battait son plein. Ses yeux dérivèrent sur les agrandissements de polaroïds qui tapissaient les murs de la pièce. L'éclairage inondait les clichés d'une lumière vive, accentuant leurs couleurs et conférant aux victimes un aspect vivant. John n'avait pas l'intention de les scruter de nouveau, mais c'était plus fort que lui. Il les avait observés peut-être une centaine de fois, cherchant un détail qui lui aurait échappé, et ce n'était que pure morbidité que de les regarder de nouveau.

Sur l'un des clichés, le visage énucléé d'une femme le fixait d'un air accusateur. En plein milieu de la face contusionnée, il y avait un trou gros comme une balle de golf à l'endroit où le nez aurait dû se trouver. Après examen de la dépouille, le médecin légiste avait affirmé dans son rapport que le tueur avait sectionné le nez au couteau. La blessure n'avait pas été mortelle. La jeune fille était donc consciente au moment de cet acte de sauvagerie. Les policiers n'avaient pas retrouvé l'appendice nasal.

John s'essuya la bouche du revers de la main comme pour chasser son dégoût. Son cerveau enregistra tous les détails se rapportant à la jeune femme martyrisée : son visage boursouflé, ses lèvres tellement tailladées au couteau qu'on pouvait voir la base des gencives et les esquilles de l'os du menton, fendu en deux par un objet contondant, qui saillaient de sa joue droite.

S'il n'avait su que la jeune femme avait été violentée, il aurait juré qu'elle était la victime d'un accident de la route.

La plus jeune des victimes, Clara Reed, récemment admise à Harvard, avait seulement dix-neuf ans. La plus âgée, Joan Switzer, secrétaire de rédaction au *Daily News* depuis trois décennies, venait tout juste de fêter ses soixante et un ans lorsque les flics l'avaient trouvée, baignant dans son sang. En comptant Kelly Weist et Diane Hurst, les douze femmes étaient célibataires et vivaient seules. Aucune trace d'effraction n'avait été relevée sur les lieux des crimes. *Tu choisis tes futures victimes avec soin. Tu dois donc les épier durant plusieurs jours. Noter minutieusement leurs allées et venues. T'assurer qu'elles vivent seules. Tu es très bien organisé. Je parie qu'elles t'ont toutes laissé entrer bien gentiment… Comment les abordes-tu ? Tu te déguises en flic ? En pompier ? Tu te fais passer pour un employé de la compagnie du gaz ? Ou pour un fleuriste peut-être ?*

« Enculé ! » marmonna John entre ses dents en pensant aux fleurs qu'il avait reçues. *Est-ce de cette façon que tu t'introduis chez elles ? Quelle femme pourrait bien se méfier d'un homme très séduisant vêtu d'un costume de livreur et tenant dans ses mains un magnifique bouquet ?*

« Aucune », clama-t-il en partant à la recherche de Justin Thurman.

Un tumulte terrible régnait dans le poste et John eut l'impression de pénétrer dans un cirque. Il trouva Thurman près de la distributrice à café, en train de consulter des documents. Celui-ci avait la tâche fastidieuse, mais combien capitale, de rassembler tous les renseignements et de les donner aux inspecteurs sur le terrain, qui étaient sous la supervision de Monroe.

— Est-ce qu'il y a toujours des policiers au domicile de Kelly Weist ? lui demanda John avec une politesse qui cachait mal son impatience.

— Non. L'appartement a été mis sous scellés. Pourquoi ?

— Envoie-moi quelqu'un là-bas au plus vite et dis-lui de me rappeler. C'est urgent, ajouta-t-il avec autorité.

— Parfait, dit Thurman. J'ai reçu les résultats du labo. Les gars ont retrouvé cinq empreintes digitales sur l'enveloppe, mais aucune d'entre elles n'appartenait à Tindo.

C'était à prévoir, conclut John en regagnant son bureau. Durant quelques secondes, il étudia la photo de Tindo posée sur son secrétaire. *Est-ce toi, enfoiré, qui charcute ces pauvres femmes ?*

Debout, les mains dans les poches, John examina de nouveau les clichés sur les murs, s'attardant aux contusions présentes autour du cou de chacune des victimes. Ces dernières, selon le rapport du médecin légiste, présentaient toutes des blessures importantes à la cage thoracique : côtes cassées, sternum brisé... *Je comprends ton petit jeu maintenant. Tu t'assoies sur ces femmes et tu les étrangles par-devant. Tu immobilises leurs bras avec tes genoux. Ça expliquerait les larges ecchymoses sous leurs aisselles. Tu veux qu'elles sentent ta domination. Tu jouis de la terreur qui se lit dans leurs yeux. Mais tu te gardes bien de les tuer de cette façon. Ton pied, salopard, tu le prends en jouant du couteau.*

John se fit craquer le cou et prit une longue respiration. La pluie battait les fenêtres.

Tu connais la médecine légale et les méthodes d'enquête. Tu prépares donc tes meurtres avec soin. Tu te rases le corps. Tu portes toujours des gants pour ne pas laisser d'empreintes et tu évites même de les enlever pour faire ta sale besogne. Tu les violes toutes, mais tu utilises un condom. Que fais-tu de tes cheveux ? Pourquoi les éviscères-tu ? Et que fais-tu de leurs organes ? Tu te les fais cuire comme dîner ? Sont-ils tout simplement des trophées de chasse ? Ou cherches-tu seulement à nous mystifier ? Est-ce que...

Thurman interrompit ses pensées en cognant sur le chambranle de la porte.

— Un de nos gars vient d'arriver à l'étage de Kelly Weist et il attend tes instructions.

John s'empara aussitôt du téléphone cellulaire que lui tendait le chef adjoint.

— Allez dans l'appartement et vérifiez s'il y a des fleurs, ordonna-t-il sèchement au policier. Oui, des fleurs. J'attends.

Thurman nota que le visage de Matthews reflétait une volonté de fer, et que la perspicacité brillait dans ses yeux noirs.

— Elles ne sont pas fanées ? Non. Un bouquet de lis blancs. Merci.

John mit fin à la communication et rendit le téléphone cellulaire à son propriétaire qui arborait un air interloqué.

— Des fleurs fraîches ?… Est-ce que ça figurait dans les rapports des autres victimes ? demanda Thurman.

— À ma connaissance, on ne s'est pas attardé à ce détail, répondit John en farfouillant dans les pages volantes de ses dossiers. Mais ça ne veut pas dire qu'il n'y en avait pas. On n'aura tout simplement pas remarqué, sans doute. Elles pouvaient être disposées n'importe où dans la maison. Demande la collaboration des collègues de New York et télécopie-leur une photo de Tindo. Qu'ils la présentent à tous les fleuristes se trouvant dans un rayon de deux kilomètres du domicile de Kelly Weist.

Thurman jeta un coup d'œil à l'horloge murale. Il était vingt-deux heures trente.

— Que ce soit fait à la première heure demain matin ! lâcha John. C'est capital !

Dès qu'il fut seul, il retourna à sa lecture sur Tindo. Ce dernier avait été admis au MIT à l'âge de dix-huit ans, refusant du même coup une bourse d'études des universités Yale et Harvard. Ph. D. en mathématiques et en informatique en seulement trois ans. Notes parfaites. Peu enclin aux compliments dithyrambiques, l'ensemble du corps professoral l'avait pourtant qualifié de génie. À vingt et un ans, il fonda North System, une petite compagnie informatique. En deux ans, il avait sextuplé son chiffre d'affaires grâce, entre autres, au rachat des entreprises concurrentes. Maintenant, les plus grandes compagnies américaines, Boeing, General Electric, Exxon…, faisaient appel à ses services pour protéger leurs systèmes informatiques contre l'espionnage industriel. Coté à la Bourse, North System concevait des logiciels servant à contrer toute intrusion illicite au cœur d'un ordinateur pour copier, détruire, dérober ou pour transformer des éléments d'information.

John soupira, une question ne cessant de le hanter : POURQUOI ? Comment un homme pouvait-il en arriver à mutiler, à violer et à assassiner des femmes ? Il cherchait la réponse à cette question depuis fort longtemps, en fait depuis qu'il avait assisté à une communication sur les tueurs en série, prononcée à l'intention des étudiants en psychologie par un criminologue expert venu en conférence à Princeton. Intrigué, John, qui était alors étudiant en littérature anglaise à la même université, s'était faufilé dans la salle et avait écouté la conférence. L'après-midi même, bouleversé, il avait décidé d'abandonner la littérature, qu'il croyait essentielle pour lui, afin de s'inscrire à la faculté de criminologie du Maryland. Enfin, il possédait un moyen de trouver des réponses aux interrogations qui l'assaillaient depuis toujours, moyen qu'il avait cru pouvoir découvrir dans l'œuvre des grands écrivains. Mais un Ph.D. et dix années de pratique au sein du FBI ne lui avaient procuré qu'une seule certitude pour calmer ses angoisses existentielles : l'être humain était le principal responsable du mal sur cette terre.

John regarda de nouveau la photo de Tindo. Se pouvait-il que cet homme, brillant informaticien et entrepreneur renommé, soit le tueur en série qu'il recherchait depuis des mois ? C'était presque invraisemblable.

Une seule personne pouvait peut-être l'aider à trouver la réponse : Maureen. Sans attendre, il décrocha le combiné du téléphone près de lui et composa le numéro de son cellulaire.

* * *

Nerveux, sachant qu'il allait enfreindre une dizaine de lois fédérales en enregistrant l'évaluation psychologique de Vincent Tindo, John termina en vitesse l'installation de la caméra à trépied. Le tout fini, il enclencha l'enregistrement automatique.

De l'autre côté de la vitre sans tain, pieds et mains entravés à sa chaise par des menottes et reliés entre eux par une lourde chaîne métallique, Tindo semblait trouver l'attente fastidieuse. Il paraissait nerveux tel un gosse attendant avec impatience la fin du cours pour aller uriner. Un garde armé était posté à ses côtés et le surveillait attentivement.

Tindo fixa la vitre sans tain d'un large sourire fou, puis il se mit à rire à gorge déployée, le bruit des chaînes accompagnant ses soubresauts.

Le garde fit un geste vers lui en levant la main.

— Ta gueule, Tin…, commença-t-il d'une voix forte et autoritaire.

L'homme ne finit pas sa phrase. Lorsqu'il avait esquissé un geste vers Tindo, celui-ci s'était arrêté de rire sur le coup. Derrière la vitre sans tain, John pensa que ses yeux allaient sortir de leur orbite tant ils étaient écarquillés. Malgré ses cinquante kilos de plus, le garde parut glacé d'effroi et mit la main sur son arme en reculant.

— C'est ça, gentil toutou à sa maman. Recule. Bravo ! Comme tu écoutes bien ! lança Tindo d'une voix suave en voyant le gardien reprendre sa place initiale.

On frappa à la porte de la pièce où John était assis à observer Tindo, et Thurman entra avec, à ses côtés, Maureen Hapfield. Une expression attristée altéra aussitôt les traits fins de la psychiatre lorsqu'elle vit John. Déposant sa mallette par terre, elle se précipita vers lui et, malgré la présence de Thurman, le serra dans ses bras. Le contact du corps de Maureen contre le sien fit à John l'effet d'une décharge électrique. Le visage enfoui dans sa luxuriante chevelure noire, il ferma les yeux, reconnaissant la fragrance *Ce soir ou jamais*, d'Annick Goutal — un parfum floral qu'il lui avait fait connaître lors d'une folle escapade de deux semaines à Paris à la suite de l'heureuse conclusion d'une de ses enquêtes. Après un moment qui sembla durer une éternité, elle desserra son étreinte et l'examina de près. Elle n'avait pas vu John depuis près de onze mois, et elle eut beaucoup de difficulté à retrouver en lui l'homme avec qui elle avait partagé cinq années. Ses paupières alourdies et ses traits affreusement tirés témoignaient de sa grande fatigue.

— Je suis heureuse de te revoir, grand fou, dit-elle avec un sourire hésitant sur les lèvres. Toujours à courir les mécréants aux quatre coins de l'Amérique ?

Depuis leur rupture, elle avait encore le sentiment d'avoir laissé derrière elle quelque chose de vital, d'essentiel à son équilibre, quelque chose dont elle n'arriverait jamais à se passer. Il lui était arrivé de vouloir s'engager plus sérieusement, mais John, trop dévoué à son travail, avait préféré reprendre ses distances. Rejetée, blessée au plus profond de l'âme, elle avait joué l'indifférente au lieu de s'accrocher. Elle s'était dit qu'avec lui, de toute façon, il n'y aurait pas d'avenir. Depuis quelques mois, elle n'était plus certaine d'avoir pris la bonne décision. Combien de fois avait-elle composé son numéro de téléphone pour raccrocher le combiné à la dernière seconde. Non, elle n'était pas encore capable de lui avouer qu'elle l'aimait toujours.

Et pourtant, pensa-t-elle, *y a-t-il eu un changement dans nos vies ? Non.* John pourchassait encore un fou furieux, et elle serait toujours seule à attendre qu'il daigne lui faire signe entre cette enquête et la suivante qui le mènerait Dieu sait où.

— J'aurais aimé te rencontrer en d'autres circonstances, lui glissa-t-il de sa voix chaude. Mais faut croire que la vie choisit parfois de drôles de moments. Je te remercie d'être venue si vite.

— Ne t'ai-je pas déjà dit que je serais toujours là pour toi ?

— C'est lui ? demanda-t-elle en regardant, de l'autre côté de la vitre sans tain, l'homme très séduisant qui bougeait la tête pour faire craquer son cou.

Par un réflexe de protection, elle avait croisé ses bras sur sa poitrine.

— Vincent Tindo, dit John. On t'a remis le dossier ?

— Oui, répondit-elle distraitement. Son attention était maintenant centrée sur le suspect. Que veux-tu que je fasse ?

Je l'ignore, songea John. Pouvait-elle lui faire avouer ses meurtres ? De toute façon, il n'en avait rien à foutre d'une cassette vidéo contenant la confession de Tindo, car il savait trop bien qu'elle ne pourrait pas être retenue comme preuve devant la Cour.

Il voulait être certain, hors de tout doute, que Tindo était réellement le tueur. Qu'elle prenne n'importe quel moyen, qu'elle lui torture l'esprit, à la limite ; il voulait connaître la vérité.

— Je veux savoir s'il est l'auteur de tous ces horribles meurtres.

— D'accord ! Mais à une seule condition.

— Laquelle ? demanda John.

— Je ne veux à aucun moment être interrompue. Est-ce bien clair ?

Matthews et Thurman opinèrent du chef.

— Quel est le nom du gardien qui est avec lui ? demanda-t-elle.

— Ken Docker, dit Justin Thurman. J'ai confiance en lui.

— Parfait. Je suis prête.

— Je vous accompagne, dit Thurman.

John lui prit la main.

— S'il y a un pépin, tu me fais aussitôt signe. Je resterai ici à surveiller.

Pour toute réponse, elle lui fit un clin d'œil et l'embrassa sur la joue.

* * *

C'est avec un sourire que Vincent Tindo accueillit la femme qui faisait son entrée dans la salle d'interrogatoire d'un pas énergique. Elle respirait la confiance en soi, qualité que Vincent adorait entre toutes.

John observa les réactions de Tindo à l'arrivée de la psychiatre.

— N'êtes-vous pas d'avis que tous les problèmes des hommes proviennent de leur... *queue* ? lança Tindo, qui semblait chercher à diriger la discussion.

— Malheureusement, l'approche freudienne n'est pas ma spécialité clinique. Je suis Dr Maureen Hapfield. Je viens vous évaluer, répondit-elle avec une expression neutre tout en tirant la chaise pour s'asseoir.

John, derrière la vitre sans tain, vit Tindo pencher la tête de côté pour détailler le corps de la psychiatre.

— C'est désolant. Franchement désolant.

Au bout de quelques secondes, voyant qu'il ne suscitait pas l'effet escompté par sa remarque, Tindo se mit à reluquer sans vergogne la poitrine généreuse de la femme.

Faisant fi du comportement provocant du détenu, Maureen, qui était décidée à ne pas s'en laisser imposer, attaqua.

— Votre nom est Vincent Tindo et… (elle vérifia l'information dans son dossier) vous êtes né à Chicago, dans l'Illinois. Est-ce exact ? questionna-t-elle, le nez plongé dans ses feuilles.

Tindo ne sembla pas l'entendre et lui dit avec un sourire suave :

— J'adore les femmes freudiennes. Dommage que vous n'en fassiez pas partie. J'en ai rencontré personnellement… (amusé, il comptait sur le bout de ses doigts avec son index)… voyons… (il regarda vers la vitre) disons près d'une douzaine. Les yeux mi-clos, il se servit de sa langue, qui distendait sa joue droite, pour imiter un pénis dans sa bouche entrouverte.

— Ça suffit, Tindo ! cria le gardien en marchant vers le prisonnier.

Maureen leva instantanément la main vers le gardien et tourna la tête en direction de la vitre.

Un long silence tomba, au cours duquel le garde reprit sa place initiale.

— Pouvons-nous continuer maintenant ? demanda Maureen.

— Pas avant que ce crétin de nègre d'arriéré mental ait foutu le camp d'ici ! prononça Tindo d'une voix glaciale.

— Agent Docker, dit la psychiatre, laissez-nous. Merci.

— Nous continuons ? reprit Tindo, plein de courtoisie.

— Votre nom est Vincent Tindo et vous êtes né à Chicago, Illinois…

— Vous connaissez Judas, ma très chère Maureen, murmura Tindo pour lui-même, d'un air extasié. Judas Iscariote, l'homme qui a trahi Jésus pour trente deniers. Pensez-vous que Judas était un démon à la solde de Satan ?

Sans attendre la réponse, il continua :

— Giotto di Bondone, né vers 1267 à Vespignano, mort en 1337 à Florence, peignit l'intérieur de la chapelle

Scrovegni, mieux connue sous le nom d'Arena, qui comporte trente-huit fresques. C'est en Italie, comme vous vous en doutez.

Maureen eut un mouvement de recul quand Tindo se pencha subitement vers elle. Ses chaînes tintèrent.

— La vingt-huitième fresque dépeint la scène de Judas acceptant de l'argent pour avoir trahi le Christ. Si vous regardez attentivement Judas, reprit-il, vous verrez qu'il porte une auréole noire au-dessus de sa tête et que Satan a posé sa main sur son épaule. Comme s'ils étaient alliés ! D'après vous, avec sa trahison, Judas a-t-il mieux servi les intérêts de Dieu ou ceux de Satan ?

— Je vois que votre père possédait une boulangerie, dit Maureen en lisant son dossier.

— Vous me lassez, répliqua-t-il en poussant un long soupir.

Se penchant davantage en avant, il enchaîna d'une voix persifleuse :

— Vous pensez que je ne sais pas ce que vous êtes en train de faire ? Vous essayez d'évaluer si je suis *compos mentis*… ou, si vous préférez, fou, taré, dément.

— Je connais très bien le latin, Vincent, lui lança-t-elle en croisant ses yeux.

Il y eut un long silence. De l'autre côté de la vitre, John en profita pour faire jouer ses muscles endoloris. La fatigue et le stress raidissaient ses articulations. Dehors, un orage éclata, comme si Dieu avait commandé un nouveau déluge.

— … quand votre famille a déménagé à Bladen, Tennessee.

Elle leva le nez de son dossier et le regarda.

— Est-ce bien exact ? demanda-t-elle.

Sortant de son mutisme, Tindo se mit à parler calmement.

— Savez-vous que Pierre, un simple pêcheur de Galilée, est devenu le chef des douze apôtres de Jésus ? À l'origine, il s'appelait Simon, mais Jésus lui avait donné le prénom araméen de *Kepha*, signifiant rocher. *Rock*, en anglais. Les trois reniements de Simon Pierre, murmura pour lui-même Tindo, après un silence momentané, comme dans une prière. Eh bien, en vérité, il y en a eu six. Au Moyen-Orient, le coq chante deux fois durant la nuit. Le premier renie-ment, Pierre l'a fait devant Annas dans la cour intérieure du grand prêtre Caïphe. Son deuxième, peu de temps après le premier, s'est passé près des feux, devant une jeune servante de Caïphe. Quelques secondes plus tard, Pierre a fait le troisième reniement au même endroit. Puis, le coq a chanté pour la première fois. Il était minuit et demi. Il faisait un froid humide, et la pleine lune était cachée derrière une montagne de nuages.

Ce qui rendit John nerveux, c'est que Tindo parlait comme s'il avait été témoin de la scène.

— Pierre a renié Jésus pour la quatrième fois devant une servante de Caïphe, près de la grande porte qui ouvrait sur la cour intérieure. La cinquième fois, il l'a renié devant un groupe de personnes rassemblées près du feu et, la sixième, en présence d'un serviteur du principal sacrificateur, juste avant que le coq ne chante pour la deuxième fois.

Maureen semblait mal à l'aise. John comprenait sa réaction.

— Je vous fatigue, docteur?

— Non. J'ai simplement remarqué qu'à l'âge de dix ans vous avez été impliqué dans un accident de voiture avec votre père. Vous reveniez d'un voyage de chasse, il pleuvait et la nuit commençait à tomber. La camionnette de votre père a été retrouvée dans un ravin quatre jours plus tard. Vous étiez encore coincé dans l'habitacle quand les secours sont arrivés. Corrigez-moi si je me trompe, mais votre père est mort sur le coup. Selon les médecins, vous devez votre survie à l'absorption de votre urine.

John eut un haut-le-cœur à la pensée de la puanteur du sang et de la chair en décomposition qui avait dû s'exhaler de la camionnette quand les ambulanciers avaient ouvert les portes. Le rapport de police mentionnait que l'enfant avait subi un choc émotionnel important. Au moment de sa découverte, il marmonnait quelque chose à son père... Cela avait dû être terrible: la chaleur, le soleil plombant à travers le pare-brise, les mouches tourbillonnant autour du cadavre en putréfaction et déposant leurs œufs sur la peau en lambeaux, granuleuse comme du fromage... Le pire, c'était que les secouristes avaient dû scier l'avant-bras du mort à la hauteur du poignet. Vito Tindo ne voulait absolument pas lâcher son volant.

— Votre père…

— Arrêtez de parler de mon père, coupa Tindo d'une voix caverneuse.

Il fit craquer ses doigts en les appuyant sur les barreaux de la chaise, fixant son interlocutrice avec, dans les yeux, une lueur meurtrière. Si Tindo avait déjà montré quelque amabilité, ce côté de sa personnalité avait définitivement disparu.

John fut atterré par la transformation. Elle n'affectait pas seulement sa voix, mais aussi sa posture. On aurait dit qu'une présence malveillante avait pris possession de son corps et de son esprit. Il avait relevé son torse comme s'il portait un carcan, et son visage grimaçant, agité de tics nerveux, révélait maintenant toute sa folie intérieure. John pensa : *Ce que nous cherchions, je l'ai maintenant trouvé.* Il aurait été surpris de constater qu'il avait eu *exactement* la même pensée que Maureen Hapfield. Mais, en sa qualité de psychiatre, celle-ci n'aurait jamais admis que l'homme lui paraissait être le démon en personne.

— Vous n'aimiez pas votre père, n'est-ce pas ?

— ARRÊTEEEZ ! hurla Tindo en se tordant avec frénésie sur sa chaise, comme si on venait de décharger vingt mille volts dans son corps.

Maureen Hapfield se leva précipitamment.

Les veines et tendons du cou contractés jusqu'à vouloir se rompre, Tindo regarda Maureen :

— Nous aurions dû nous rencontrer il y a de cela un mois, finit-il par articuler en souriant.

Puis il réussit à tourner la tête vers sa droite. Vers le miroir sans tain.

— La réponse aux cauchemars qui hantent tes nuits est sous tes yeux, John. Sous tes yeux. ELLE A TOUJOURS ÉTÉ LÀ ! cria Tindo, un sourire glacé aux lèvres.

* * *

Maureen alluma sa cigarette d'une main tremblotante, promenant autour d'elle un regard mal assuré. La salle de conférences que leur avait offerte Justin Thurman pour qu'elle puisse reprendre son sang-froid lui semblait une cellule de prison. Des torrents de pluie fouettaient furieusement les fenêtres comme un barrage d'artillerie.

— Tu veux t'asseoir ? lui proposa John en l'examinant à la dérobée.

Celle-ci fit non de la tête, préférant soulager sa tension en marchant dans la pièce. *Elle est secouée, mais elle tiendra le coup*, songea John, une fois de plus étonné du courage et du cran de Maureen.

— Je ne peux malheureusement pas dire si ce Vincent Tindo est capable de tels meurtres, ni s'il serait responsable de tels gestes. Pas après seulement une demi-heure d'entrevue. De toute manière, aucun psychiatre ne pourrait s'aventurer à poser un tel diagnostic. À moins, cependant, que le détenu n'avoue de son propre gré être l'auteur des crimes dont il est inculpé.

La voix chaude de Maureen avait retrouvé sa pleine assurance. Elle commençait tout juste à chasser la sensation de peur et de malaise qu'elle avait éprouvée à se trouver si près du détenu.

— Est-ce qu'il présente le profil psychologique du tueur en série, d'après toi ? la questionna John, bien qu'il eût maintenant sa petite idée sur cette question.

— Si cet homme peut être un tueur en série ? se dit-elle à voix haute, comme pour elle-même, en repoussant ses longs cheveux noirs derrière ses épaules. L'élément le plus probant est son besoin excessif de vouloir contrôler la conversation. Son incident avec le gardien était planifié, j'en mettrais la main au feu. Tindo voulait être seul avec moi. Il recherchait l'exclusivité. Son enfièvrement était palpable.

— Les émotions reliées au décès de son père paraissent provenir d'un traumatisme.

En exhalant la fumée de sa cigarette, Maureen se retourna vers John qui avait les mains dans les poches avant de son blue jean. Elle le regarda, admirant une fois de plus son corps musclé mis en valeur par le pull en cachemire noir. Elle était émue, car elle voyait que sous sa dureté et sa froideur, il souffrait terriblement. Elle réprima la vague de tendresse qui monta en elle et qui lui donna l'envie de serrer John dans ses bras.

— La première caractéristique qui anime la personnalité d'un tueur en série, c'est la dissociation mentale. Il en est venu à faire souffrir les autres pour mettre un terme à sa propre souffrance. Ce type d'homme a été très souvent sujet au rejet et à l'humiliation de la part de l'un de ses parents. Tindo était-il aussi maltraité par ses parents ? Était-il le souffre-douleur de son école ? Lui seul pourrait nous donner la réponse. L'incapacité de ces hommes à créer et à poursuivre des relations saines, surtout avec les femmes, les enrage et leur dévore l'esprit. Il en résulte donc un besoin excessif, presque viscéral, de vouloir les dominer, les contrôler, les avilir. En ce sens, la nécessité qu'a ressentie Tindo de diriger notre entretien est, sur ce point, très révélatrice.

— Tu as étudié les polaroïds. Tu as lu le dossier. Que penses-tu de ses motivations ?

— Tu dois chercher un Blanc de vingt à trente-cinq ans, je dirais, avec une intelligence au-dessus de la moyenne. Ce tueur-là prépare ses meurtres avec une rare efficacité. Il a un esprit très cartésien. Il pense à tous les détails. Ce doit être un ex-militaire, un chirurgien, un policier ou un logicien à mon avis. À l'exception de Diane Hurst, chacune des victimes a été retrouvée dans son séjour, au milieu de la pièce. Les bougies disposées autour du corps laissent supposer qu'il s'agirait…

— … d'un rituel ou d'une mise en scène, l'interrompit John.

— Exactement, il veut qu'on admire son chef-d'œuvre. Toutes les victimes présentaient une centaine de fines coupures, essentiellement sur les seins et les organes génitaux.

Comme perdue dans ses pensées, elle ajouta :

— Je mettrais ma main au feu que sa mère le battait. En les tailladant de la sorte, le tueur veut les martyriser, les voir souffrir, mais il ne les tue pas de cette façon. L'ablation, par contre, des mamelons, du clitoris et des ovaires est une castration symbolique. C'est comme s'il voulait punir ces femmes du pouvoir sexuel qu'elles exercent sur lui.

82

— Leurs corps deviennent un temple à sa virilité. C'est une forme de consécration… Comme le symbole qu'il leur coud sur le corps après les avoir éviscérées.

— À ce sujet, as-tu une idée de sa signification ? lui demanda Maureen.

— Non, je comptais sur toi pour m'éclairer là-dessus.

— Je n'en ai aucune idée, déclara-t-elle. Mais le symbole est certainement relié au rituel. La preuve en est qu'il est identique sur toutes les victimes. Trouve la signification du symbole et tu trouveras le sens de son message.

Chapitre 7

En voyant sur le parvis du tribunal la meute de journalistes en train de braver la pluie torrentielle qui tombait d'un ciel noir et lugubre, John pensa rebrousser chemin. La sombre intuition qui, au départ, l'avait fait venir, semblait présager une catastrophe imminente.

Même si John ne s'attendait pas à bien dormir après sa rencontre avec Maureen, c'est la sonnerie du téléphone qui l'avait réveillé, ce matin-là, à huit heures et demie. C'était McGirr qui l'appelait, question de savoir s'il y avait de nouveaux éléments de preuve à présenter avant la comparution de Tindo, qui devait avoir lieu ce jour-là, en fin d'après-midi. John l'avait informé qu'aucune des cassettes ne correspondait à l'empreinte vocale de Tindo. Il l'avait prié du même coup d'accélérer son enquête auprès des fleuristes et de l'informer aussitôt qu'il y aurait du nouveau.

Après avoir raccroché, il s'était rasé et brossé les dents avant de plonger dans un bain tiède, maudissant du même coup ses pansements qui l'empêchaient de prendre son habituelle douche matinale. Heureusement, sa nuit de sommeil semblait avoir porté ses fruits : son épaule était moins douloureuse. Il avait déjeuné d'un croissant et d'un café noir au petit restaurant qu'il aimait fréquenter non loin de chez lui. Là, il avait parcouru les journaux et lu les mêmes balivernes sur l'enquête en cours en attendant l'appel de Thurman, qui lui annonça qu'il n'avait rien trouvé et que Tindo avait demandé les services d'un avocat. Il lui restait quelques heures avant la mise en accusation ; alors, pour passer le temps, il avait fait un saut au pressing et à l'épicerie du coin.

À trois heures trente, il alla garer discrètement son Acura non loin du bâtiment fédéral, sous la protection de deux érables centenaires. En cette sinistre fin d'après-midi froide, John, en proie à ses tourments intérieurs, se sentait vidé de toute énergie, et le tambourinement des gouttes de pluie sur la voiture ne lui apportait pas l'apaisement souhaité. Les efforts quasi surhumains que le service de police de Pretoria — entre autres Justin Thurman et son équipe — avait mis en œuvre pour relier Vincent Tindo aux meurtres des jeunes femmes s'étaient avérés vains. La liste, retrouvée chez l'accusé, était la seule preuve tangible qu'ils détenaient. Liste que pouvaient posséder la moitié des cinglés de l'État de New York, en fait. Ce qui n'en faisait pas des tueurs pour autant.

Évidemment, Tindo proclamait encore son innocence en accusant les policiers de s'être introduits chez lui sans mandat et d'y avoir eux-mêmes déposé une supposée preuve pouvant l'incriminer. Dans un communiqué de presse, son avocat s'était dit outré des méthodes employées par les représentants de l'ordre. Son client, un riche homme d'affaires, était innocent et il entendait bien faire valoir ses droits.

Un frisson glacé, qui n'était pas attribuable à l'humidité ambiante ou au vent frais qui soufflait sur toute la ville, parcourut John. Non. Il sentait la présence malveillante du tueur, tout invisible que fût ce dernier. Il coupa le contact, inspira longuement et essaya de rassembler son courage, mais le souvenir de leur dernier affrontement lui revint en mémoire avec une netteté et une vitesse stupéfiantes. Un kaléidoscope d'images explosa dans son cerveau. La démence. Le mal à l'état pur. La douleur. La victime. Le couteau et le… sang, encore du sang partout, gluant et tiède. Le sien. Et le rire du psychopathe qui résonnait dans sa tête… Il en avait assez de toute cette folie.

Le tonnerre gronda au loin. On eût dit le son funeste des cloches d'une église répercuté en écho comme une sorte de plainte. Un orage approchait. *Encore ! Bon sang, ça fait maintenant douze heures qu'il pleut sans arrêt ! Je devrais peut-être*

abandonner l'idée de me bâtir un chalet et me louer, plutôt, une
bicoque sur le bord d'une plage quelque part aux Bermudes !

John sursauta lorsqu'un policier, vêtu d'un ciré jaune et tenant dans sa main un parapluie tellement large qu'il semblait, en dessous, aussi petit qu'un lutin, se mit à tambouriner avec force sur la glace de son côté.

— Ouais, ouais, j'arrive, dit John avec une mine renfrognée.

Le policier, Seth Quinn, ne put détourner son regard de celui de John Matthews. Un craquement sinistre se fit entendre et un éclair zébra le ciel, enveloppant du même coup de sa lumière blafarde le visage de l'agent fédéral. Celui-ci regardait le policier avec les yeux fous d'un illuminé qui ne trouverait le repos qu'une fois son idée obsessionnelle de justice assouvie.

John sortit, aidé de Quinn, puis releva le col de son imperméable noir. Il pesta contre la pluie qui dégoulinait dans son cou et se mit à l'abri sous le parapluie de golf multicolore. Pour ce qui était de passer inaperçu, c'était raté. En seulement quelques minutes, il se vit entouré, bousculé et harcelé de questions par les journalistes. Il eut beau essayer de franchir cette marée humaine, il était repoussé chaque fois loin de l'entrée du tribunal, comme s'il essayait d'avancer contre le vent d'une tempête.

«Agent Matthews, comment avez-vous appris…?» «Pensez-vous que Tindo sera relâché?» «Croyez-vous à la culpabilité de Vincent Tindo?» «Des sources sûres nous ont révélé que la police locale aurait monté de toute pièce des preuves accablantes contre Vincent Tindo et qu'il est innocent…»

John s'arrêta net et se retourna lentement. Les journalistes ainsi que les photographes qui le mitraillaient encore quelques secondes auparavant se turent, stupéfaits, quand ils virent l'éclat de ses yeux. Même le cameraman de CBS baissa son appareil, ignorant les insultes lancées dans son casque par le technicien du camion-télé qui voyait là un scoop sensationnel.

John bondit vers celle qui avait émis cette supposition.

La correspondante de CNN, promise à un bel avenir et dépêchée par son supérieur pour son premier grand reportage, eut un mouvement de recul. Gillian Weston regretta alors non seulement d'avoir posé cette question stupide, mais aussi de s'être levée ce matin-là et d'avoir fait des études. Elle faillit tomber à la renverse, mais elle buta contre ses collègues agglutinés derrière elle et resta donc debout face à l'homme, qui paraissait vouloir lui sauter dessus.

John lui lança d'un air féroce :

— Écoutez-moi bien, ma chère petite. Cet innocent personnage, comme vous vous plaisez à l'appeler, dit-il lentement pour qu'elle saisisse bien la gravité de ses propos, est peut-être celui qui a kidnappé, violé et tué une douzaine de jeunes femmes.

John continua impitoyablement :

— Si le cauchemar se réalise, et si ce Vincent Tindo est réellement notre homme, il sortira par cette porte dans moins de deux heures et, si vous êtes encore présente pour l'interviewer, peut-être vous remarquera-t-il et cherchera-t-il à faire votre connaissance.

Il se rapprocha d'elle.

— Voyez-vous, il a une attirance marquée pour votre genre de femme.

Après quoi, il se retourna et s'engouffra dans le palais de justice par la grande porte en chêne tenue par un agent en civil.

Une agitation inhabituelle régnait dans le tribunal. On avait renforcé la sécurité, car on craignait que le prisonnier ne s'échappe ou que les proches des victimes ne s'en prennent à lui ; la place grouillait de policiers et d'agents fédéraux. Certains reconnurent John et le saluèrent. Il opina du chef discrètement. À peine avait-il fait quelques pas, en essayant de se débarrasser de son imperméable trempé, qu'il vit à proximité la famille endeuillée d'une des nombreuses victimes qui attendait la décision du juge quant à l'éventuel procès de Vincent Tindo. Deux jeunes hommes, les yeux boursouflés d'avoir trop pleuré, soutenaient tant bien que mal une dame d'un certain âge et son mari qui marchaient le dos voûté, visiblement accablés de tristesse. *La famille de Natasha Richardson*, se dit-il, reconnaissant ces gens dont la vie avait été brisée. Il resta là, hésitant, se trouvant stupide et indécent d'être témoin de leur chagrin, mais incapable de regarder ailleurs, comme si la vue de cette famille déchirée par un drame sanglant faisait office d'autopunition. *Pourquoi n'ai-je pas arrêté ce putain de tueur plus tôt ?* pensa-t-il, le cœur serré. La mère de la pauvre victime, une dame d'environ soixante-dix ans, ouvrit le fermoir de son sac pour en sortir un mouchoir avec lequel elle essuya ses larmes. Aussitôt, elle recommença à sangloter.

Une main discrète se posa sur l'épaule de John, perdu dans ses pensées sombres. Il sursauta, se retourna et se mit à jurer en heurtant de son bras blessé la panse proéminente du chef de police de Pretoria, Jack Monroe. Son cri de douleur attira le regard des Richardson et, rougissant, John se sentit coupable comme un gosse pris à voler dans une confiserie.

— Ne partez pas, Matthews ! cria Carl Richardson avec autorité. Vous nous avez menti, à ma femme et à moi. Salaud ! Vous nous aviez juré que vous arrêteriez cet homme, ce… boucher, et voilà que vous et votre sale justice allez le faire sortir !

Monroe éprouva un vif plaisir à observer John Matthews se faire rabrouer de la sorte en public, comme s'il remportait une petite victoire personnelle sur l'agent fédéral. John demeura aussi immobile qu'une statue tandis qu'il regardait le vieil homme marcher vers lui, tel un soldat partant au front. Ses deux fils, derrière, manifestaient eux aussi de la colère, mais ils savaient fort bien que le policier n'était en rien responsable de la mort de leur sœur. À moins de cinq mètres, le vieil homme se mit à cracher sa rancœur et son fiel.

— Caaarl… ! tonna son épouse à travers ses sanglots.

Ce cri de désespoir le fit se retourner sur-le-champ. Ses traits fatigués exprimèrent alors à sa femme tant d'amour et de tristesse que le cœur de John se brisa. Elle serrait tellement, entre ses mains et contre sa poitrine, la croix qui pendait à son cou, qu'on aurait pu croire que sa foi avait fait fondre le métal et que l'objet de piété s'était amalgamé à sa chair pour ne faire qu'un. Elle reprit, d'une voix plus douce :

— Ce n'est pas lui qui a tué notre fille chérie. Ne comprends-tu pas ? Rien ne la fera revenir. Rien. Elle est morte, voilà tout. Dieu sait ce qui est juste à son heure.

L'homme, le teint cadavérique, se retourna une dernière fois vers John et, les lèvres serrées en une mince ligne, il murmura férocement :

— Mettez fin à cette abomination qu'on appelle Vincent Tindo. Qu'il retourne en enfer !

Puis il tituba vers son épouse, qu'il étreignit. John se sentit tout à coup si misérable qu'il eut honte de cette justice pour laquelle il avait peiné pendant plus du tiers de sa vie.

— J'ai vu les photos de Natasha Richardson, dit Monroe tout bas. Du vrai travail de boucher. Comment un homme peut-il faire une chose si insensée ? ajouta-t-il d'un ton grave et monocorde qui semblait feindre la sympathie.

Matthews se retint de l'empoigner par le col et de lui asséner une raclée. Mais il lui enfonça son index dans les chairs molles de sa poitrine :

— Ce tueur n'est pas un homme. Par ailleurs, à cause de votre soif de gloire, vous êtes tous bêtement tombés dans son piège. Si Tindo est bien notre lascar, il sera certainement relâché. Il va se promener allègrement dans les rues à la recherche de jeunes femmes. Et il les tuera. Encore. Par *votre* faute ! Bordel ! Ce pourrait même être votre fille ! Vous êtes seul responsable de cette bavure, Monroe, hurla-t-il. S'il y a une autre victime, une seule, sachez que votre carrière est foutue. M'avez-vous bien compris, pauvre minable ? Le message est bien reçu ?

Monroe garda son calme, mais le sang lui monta aux joues, trahissant sa colère et sa gêne d'être ainsi humilié en public. Il aurait bien voulu répliquer à l'agent du FBI que c'était Penridge qui avait ordonné l'assaut ; cependant, il savait qu'il était seul responsable de ce gâchis. C'était lui qui les avait mis sur la piste de Tindo. N'avait-il pas ressenti une pointe de jalousie à l'idée qu'un agent fédéral prenne les rênes de l'enquête et la fasse aboutir ? N'avait-il pas voulu s'en octroyer tout le mérite ?

C'est tout de même ma ville ! se dit-il pour se justifier. *Que Matthews aille se faire foutre*, pensa-t-il. Ses yeux se braquèrent sur John et se plissèrent en deux petites fentes menaçantes, pendant que la rougeur se répandait sur tout le visage :

— Faites attention à ce que vous insinuez, Matthews, dit-il d'un ton dur.

Il ajouta pour lui-même : *vous pourriez bien être la prochaine victime.*

* * *

Dès qu'il ouvrit la porte de la salle d'audience, tous les regards convergèrent vers John. Des murmures s'élevèrent parmi la foule rassemblée. Certaines personnes froncèrent les sourcils en le voyant arriver, mais John ne fit aucun cas de leur attitude inamicale. Il représentait la Justice, et ladite Justice relâcherait, peut-être sous peu, le meurtrier. Il comprenait leur réaction.

Puis, le monde sembla s'obscurcir et la salle d'audience rapetisser jusqu'à ce que son regard ne puisse plus voir que Vincent Tindo, qui lui tournait le dos, assis à la droite de son avocat, semblant très à l'aise dans son costume à la coupe impeccable.

John se raidit. Incapable du moindre geste, blême au beau milieu de l'allée entre les bancs de chêne, il semblait soudainement paralysé.

Tous le fixaient.

Le juge Zach Blake martela son bureau, à la fois pour rétablir le silence et pour inciter l'agent fédéral à prendre place.

— Silence ! Silence ! Veuillez vous asseoir ! tempêtait-il.

Mais John ne l'entendait pas. Il n'entendait *rien*. Toute son attention était dirigée vers Vincent Tindo. Ce dernier ne se retourna pas. Il leva seulement la main droite, nonchalamment, pour signaler à l'agent fédéral qu'il était conscient de sa présence. Au même instant, un rayon de soleil transperça la masse nuageuse et frappa les carreaux, faisant briller les gouttes de pluie comme des milliers de paillettes étincelantes. La salle d'audience éclairée aux néons fut inondée d'une lumière si vive que certains plissèrent les yeux. D'autres, surtout des gens âgés, eurent le réflexe de se signer. Un long murmure parcourut la salle. Incrédules et à demi hypnotisés, les gens virent irradier du corps de Matthews une lumière d'une blancheur éclatante qui alla épouser avec majesté celle qui provenait du ciel où les nuages se déchiraient. À ses pieds, le jeu d'ombres avait mystérieusement dessiné sur le plancher… une croix impressionnante, au centre de laquelle le flic se tenait debout.

Le silence tomba sur le tribunal. Dehors, le tonnerre gronda. Les nuages reprirent peu à peu possession du ciel, et John se retrouva de nouveau plongé dans la lumière atténuée de la salle.

Les gens commencèrent à douter de ce qu'ils avaient vu. Ils se regardèrent en échangeant des commentaires à voix basse et en montrant le policier du doigt.

Tandis que le juge, abasourdi, tentait de rétablir le calme, Vincent Tindo se mit doucement à chanter :

One more soul left all alone.
Where did your guardian angel go ?
There's no escape… no place to hide.
The time has come for you to die.

En entendant ces paroles, John fut tétanisé. Il se retrouva tout à coup propulsé dans la grotte où, pour la première fois, il avait eu à faire face au tueur. C'est lui. C'est lui. Même s'il n'était pas sûr des paroles, le timbre de la voix, l'arrogance du ton… tout y était. John eut alors la certitude qu'il avait devant lui l'assassin que la justice allait bientôt relâcher.

Tous les gens présents étaient stupéfaits, y compris le juge. Durant une minute, le crépitement d'un papillon prisonnier des tubes fluorescents fut le seul bruit qui troubla la salle. L'avocat de Tindo, le teint cramoisi, intima à son client de se taire. Il dut lui secouer l'épaule afin de le raisonner. Tindo se retourna alors vivement, pencha un peu la tête et toisa l'avocat.

Impressionné malgré lui — sans toutefois l'admettre — le juge entama les procédures en écoutant les représentations des avocats, sans plus se soucier des gens dans la salle.

Une caresse sur son bras tira John de son immobilité. Une vieille dame lui souriait tendrement. L'orage éclata de nouveau à l'instant même où il prenait place à côté d'elle. Une forte bourrasque hulula en s'infiltrant dans tous les interstices, comme des plaintes de femmes mélancoliques.

On eût dit que toutes les victimes du tueur avaient été assignées à témoigner. La pluie s'abattit ensuite avec une puissance telle que le magistrat leva la tête de peur que le plafond ne s'écroule.

Vincent Tindo éclata de rire en levant les bras au ciel comme s'il était en communion avec les éléments.

La foudre frappa non loin (John sentit le banc frémir) et les néons de la salle d'audience s'éteignirent. Dans l'obscurité, le rire sec et saccadé de Tindo n'en parut que plus dément.

La génératrice prit le relais, l'éclairage eut des ratés, mais finalement l'électricité revint. Zach Blake se hâta de terminer la procédure. À l'annonce du non-lieu et de sa libération, Vincent Tindo resta calme et sourit comme un carnassier prêt pour la chasse. Aucune des familles endeuillées n'osa exprimer son mécontentement. Tous avaient peur jusque dans leurs tripes.

Vincent Tindo se retourna et se gonfla la poitrine en signe de triomphe. Ensuite, accompagné de son avocat, il se dirigea vers la sortie, marchant comme un conquérant devant une foule vaincue.

Un éclair fulgurant fendit le ciel noir tandis que Vincent Tindo marchait vers John Matthews. Tindo avait les yeux fiévreux d'un homme qui vient de s'enfiler une ligne de cocaïne et qui plane en orbite. La nuit l'attendait. John le dévisagea avec une fureur à peine contenue. Il regretta de ne pouvoir se servir de son .38 alors qu'il avait le tueur à sa portée. Il savait que, cette nuit, ce serait très différent. Si Tindo l'attaquait, il ne pourrait se défendre aussi efficacement que d'habitude.

Le meurtrier parvint finalement à la hauteur de John. Il s'arrêta devant lui sans cesser de sourire, esquissa une parole, mais se retint. Ils se faisaient maintenant face, séparés d'à peine un mètre, la distance d'un bras. Pendant un court instant, ils se toisèrent. Un mélange de fureur assassine et de rage glaciale déformait leurs traits, qui n'avaient plus la moindre parcelle d'humanité. John fut tenté d'expédier sans plus attendre ce salopard en enfer, mais il réussit à se maîtriser. De toute façon, il était certain que le tueur viendrait inéluctablement à lui et le traquerait sans merci.

Ce serait alors sa chance de se transformer lui-même en chasseur et Tindo, en proie.

Au prix d'un grand effort, ses traits déformés redevinrent aussi impassibles qu'un masque.

Tindo eut un sourire satisfait.

— Ce soir… demain soir… ou peut-être bien un autre jour, je viendrai moi-même me charger de toi. Quand tu ne m'attendras plus, je serai tapi dans le noir à t'observer. Ce jour-là, je te ferai regretter d'avoir survécu à notre première rencontre, murmura-t-il à John avec mépris.

Il ajouta dans un souffle :

— Nous connaissons tous les deux la vérité. Tu sais qui je suis. À toi maintenant, le super flic, de le prouver.

C'est alors qu'une succession de bruits divers se fit entendre dans le hall. C'étaient les journalistes qui faisaient leur entrée. John sortit de la salle d'audience à la suite de Tindo et se retrouva lui aussi sous la désagréable chaleur de l'éclairage de télévision. Il put sans peine imaginer la jubilation que tous éprouvaient à les voir réunis.

Le flic et le tueur à la sortie du tribunal. Prise 1 : le face-à-face.

* * *

John avait l'impression que le monde reprenait ses formes et ses couleurs, lorsque la voix sermonneuse et hautaine de Curtis Penridge parvint à ses oreilles.

— Matthews ? Matthews ?

John venait d'agripper la poignée de la porte de sortie, strictement réservée au personnel et aux policiers, qui servait aux déplacements des détenus. Il pouvait être à l'extérieur dans la seconde suivante, s'il le voulait. Même sa sagesse lui intimait l'ordre d'ignorer la voix nasillarde qui l'interpellait sèchement et de ne surtout pas céder à la colère qui l'embrasait.

En esprit, il se voyait se retourner vers Penridge avec un sourire au coin des lèvres, puis avancer tranquillement vers ce dernier, jouissant d'avance du formidable coup de poing qu'il allait asséner à ce stupide avorton. Contrairement aux images qui se déroulaient dans sa tête, John décida de ne pas s'abandonner à ses instincts belliqueux.

Penridge glapissait à tue-tête lorsqu'il s'adressa de nouveau à lui :

— Matthews, je vous ai parlé ! Ne partez pas !

En dépit de sa colère et de l'humiliation qui pointait en lui, John se domina et se retourna lentement vers le chef régional du FBI, geste qui lui demanda toutes ses forces.

Le visage rubicond de Penridge luisait dans la lumière des tubes fluorescents. Avec ses jambes arquées et son crâne chauve, il ressemblait à l'un des nombreux monstres issus de l'imaginaire de Tolkien.

— Bon ! Vous voilà enfin raisonnable ! Nous devons décider d'une stratégie.

Tout juste derrière Penridge se tenaient en retrait McGirr et Peter Nash, un agent de son service. Dans un éclair de prescience, John sut distinctement que la présence de ce Nash était en réalité son chant du cygne. Ce dernier arborait un sourire suffisant que John détesta sur-le-champ et qui contrastait avec la gravité de la situation.

— Je n'ai besoin de vous que quelques minutes. Après, vous pourrez bien faire ce qu'il vous plaira, s'écria Penridge. Je n'en aurai plus rien à secouer.

— Existe-t-il un autre moyen plus rapide pour que je ne voie plus votre sale gueule ?

Penridge rougit violemment sans broncher, ses yeux lançant des éclairs, mais son regard ne vacilla pas.

— J'ai bien peur que non, Matthews.

— C'est bien ce que je pensais. Aussi bien en finir le plus vite possible. Pour tout vous dire…

— C'est assez maintenant, John, lui dit McGirr, compatissant. Laisse-le terminer, s'il te plaît.

N'en rajoute pas, semblaient exprimer les traits anxieux de son visage. *Tu en as assez dit comme ça.*

John poussa un long soupir. Il éprouvait une grande fatigue, son épaule le faisait maintenant souffrir et il avait une migraine sourde. Il ne souhaitait plus qu'un verre de Glenfiddich et un somnifère pour dormir.

— Je vous dessaisis de l'affaire, Matthews, car vous êtes incapable de la mener à bon terme, lui lança Penridge. Prenez des vacances si ça vous chante. Vous en auriez grandement besoin. Mais avant, je veux que vous remettiez tous vos dossiers et vos notes à l'agent Nash qui prendra votre place. McGirr m'en a dit le plus grand bien. Il…

— Pendant que vous nous faites perdre notre temps avec vos caprices d'incapable, Tindo est en train de prendre le large, le coupa John. Vous le savez, n'est-ce pas?

— De toute façon, nous n'avons aucune preuve contre Vincent Tindo. Si ça se trouve, ce n'est même pas lui qui est le tueur. Bon Dieu, Matthews, même les analyses vocales étaient négatives!

— Il nous a joliment floués. C'est vrai! Mais sur chacune des cassettes, Tindo devait sûrement utiliser un modificateur de voix. Vous oubliez que cet homme est un génie de l'informatique. La chanson que Tindo a fredonnée durant l'audience était la même, je le jurerais, que celle que le tueur a chantée dans la grotte.

— C'est ça, c'est ça! Vous avez fait un enregistrement que nous pourrions écouter? On doit vous croire sur parole? Vous divaguez, mon vieux, ironisa Penridge.

— Ces choses-là ne s'oublient pas.

— Nous avons perdu assez de temps et d'argent avec Vincent Tindo. Me suis-je bien fait comprendre?

— Pauvre con! lui lança John.

Penridge allait protester lorsque McGirr s'interposa entre eux.

— Écoutez, commença-t-il en s'adressant à Penridge, nous n'avons rien à perdre à faire surveiller Tindo quarante-huit heures de plus.

— Il ne lui en faudra certainement pas plus pour récidiver, insista John. Il doit sûrement déjà avoir une victime en vue.

— Quarante-huit heures! Pas une minute de plus. À moins que nous ayons de sérieux motifs de croire qu'il puisse être le tueur. Nash organisera la surveillance de Tindo nuit et jour avec sa propre équipe.

En souriant d'une joie malsaine, Penridge ajouta:

— Et en passant, vous avez également quarante-huit heures pour vider les lieux, c'est-à-dire votre bureau au poste, et pour quitter votre maison. Et n'ayez crainte, j'ai déjà pris soin d'avertir vos hommes. Ils ont compris. La pression. Le stress. Ça peut arriver à tout le monde!

* * *

Après son entretien avec Penridge, John ressentit avec plaisir l'effet purificateur de la pluie torrentielle sur son visage et, en un instant, il fut trempé jusqu'aux os. Un vent froid comme un scalpel s'engouffrait dans son imperméable et ébouriffait ses cheveux. Des gens passaient à côté de lui et, tout en déployant leur parapluie ou en remontant le col de leur manteau, lui lançaient des regards en coulisse. On le reconnaissait. John tourna la tête, à la fois par gêne et par tristesse. De son regard éteint, il voyait le brouillard, au loin, baigner sa voiture d'un halo grisâtre. C'était là son seul refuge pour se soustraire à l'atmosphère lourde qui l'étouffait de toutes parts. Il devait quitter au plus tôt cet endroit.

Il descendit l'escalier du palais de justice à pas lents pour ne pas glisser. Une fois sur le trottoir, l'envie subite et pressante de courir le tenailla, mais il ne fit que presser le pas. Le trottoir était bondé. Se sentant bousculé, il décida de marcher dans la rue et mit les pieds directement dans l'eau qui coulait à grands flots vers le caniveau. Il finit par arriver à sa voiture après un temps interminable, tellement trempé qu'il en grelottait. Un instant plus tard, il était assis à l'abri. Seul.

Le bruit de la pluie sur la carrosserie réussit à l'apaiser. Peu à peu, l'angoisse qu'il avait ressentie dans le tribunal lorsque les yeux de Tindo avaient plongé dans les siens s'estompa. Cette angoisse avait été faite de rage, d'un sentiment d'impuissance et de peur.

Dehors, la nuit avait entamé tout doucement son règne lugubre. John imagina Vincent Tindo, un couteau dans la main, épiant comme un prédateur une jeune femme par une fenêtre. Se passant les mains dans les cheveux en soupirant, il aperçut soudain un visage dans le rétroviseur.

* * *

La surprise avait été totale. Subite. En une fraction de seconde, John avait dégainé son arme et pointé la gueule noire de son canon vers l'inconnu d'une cinquantaine d'années aux traits ingrats. Son cœur menaçait de sortir de sa poitrine tant il battait à un rythme démentiel.

96

L'homme avait dû se coucher sur la banquette arrière pour ne pas être vu.

— Qui êtes-vous ? lâcha sèchement John en direction de l'individu à la laideur attristante, qui n'avait pas bronché à la vue de l'arme.

— Je m'appelle Thomas Guillot, répondit-il avec un accent français. Je suis moine de l'ordre des Franciscains.

Paumes ouvertes pour lui montrer qu'il n'était pas armé, il défit, d'un geste lent, les boutons de son vieil imperméable élimé, dévoilant une chemise grise et un pantalon en velours côtelé noir.

— Un petit conseil, l'ami. Ces temps-ci, je suis plutôt nerveux. Donc, vous évitez les gestes brusques. Me suis-je bien fait comprendre ?

Thomas Guillot hocha la tête. Ses joues creuses et ses yeux exorbités lui donnaient un air dément.

— J'espère que vous avez une sacrée bonne raison d'être assis où vous l'êtes présentement, ajouta John, toujours sous le choc.

Malgré sa présence pour le moins déconcertante, l'homme ne semblait pas dangereux. Mais John s'obligea à rester vigilant, réprimant le sourire naturel qui pointait déjà sur ses lèvres. Un moine qui s'improvisait voleur de voitures ! Il aurait tout vu.

— Peut-on aller prendre un café quelque part ? rétorqua calmement Thomas Guillot. Ce que j'ai à vous raconter risque d'être fort long. Nous y serions plus à l'aise que dans cette automobile pour en discuter.

— Bon sang, vous avez un sacré culot pour un moine. Vous avez cinq minutes, pas une de plus. Et ne comptez pas me voir baisser mon arme. Je n'ai pas plus confiance en vous qu'en qui que ce soit.

La gorge sèche, le moine attaqua d'un ton frénétique :

— Vous ne me croirez jamais.

Un sourire en coin, John répliqua :

— Vous seriez surpris de savoir combien de femmes ont commencé ainsi leurs excuses. Essayez. Nous verrons bien.

— Tout a commencé en 1972, en France…

— Vous êtes mieux de me faire une histoire courte, le coupa John qui le tenait toujours en joue. Je suis fatigué et votre temps s'écoule. Mettez-le à profit.

— Jésus et Satan se sont réincarnés dans des corps d'hommes. Ils se disputent le contrôle de nos âmes. L'Apocalypse est arrivée, annonça le moine, survolté. J'ai passé les trente dernières années dans la clandestinité à courir le monde à la recherche de preuves. Quand vous aurez entendu les détails, vous comprendrez, ajouta-t-il d'un ton suppliant.

— Vous êtes fou à lier. Sortez de cette voiture, ordonna John.

— La venue de l'Antéchrist a été prophétisée, continua le religieux. En France, en 1582, Marie de Roussillon, qui était novice dans le couvent de Jouvence, fut violée et tuée dans la forêt de Moirans par des paysans pour avoir prévenu Catherine de Médicis de leur intention d'assassiner le roi. Le pape Grégoire XII la béatifia peu de temps après.

John serra les mâchoires.

— Sortez !

— Deux cent vingt-deux ans après la mort de Marie de Roussillon, Napoléon se sacra empereur des Français. Le premier Antéchrist.

Le moine dut voir dans les prunelles de l'agent fédéral que son temps était compté, car des deux mains, il agrippa la banquette à s'en blanchir les jointures et ajouta :

— Vous ne me chasserez pas avant de connaître toute la vérité. Ils sont à mes trousses. Ils sont tout près. Ils peuvent me tuer à tout instant et personne ne connaîtra la vérité.

— Je ne sais pas en quoi votre histoire sans queue ni tête me concerne, mais je ne le répéterai pas. Dehors ! Dehors !

Plutôt que d'obtempérer, le religieux, qui semblait porter toute la fatigue du monde sur ses maigres épaules, continua avec empressement :

— En 1711, un prêtre polonais, Jozef Beranek, fut décapité dans une prison de la Turquie. Ami personnel de Jean III de Sobiesky, roi de Pologne, il avait été fait prisonnier par les Turcs lors du siège de Vienne. Beranek a été béatifié par Clément XI. Deux cent vingt-deux ans plus tard, Hitler fut nommé chancelier de l'Allemagne. C'était le deuxième Antéchrist.

— Si vous ne sortez pas immédiatement de la voiture, je vous garantis la mort qui fera de vous un béatifié.

Thomas Guillot ne bougeait toujours pas. Voyant qu'il ne pouvait pas le raisonner, John sortit calmement de la voiture. Pour se faire entendre, le moine cria à toute vitesse, pendant que l'agent ouvrait la portière et se penchait vers lui :

— En 1783, Cristos Ypsilanti, un Grec, mourut brûlé vif sur le bûcher pour avoir refusé de renier la foi catholique.

John empoigna l'imperméable du religieux et le tira sans ménagement hors de la voiture. Ce dernier se retrouva dans la rue, sous la pluie battante, sans pour autant cesser de débiter son histoire.

— Trois martyrs, cria-t-il. Vous ne voyez pas le lien ? Marie de Roussillon pour Marie la Vierge, Jozef Beranek pour Joseph le charpentier et Cristos Ypsilanti pour le Christ. Une sainte trinité reconstituée !

John l'ignora. Glacé, il allait entrer dans la voiture lorsque le frère Thomas Guillot marcha vers lui en criant plus fort :

— Si mes calculs sont exacts, le troisième Antéchrist viendra en 2005. Dans votre pays. Deux cent vingt-deux ans après la mort du martyr grec. Faites le calcul. Vous aussi, vous comprendrez. Celui qui sera élu portera le chiffre de la bête.

Mais John n'entendit pas la suite, il fit démarrer la voiture en trombe tout en jetant un coup d'œil dans son rétroviseur. Le moine était toujours dans la rue. Immobile.

Le chiffre de la bête. Six, six, six. Bon sang, mais qu'est-ce qu'il me voulait, ce cinglé ? Connaissait-il Vincent Tindo ? Voulait-il parler de lui ? Déconcerté malgré lui, John serra le volant comme pour se raccrocher à quelque chose de réel.

Chapitre 8

C'est avec un plaisir sauvage que Tindo sortit du palais de justice avec, à ses côtés, Woodrow Fullem, son avocat. Aussitôt à l'extérieur, Vincent se libéra de la poigne solide de son avoué qui cherchait à l'entraîner au plus vite vers la limousine blanche, garée en bas des marches du tribunal. Il ferma alors les yeux et prit une profonde inspiration comme s'il venait d'être libéré à la suite d'une longue peine de prison. Puis, il leva les bras vers les nuages noirs qui galopaient dans le ciel à un rythme fou et qui déversaient une pluie si violente qu'on eût cru à une décharge continuelle de mitraillettes.

Les journalistes, qui suivaient Vincent depuis sa sortie du tribunal, en profitèrent pour le cerner comme une meute de charognards. Les flashes crépitaient, les caméras le braquaient du trou noir de leur objectif, tous tendaient leur micro le plus près possible de lui en prévision d'une autre déclaration de sa part. Une avalanche de questions se déversa sur lui.

— Monsieur Tindo, comment vous sentez-vous à présent que l'on a reconnu votre innocence ?

Vincent se retourna vers le journaliste maigrichon qui se cachait sous un parapluie noir et il le fixa pendant un instant qui s'éternisa. Sa lèvre supérieure se retroussa comme les babines d'un chien enragé, mais, finalement, il lui répondit le plus courtoisement du monde :

— Je me sens d'attaque. Et ému devant la grandeur de la justice américaine.

Carnet et stylo en main, un journaliste d'une cinquantaine d'années qui n'avait jamais entendu question plus stupide profita du silence momentané pour demander à Vincent :

— Des informations provenant de la haute finance laissent entendre que vous auriez vendu votre compagnie, ainsi que votre ranch du Wyoming et votre domaine à Palm Springs, et liquidé les parts que vous déteniez dans d'autres entreprises. Est-ce exact ? Comptez-vous quitter le pays ?

Pressé contre son client comme un garde du corps, Woodrow Fullem cria :

— Mon client ne répondra plus à aucune question. Et maintenant, veuillez nous excuser.

Malgré cette déclaration, Woodrow et Tindo se virent tout de même bousculés et harcelés de questions par les reporters et les photographes jusqu'à ce qu'ils s'engouffrent finalement dans la limousine. Vincent se permit alors de rire aux éclats. Son plan avait marché à merveille et il s'était, une fois de plus, ri de la justice.

— Vous aimez attirer l'attention sur vous, lui dit Fullem en se servant un verre de bourbon sans en offrir à son client. Notre... supérieur n'apprécie guère toute la publicité qu'a générée cette affaire.

S'arrachant à la contemplation du paysage qui défilait devant ses yeux, Tindo fixa son avocat sans ciller.

— Ça faisait partie de mon plan.

Fullem, le fondateur du cabinet Fullem, Barritt, Zukerman et Keene — l'une des plus prestigieuses firmes d'avocats de toute la côte Est — n'était habituellement pas homme à craindre la publicité, bonne ou mauvaise. Quarante années passées à défendre des truands, des violeurs et des assassins l'avaient endurci.

— Vraiment ? fit l'avocat en haussant les sourcils. Vous n'étiez même pas censé avoir un plan. Les ordres étaient d'étudier tous les mouvements de John Matthews et de nous les rapporter.

Malgré sa colère, Fullem gardait son calme. Se laisser emporter par ses émotions était l'apanage des faibles ; les dissimuler derrière un masque souriant demandait la force du lion. Et il était ce lion. Les yeux mi-clos, il rejeta la tête en arrière contre le velours bleu du siège et se détendit les jambes.

— À mon avis, Vincent, vous êtes devenu trop dangereux et vous mettez en péril notre organisation, quoique ce ne soit malheureusement pas à moi d'en décider. Vous avez prouvé votre incapacité à contrôler vos pulsions meurtrières et… libidineuses. Vous n'aviez aucune raison de tuer toutes ces femmes. C'est une chance que les flics n'aient pas trouvé la moindre preuve matérielle lors de leur enquête, sinon, c'était la peine de mort.

— Je déplore, moi le premier, que nous vivions dans un monde de violence. Mais sachez, cher maître, que je n'apprécie pas du tout le ton condescendant avec lequel vous vous adressez à moi. Un peu plus et votre corps flotterait sur l'Hudson, répondit Vincent en ébauchant un mince sourire.

Woodrow resta impassible, mais il n'était pas un imbécile. Mieux valait tout simplement ne pas heurter de front un homme de la trempe de Vincent Tindo. Dénué de la moindre conscience humaine, le tueur pouvait l'assassiner sans l'ombre d'une hésitation. La sonnerie du téléphone de la limousine troubla le silence tendu.

— Oui ? répondit le juriste.

À l'avant, de l'autre côté de la vitre de séparation, le chauffeur au physique de lutteur et aux cheveux en brosse grogna :

— Nous arrivons, monsieur.

— Merci, répondit le juriste en constatant que les phares du luxueux véhicule perçaient le rideau de pluie et de brouillard baignant la luxueuse demeure de Tindo sur Parkinson Road, une rue reconnue pour son calme et ses magnifiques érables centenaires.

Après avoir vidé d'un trait son verre, Woodrow consulta sa Rolex.

— Dans les temps, comme convenu. J'espère que nous n'aurons plus à nous rencontrer. Vous êtes un type intelligent, j'en suis sûr, alors cette fois-ci, tenez-vous-en strictement aux ordres. Je ne serai pas toujours derrière vous pour vous sortir du pétrin. Et attention : Matthews ne doit être abattu que si vous en recevez l'autorisation.

Juste avant de sortir de la limousine, Vincent regarda le juriste avec le plus large des sourires et plongea son regard dans le sien.

— D'une façon ou d'une autre, Matthews est déjà mort. Après, cher maître, je viendrai peut-être vous faire une visite toute personnelle.

* * *

Lorsque Vincent referma la porte derrière lui, il fredonnait *Jailhouse Rock* d'Elvis Presley. Il alluma toutes les lampes du séjour, puis mit en route la cheminée à gaz. Il était inutile de donner des ulcères à la flicaille chargée de le surveiller. En écartant les rideaux de dentelle retenus par des cordelières en velours bleu, il put voir, malgré la pluie qui frappait les vitres avec fureur, ses anges gardiens dans une vieille Chevrolet bleue, garée sous un lampadaire.

Durant un court instant, Vincent se laissa aller aux bruits de la nuit qui le berçaient avec la tendresse d'une mère cajolant son nouveau-né. Il ressentit un violent désir : celui de tuer. Vincent eut un petit sourire satisfait à la pensée qu'il ne lui restait que quelques heures à passer dans cette maison qui n'était pas la sienne. Le mobilier éclectique valait peut-être une petite fortune, mais les anciens propriétaires n'avaient aucun sens de l'esthétique. Il suffisait de jeter un coup d'œil sur l'ameublement : le kilim sur le sol de marbre peint, le canapé blanc, la tapisserie tendue à côté d'un brocart aux couleurs ternies, les deux chaises Queen Anne dorées, le lambris peint du hall, le meuble d'apothicaire dans la salle à manger… Vincent avait ajouté la bagatelle de cinquante mille dollars au montant de la vente demandé par les propriétaires, un couple d'une soixantaine d'années à la retraite, à la seule condition qu'ils acceptent de se départir de leur mobilier. La raison était simple : il ne voulait pas perdre son temps à remeubler ce qui n'était, en réalité, qu'un pied-à-terre pour la durée de sa besogne. Sa seule gâterie avait été de réaménager la cave à vin et de la garnir d'une cinquantaine des meilleurs bourgognes sur le marché.

Cette nuit, enfin, il dormirait chez lui, dans son loft ultramoderne, acheté sous un prête-nom dans Greenwich

Village, une de ses nombreuses demeures de par le monde.

Il monta à l'étage et alla à sa chambre.

Cet enfoiré d'avocat mérite une correction spéciale, pensa-t-il en s'imaginant combien il prendrait plaisir à lui enfoncer si profondément sa belle Rolex dans le cul qu'elle lui ferait une boule dans la gorge.

* * *

— Veux-tu un sandwich ? demanda l'agent spécial du FBI, Stan Robinson, la bouche encore pleine, à sa collègue. C'est moi qui l'ai fait. Vas-y, essaie ! insista-t-il en lui en tendant la moitié. Personne ne résiste à mon spécial : pain de seigle, salami hongrois, jambon, fromage suisse, le tout garni d'un cornichon à l'aneth et d'une généreuse couche de moutarde de Dijon.

— Non, merci. J'ai peur que mon foie ne résiste pas à cet assaut de protéines.

— Bah ! Pour une fois, tu devrais mettre de côté tes trucs végétariens et tes salades aux pois chiches. Moi, j'ai pris une résolution, ma fille : finis les hamburgers et les frites. À quarante-six ans, j'ai décidé de me refaire un corps d'Adonis. Don Juan lui-même peut aller se rhabiller. Si le type des publicités de Subway a pu perdre cent kilos en une seule année en mangeant seulement des sous-marins, j'en suis capable moi aussi.

— Hum ! Hum !

Nikki Kraus, qui avait entendu cette phrase autant de fois que le soleil peut se lever sur la Californie, se permit un sourire ironique qui ne passa pas inaperçu. Autant ne pas rappeler à son partenaire que lesdits sous-marins contenaient moins de six grammes de gras, ce qui n'était sûrement pas le cas de son *spécial*.

— Cette fois-ci, c'est vrai, je vais les perdre, ces bourrelets qui me font ressembler au bonhomme Michelin, plaida Stan, avant d'enfourner une autre bouchée géante. Ma mère disait toujours...

Nikki, qui n'avait jamais compris l'obsession de Stan pour son poids — il n'était qu'un peu enrobé —, répondit :

104

— Dis, c'est pas au dernier briefing qu'une main sur le cœur tu as solennellement déclaré à toute l'équipe que ta « pauvre » mère était décédée en accouchant de toi ?

— Faudra que tu te nettoies les oreilles, ma belle, grogna Stan, le visage écarlate.

— Commence donc par ta moustache, comique. On croirait un aspirateur à miettes de pain.

Assise à la place du chauffeur, Nikki Kraus jeta un regard en coulisse à son partenaire des cinq dernières années qui était aussi large et grand qu'une porte de grange. Le mouvement fit balancer de gauche à droite ses fines nattes blondes. Mesurant près d'un mètre quatre-vingts, elle avait une taille fine, fruit de cinq kilomètres de jogging quotidien. À vingt-trois ans, elle était entrée à l'École centrale du FBI, et avait dû alors renoncer cette année-là à participer à la dernière compétition internationale de triathlon féminin. Cette décision lui avait fait perdre son titre mondial.

— Cesse de pointer sur moi ces beaux yeux bleus, sinon je vais craquer et te culbuter sur la banquette arrière.

Le coin des lèvres de Nikki Kraus s'étira en une ébauche de sourire. Elle savait que Stan Robinson aimait sa femme plus que tout au monde.

— Je ne voudrais surtout pas être responsable d'un divorce qui te coûterait la peau des fesses, minauda-t-elle. As-tu pensé juste un instant à tes trois gosses et à combien s'élèverait ta pension alimentaire ?

— C'est le prix à payer pour se taper la plus belle des nanas du FBI.

— Grand niais. Comment expliquerais-tu à Cindy que tu t'es tapé la marraine de sa fille ?

Contrairement aux autres flics qui avaient horreur d'assurer la surveillance d'un suspect, Nikki, elle, prenait plaisir à ces longues heures où elle devait rester aux aguets. Disons qu'elle le prenait comme une sorte de défi contre la fatigue et le relâchement qui les guettaient toujours au bout d'une longue période d'inactivité.

— Nikki, entendit-elle dans son micro, j'ai pris position dans l'autre rue. L'arrière de la maison est plongé dans le noir. D'où je suis, impossible que notre homme nous file entre les doigts. En passant, fais gaffe aux sandwichs de Stan.

La dernière fois que j'en ai pris une bouchée, j'ai presque passé deux jours complets avec la chiasse.

— Parfait, Adam, répondit-elle en souriant. Et merci pour le tuyau.

— En voilà un autre qui n'apprécie pas ma grande cuisine, protesta Stan en s'installant à son aise sur le siège avant fatigué, qui protesta bruyamment.

Il adorait faire équipe avec Nikki Kraus. Elle était belle, racontait des blagues salées mieux que la majorité des gars qu'il connaissait, et elle était une sérieuse amateure de football.

— Nous voilà partis pour une autre nuit, ma poulette. Tampa Bay contre les Steelers de Pittsburgh cette fin de semaine. D'après toi, laquelle des deux équipes va l'emporter ?

* * *

Nu devant le miroir, Vincent respirait l'odeur de la pluie, en fermant les yeux et en relevant la tête. Une excitation intense s'empara instantanément de lui. Il commença à caresser sa peau lisse, qu'il venait de raser au complet, en s'attardant surtout aux mamelons qu'il pinça très fort entre son index et son pouce jusqu'à ce qu'ils menacent d'exploser comme des raisins trop pressés, jouissant de la douleur qui embrasait son torse et irradiait son cerveau.

Rien n'était plus merveilleux et plus galvanisant à ses yeux que la douleur de ses victimes. Il se délectait des visages de femmes défigurés par l'horreur au moment où il les surprenait et les attaquait chez elles dans la nuit, alors qu'elles se croyaient en sécurité. Il adorait violer leur chair, sentir leur corps s'arquer jusqu'à se briser presque sous la tension, quand, entre deux respirations rauques, il s'acharnait sur elles en leur susurrant à l'oreille : « Je vais te cracher mon foutre et te mordre jusqu'au sang, sale pute. »

Leurs cris de désespoir, de terreur et d'agonie l'enivraient jusqu'à l'extase. Rien ne pouvait l'empêcher de soulager ses pulsions. Rien ne lui procurait plus de plaisir que de souiller l'innocence, de la voir écrasée sous la puissance de son désir, de la voir foulée au pied, anéantie pour ne plus être que chair palpitante et sang bouillonnant. Ce qu'il voulait, il le prenait. Seul comptait le plein et gratifiant exaucement de ses pulsions destructrices, car elles le rendaient à la vie, lui.

À l'extérieur, la pluie s'était transformée en déluge. Les flaques d'eau miroitaient sous la lumière des lampadaires.

« *Bonum vinum lætificat cor hominis* », déclara Vincent en buvant une longue gorgée du bourgogne, un Romanée-Conti 1995. « Le bon vin réjouit le cœur de l'homme », traduisit-il à voix haute en s'observant attentivement dans le miroir oblong. Il se trouva puissant et beau, digne disciple de la race aryenne qui avait essayé de purifier la terre. À une échelle plus modeste, il poursuivait inlassablement son combat pour en arriver à la pureté et à la perfection.

Cette nuit, il irait en expédition punitive.

C'est alors que ses pensées le ramenèrent à Maureen Hapfield, à son cou gracile, à sa peau satinée, à la finesse de sa taille, à la délicieuse courbe de ses jambes et au galbe de ses seins. Vincent avait détesté sa suffisance dès les premiers instants. À en juger par ses réactions, elle devait se croire à l'abri des monstres sanguinaires qu'elle analysait jour après jour derrière les barreaux. Dans les nombreuses soirées auxquelles elle devait être conviée, la psychiatre partageait sûrement avec ses confrères présents sa théorie *personnelle* des tueurs en série et de leurs motivations, persuadée qu'aucun d'eux ne pouvait réellement l'atteindre.

Erreur.

Elle semblait également croire que l'appétit vorace et insatiable qu'il éprouvait pour la souffrance et la mort avait pour origine un conflit non résolu avec son père.

Erreur.

Dans la vie, il n'avait réellement aimé que deux personnes : son père et Buddy. Buddy était un golden retriever de deux ans qui appartenait à ses voisins, du temps qu'il demeurait à Chicago. Son maître, M. Carter, battait régulièrement la pauvre bête qu'il laissait presque toujours à l'extérieur, et ce, quelle que soit la température. Vincent, qui avait six ans à l'époque, ne comprenait pas comment on pouvait traiter ainsi un animal inoffensif. Tous les jours, quand M. Carter n'était pas dans les parages, il apportait à

Buddy une part de ses repas, sans que sa mère s'en aperçoive. Un jour, Buddy, avec lequel il faisait une formidable équipe, lui sauta dessus et le mordit de façon cruelle aux bras et aux jambes, résultat sans doute des mauvais traitements qu'il avait subis. À son retour de l'hôpital, plutôt que de le consoler et de le réconforter, la mère de Vincent lui avait dit d'un ton sec, une Lucky Strike fichée entre ses lèvres minces et fatiguées : «Tu viens d'avoir une bonne leçon, mon gars. Il ne faut jamais faire confiance à personne. Encore moins à une saleté d'animal. Crois-moi, y aura toujours quelqu'un pour te conter de belles histoires. Mais sitôt que tu lui auras fait confiance, y t'poignardera dans le dos. L'amour, mon petit, c'est juste des bobards qu'on voit dans les films de Walt Disney.» Pour confirmer ses dires, sa mère lui avait balancé une bonne paire de claques à la figure. «Ça, c'est pour les frais d'hôpitaux que tu viens de me coûter avec tes idioties. File, p'tit morveux!» Vincent avait pensé à ce moment-là qu'elle le punissait d'avoir démontré de la charité humaine.

Adulte, il avait compris à quel point sa mère avait été mentalement dérangée, mais combien diabolique et intelligente. Jamais elle n'avait battu son fils devant son père, qui passait ses journées complètes à la boulangerie. Et Vincent, trop terrorisé par d'éventuelles représailles, n'avait parlé à quiconque de ces sévices. Du haut de ses six ans, il croyait mériter son châtiment.

Quelques années plus tard, son père l'avait abandonné en mourant dans un stupide accident de la route. Ce père qui ne l'avait jamais grondé, qui le bordait tous les soirs, qui lui avait enseigné à patiner et à jouer au baseball. Le père qui n'avait eu qu'un seul défaut : celui de faire aveuglément confiance à sa femme qu'il aimait comme un fou.

À son enterrement, sa mère s'était écriée : «Voilà le plus beau jour de ma chienne de vie.» Vincent s'était alors éveillé à l'hypocrisie des relations humaines. Les coups qu'il reçut au cours des années suivantes ne contribuèrent qu'à tuer en lui toute émotion, toute gentillesse, toute humanité, et lui apprirent qu'aucune justice ne régissait ce monde.

Sa révélation, il l'eut en lisant *De l'origine des espèces par voie de sélection naturelle* de Charles Darwin. Vincent apprit alors que la seule chose qui différenciait l'homme de l'animal était son intelligence — et lui, il savait qu'il l'était infiniment plus que la majorité des gens qu'il connaissait. Il apprit aussi que l'homme et la bête partageaient les mêmes pulsions. Il en déduisit que l'abomination ultime de la société avait été de faire croire aux hommes qu'il existait des principes moraux les empêchant d'assouvir leurs instincts naturels. Des hommes avaient inventé Dieu afin de dominer les autres hommes. Il fallait être un imbécile pour ne pas s'apercevoir qu'une seule loi régissait la planète : celle du plus fort.

Vincent sourit et regarda sur le couvercle de la cuvette le couteau qui allait mettre fin à la vie de John Matthews. Il se foutait des ordres et encore plus de Woodrow Fullem. Il avait une terrible envie de sang et de cris.

— John, mon cher John, je vais être doux avec toi. Très doux. Comme avec les autres !

Sur ce, il sortit de la salle de bains et alla composer un numéro de téléphone.

— À moi la liberté, dit-il tout haut.

* * *

Stan fredonnait *My Song* d'Elton John — il était fou du Britannique excentrique —, lorsqu'un taxi fit irruption dans le stationnement de la demeure, soulevant une gerbe d'eau sur son passage. Bien qu'il semblât avoir l'esprit ailleurs et être totalement indifférent à ce qui se passait autour de lui, Stan était en alerte.

— Notre coucou s'en va faire une petite promenade.

Tu veux déjà nous quitter, songea-t-il. *Nous ne faisions que commencer à nous amuser.*

— OK. Je le vois maintenant, répondit Nikki avec un sentiment d'appréhension qui lui noua l'estomac.

Vêtu d'un jean et d'un pull à col roulé noirs sous son blouson de cuir, Tindo, tout sourire, leur fit un signe de la main avant de s'engouffrer dans le taxi.

Nikki déchiffra la lueur d'amusement et de défi dans les yeux glacés du tueur. *Suivez-moi si vous l'osez*, exprimaient-ils.

* * *

Après une heure de route, le taxi déboucha dans le Bronx, ce quartier mal famé de New York. Les rues étaient pour la plupart désertes, exception faite des prostituées et des paumés qui se réchauffaient au-dessus des grilles d'aération ou près de braseros de fortune faits de barils en métal rouillé d'où jaillissaient de maigres flammes.

Poussés par des vices impérieux ou par des dépendances plus exigeantes encore, quelques personnes osaient braver les dangers du quartier et s'aventurer en voiture dans des ruelles plus sombres que l'enfer lui-même. Leurs besoins assouvis, ils repartaient vers leur confortable maison de banlieue.

— Un endroit où il vaut mieux ne pas tomber en panne, siffla Nikki en sentant une onde de chair de poule lui remonter les bras.

— Ici, ton badge ne vaut rien, glissa Stan qui vérifiait son arme. Ça, c'est la seule loi que connaissent les dealers et les truands, dit-il en exhibant son magnum.

Soufflant maintenant comme un cyclone, le vent charriait des amas de feuilles mortes et de papiers sur la chaussée. La pluie fouettait le pare-brise de la Chevrolet, déformant la vision que Nikki avait du taxi et de ses feux arrière.

La stratégie proposée par l'agent Peter Nash était la même que celle qu'avait employée le lieutenant Joseph Kozenczak pour capturer le tueur en série John Wayne Gacy — lui aussi relâché pour manque de preuves —, c'est-à-dire suivre le tueur pas à pas et l'arrêter à la moindre infraction, si mineure soit-elle.

Le taxi arrêta sa course dans un cul-de-sac plongé dans une noirceur abyssale. D'énormes usines à l'abandon les cernaient de tous côtés comme des titans sortis d'outre-tombe. L'endroit était si désert qu'on aurait pu croire que l'espèce humaine avait été rayée de la planète. Nikki s'imagina sans peine la terreur du chauffeur de taxi. Celui-ci immobilisa sa voiture devant une clôture grillagée, surmontée de barbelés. Tindo en sortit.

— Appelle Nash, demanda Nikki à son partenaire, en ralentissant une vingtaine de mètres derrière le taxi. Indique-lui notre position.

110

Tel un fantôme dans la lumière des phares, Tindo, souriant, leur fit une petite courbette, puis se dirigea vers la clôture, haute de plus de six mètres, qu'il entreprit d'escalader avec une agilité stupéfiante.

— Et demande-lui du renfort, ajouta-t-elle précipitamment à l'endroit de Stan, bouche bée. Ce salaud va essayer de se barrer et je compte bien l'en empêcher.

* * *

Cette traque l'excitait.

Amusé par l'incapacité légendaire des flics, Vincent se tenait debout de l'autre côté de la clôture, arborant un sourire victorieux. Il espérait que la pute blonde le suivrait jusqu'au cœur de l'obscurité.

En fredonnant, il caressa machinalement le manche froid du scalpel qu'il avait glissé dans la poche de son pantalon.

* * *

Sans marquer la moindre hésitation, Nikki Kraus sortit de la Chevrolet. Elle peina pour retenir la portière que le vent furieux menaçait d'arracher. Déjà, Tindo marchait d'un pas résolu vers un édifice sombre de quatre étages, situé au bout de l'immense aire asphaltée qui devait, jadis, avoir servi de débarcadère pour les marchandises.

La pluie était si violente qu'elle semblait bouillir en atteignant le macadam craquelé. Stan lui cria de l'attendre, mais, sa résolution lui faisant oublier toute prudence, Nikki entreprenait déjà d'escalader la haute clôture.

Elle aurait dû attendre les renforts ou, à tout le moins, son coéquipier, mais elle savait que la condition physique de ce dernier ne lui permettrait pas de gravir rapidement l'obstacle, et qu'ils risquaient de perdre la trace du tueur.

— Attends, Nikki ! ATTENDS !

Pourquoi en fait-elle toujours à sa tête ? pesta Stan en rangeant son magnum dans son holster et en commençant son ascension.

Déjà au sommet, Nikki étendit son blouson sur les barbelés afin de se protéger des pointes rouillées. Stan, lui, progressait aussi vite que ses quatre-vingt-dix kilos le lui permettaient. Essoufflé, le cœur cognant à tout rompre dans sa poitrine, il fut forcé de s'avouer qu'il n'était peut-être pas aussi en forme qu'il le croyait. En réponse à cette malheureuse constatation, une vive douleur vrilla son mollet droit.

Ce n'est pas le temps d'avoir une crampe!

Stan vit que l'autre équipe de surveillance arrivait à fond de train dans le cul-de-sac. Le crissement des freins de la voiture banalisée se perdit dans le grondement inquiétant du moteur d'un hélicoptère qui déchira soudain la couche nuageuse. Son puissant faisceau lumineux se mit à suivre la progression rapide de Tindo.

Voyant que ce dernier allait s'engouffrer dans une bâtisse qui semblait être une ancienne usine de textile, Nikki, telle une panthère, fit un saut de trois mètres. Elle comptait bien avoir un tête-à-tête avec ce démon qui n'avait rien d'un homme. En la voyant s'élancer de la sorte, Stan Robinson fut convaincu que sa partenaire allait se casser les deux jambes. Mais Nikki atterrit avec une souplesse et une grâce toutes félines. Il venait d'atteindre le haut de la satanée clôture et s'empêtrait à essayer de l'enjamber en protégeant la partie qu'il considérait comme la plus importante de son anatomie, quand il vit Nikki dégainer et courir.

Mon Dieu, elle est cinglée!

* * *

La gorge de Vincent Tindo était irritée par la poussière qui saturait l'atmosphère de l'endroit. Il aurait bien avalé une grande gorgée d'eau ou de champagne, question de célébrer à l'avance sa victoire.

Le faisceau de lumière de l'hélicoptère balayait par intermittence l'intérieur de l'usine désaffectée; Vincent ayant pris soin d'obstruer au préalable la grande majorité des immenses baies vitrées. C'est avec un plaisir grandissant qu'il observa l'arrivée de quatre autres voitures de la police municipale, gyrophares et sirènes en action. Croyant faire face à une violation de propriété privée, le FBI avait été dans l'obligation de faire appel au NYPD.

Accoudé à un pilier de métal, Vincent se permit de sourire. La force policière était considérable, quoique nettement insuffisante pour le coincer, lui, le Tueur fantôme. À la mention de son plan, son avocat s'était autorisé une remarque sarcastique.

Erreur.

En professionnel, il avait pris plusieurs précautions dès le début de sa chevauchée au service de la Mort. Après tout, n'appartenait-il pas à une profession à risque extrême ? En prévision du jour où il devrait peut-être prendre la fuite, Vincent avait acheté cette vieille usine et l'avait aménagée à *son* goût.

De son poste d'observation, il suivit du regard la course prudente de la jeune policière intrépide. Elle dégageait une force animale, et ses mouvements avaient la fluidité d'un prédateur. Peut-être était-elle plus dangereuse qu'il le croyait. Il devait se méfier.

La surprise serait totale pour les policiers lorsqu'ils se rendraient compte que cette usine était en réalité sa propriété, et qu'il n'avait enfreint aucune loi en y pénétrant. Il aurait payé une petite fortune juste pour voir le visage décomposé de Curtis Penridge lorsque ce dernier comprendrait son erreur.

Bon ! Assez perdu de temps ! Je dois maintenant disparaître.

Excité, électrisé par ses pulsions de mort et de sexe, Vincent quitta son poste d'observation et descendit l'immense escalier en métal vers les étages inférieurs. *Venez ! Venez ! Suivez-moi !*

* * *

Tous ses muscles bandés au maximum, l'index crispé sur la détente, Nikki fit irruption dans la bâtisse. Aussitôt, elle s'accroupit en position de protection. Le peu qu'elle arrivait à distinguer avait la dimension d'une salle de concerts et empestait la poussière et la crotte de rat. Le bruit assourdissant de l'hélicoptère ainsi que la noirceur opaque donnaient à Nikki la désagréable impression d'être à la fois aveugle et sourde. Avec ce tintamarre, elle aurait été incapable d'entendre Tindo même s'il lui avait parlé à l'oreille. Elle prit la lampe de poche fixée à son ceinturon et la brandit devant elle pour essayer d'y voir quelque chose. Elle savait qu'en révélant ainsi sa position, elle se transformait en proie facile pour un assaillant qui l'observait sans doute. Elle espéra du moins qu'il n'était pas tapi dans un coin et se dit, pour se rassurer un peu, que sans rien pour s'éclairer, il devait être plus désorienté qu'elle. Sa torche dans une main, son arme dans l'autre, elle commença à avancer, consciente qu'elle aurait dû attendre du renfort.

Tendue comme une corde de piano, elle avait du mal à contrôler les tremblements qui secouaient tout son corps. Tindo pouvait être n'importe où, à quatre ou cinq mètres d'elle, un couteau de boucher à la main, espérant lui faire regretter sa venue au monde. Plus loin, le spot de lumière de l'hélicoptère continuait de balayer l'intérieur de la salle.

Nikki parvint au seuil d'un escalier métallique. La sueur coulait sur ses tempes. Elle balaya les marches en contrebas. Sur la poussière, les empreintes de pas de Tindo menaient vers le sous-sol de l'usine.

* * *

Nikki entendit Stan hurler son nom deux étages plus haut, mais elle renonça à lui répondre, de peur que Tindo puisse la localiser. Les empreintes l'avaient menée à une porte, et cette porte, à la salle des chaudières. L'endroit puait autant qu'une benne à ordures et elle eut un haut-le-cœur. C'était une odeur douceâtre et écœurante d'œufs pourris et de viande avariée. La lumière de sa torche balaya de vieilles machines et des tuyaux métalliques qui semblaient dater de la Première Guerre mondiale, tout un bric-à-brac de meubles, de boîtes… Un vrai fouillis, idéal pour se dissimuler n'importe où. Après quelques pas, Nikki faillit s'assommer sur un gigantesque convoyeur. L'endroit sentait le traquenard, mais elle repoussa l'idée de rebrousser chemin. Ce salopard n'aurait pas raison d'elle.

— Bienvenue chez moi !

Sur le coup, elle fut statufiée. N'ayant pu identifier la provenance de la voix, elle éclaira les alentours en tournant sur elle-même dans un mouvement frénétique. Personne.

— J'espère que vous n'êtes pas trop farouche, car je m'approche de vous en ce moment.

Il bluffe! pensa Nikki, effrayée, en éteignant aussitôt sa torche.

Les ténèbres les engloutirent.

À la vitesse de l'éclair, Nikki essaya de se représenter les lieux. Son cœur battait à tout rompre tandis qu'elle se repliait prudemment vers l'escalier. Son dos heurta un mur et elle s'y adossa en se laissant glisser jusqu'à terre pour donner moins de prise au tueur.

— Votre odeur me fait trembler de désir.

Son élocution et sa politesse avaient quelque chose de terrifiant.

— Vous savez que votre arme ne vous servira à rien.

La voix doucereuse semblait provenir successivement de sa gauche, puis de sa droite, et elle se rapprochait de manière inexorable. Nikki pria pour que Stan arrive le plus vite possible.

— Vous allez voir, ma chère, que je sais être tendre avec les femmes.

Un raclement métallique se fit entendre juste devant Nikki. Puis, un deuxième. Elle braqua son arme et retint son souffle. Il y eut un autre raclement métallique et elle entrevit des étincelles à sa droite.

Ce salopard a un couteau! Comment peut-il progresser si vite dans le noir?

Elle s'apprêta à tirer, mais elle jugea préférable de garder ses balles pour le moment où Tindo deviendrait une cible distincte.

— Vous avez enfreint une propriété privée, susurra-t-il. C'est très vilain de votre part. Je devrai vous punir.

En bondissant, Nikki s'élança vers ce qu'elle croyait être la sortie. Dans sa précipitation, son pied heurta un sac de tissu et elle trébucha. Une douleur intense éclata dans son genou et son épaule gauche quand elle tomba au sol.

— J'aime la douceur de votre peau, s'extasia Vincent en même temps qu'il lui effleurait la joue.

Horrifiée, Nikki cria. Elle tenta de lever son arme, mais une poigne solide l'en empêcha.

— À notre prochaine rencontre, ne mettez pas de sous-vêtements, nous perdrons moins de temps en préliminaires.

Il se saisit de son arme qu'il lança à bout de bras. Nikki l'entendit rebondir très loin sur le sol. Il fit de même avec sa lampe de poche.

— Ne cherchez surtout pas à me suivre. Sinon, j'en déduirai que vous voulez connaître le grand frisson.

La seconde suivante, Tindo avait disparu.

Chapitre 9

La maison.

Elle était là, à soixante mètres environ de l'endroit où était garé John, plongée dans une obscurité sinistre. Il maudit la justice d'avoir libéré Tindo. À cause de celui-ci, son seul refuge, qu'il avait toujours considéré comme un sanctuaire, lui devenait hostile. *Seulement pour les prochaines quarante-huit heures*, songea John en se remémorant une fois de plus la voix railleuse de Curtis Penridge à sa sortie du palais de justice.

La maison se tordit derrière le pare-brise embué de l'Acura. John ouvrit sa fenêtre de quelques centimètres et mit le chauffage. Les branches des chênes qui formaient une arche au-dessus de sa tête s'entrechoquaient de façon funeste. Il se demandait si Tindo était déjà installé chez lui, épiant son retour, prêt à l'attaquer. Connaissant la nature de chacun de ses crimes et la méticulosité qui les caractérisait tous, John savait que le tueur prendrait soin d'explorer les lieux avant de tenter de s'introduire dans la résidence. En début de soirée, c'eût été difficile.

Il embraya et s'engagea sous la pluie, vers la maison dont les fenêtres dégarnies ressemblaient à des yeux malveillants observant sa progression. Après avoir garé l'Acura dans l'allée, il fouilla du regard les nombreuses zones d'ombre entre sa voiture et la porte d'entrée. Par bonheur, il sentit son .38 bouger au rythme de sa respiration et, glissant sa main droite sous son blouson pour le saisir, il en défit le cran de sûreté avec son pouce. Il était fin prêt.

Il sortit de la voiture en tenant son revolver contre sa cuisse, la gueule du canon pointée vers le sol, et se dirigea vers la maison inhospitalière.

Quand John ouvrit la porte, le silence de la maison l'accueillit, plus inquiétant encore que la tempête qui tordait les arbres dehors. Il se rendit compte qu'il eût préféré du bruit et de l'action à ce silence et à cette obscurité chargés de menaces.

Sans se départir de son arme, John vérifia chacune des pièces. Ce n'est que lorsqu'il fut certain d'être seul qu'il enleva son blouson et se permit de se détendre. Pourtant, la maison d'habitude si familière lui paraissait encore un peu hostile. Le silence était troublant. John tendit l'oreille, mais seule la pluie sur les carreaux de la fenêtre du salon répondit à son écoute. Aucune porte ne grinça à l'étage, aucun bruit suspect ne lui parvint du sous-sol. À la lumière du jour, sa peur lui aurait semblé ridicule, mais à l'approche de la nuit elle devenait tenace et irraisonnée.

Ce soir-là, John décida de préparer son repas préféré : une salade grecque bien arrosée d'huile d'olive, un savoureux pain italien cuit au four, le tout accompagné d'une côtelette de porc au cari et d'un bon bordeaux.

Pour alléger l'atmosphère, John mit un compact des Wings sur la chaîne stéréo. Après avoir fait du feu dans la cheminée, il mangea son repas sans se presser, Rubens couché à ses pieds. De sa voix aiguë, Paul McCartney chantait *Band on the Run*. Une soudaine impulsion l'amena à baisser le volume. Il devait pouvoir entendre le… bruit d'un carreau brisé, par exemple.

Il attaquait son baklava quand ses inquiétudes refirent irruption dans son esprit, le tirant du réconfort que lui avait procuré son repas.

Pourquoi ai-je peur de Vincent Tindo ?

Ce constat lui causa un choc.

Parce que tu crois peut-être que Vincent Tindo n'est pas un homme, formula la voix de sa conscience. *Qu'est-il alors ?* se demanda John.

À ce moment précis, il fut la proie d'une certitude étrange : *Tindo est comme… comme une sorte d'entité maléfique insaisissable.*

Il se souvint des paroles du tueur dans la grotte. Il avait dit être l'Ange de la Mort.

Son exceptionnelle confiance vient-elle d'une sorte de pacte avec les forces du Mal ? se questionna John en se remémorant les paroles de Thomas Guillot. Tindo pouvait-il être le troisième Antéchrist, comme l'avait affirmé le moine ? Sa fourchette restée en suspens dans les airs, John n'arrivait pas à se faire une idée précise.

Est-ce pour cette raison qu'il a pu faire tant de victimes au nez du FBI sans laisser le moindre indice derrière lui ?

John n'avait jamais eu de craintes irrationnelles. Il avait déjà eu peur, cependant. Plusieurs fois, même. Et pourtant, cette peur ne l'avait jamais paralysé. Au contraire, elle n'avait servi qu'à aiguiser ses perceptions au maximum. Depuis le début de sa carrière au sein du FBI, il s'était toujours cru maître des situations qu'il avait affrontées, allant au-devant de l'adversité avec un certain détachement, refusant de croire que le destin était scellé d'avance. Mais il ne s'était jamais mesuré à un tueur si arrogant et si audacieux. La force de ce dernier le remplissait d'une crainte presque respectueuse, il n'arrivait pas à saisir sa stratégie comme il le faisait d'habitude si bien avec les autres meurtriers. Le bruit de sa fourchette tombant avec fracas dans son assiette le tira de ses sombres pensées.

Une fois qu'il eut nettoyé et rangé la vaisselle, John, un verre de bordeaux à la main, passa de la cuisine à la salle de séjour en scrutant les carreaux obscurcis par la nuit. En apparence, tout était calme. Seul l'orage persistait.

Posant son verre et son holster, dont il ne s'était pas séparé jusqu'à présent, sur la table basse en acajou, il se dirigea vers une bibliothèque en pin clair bien garnie, puis, soulevant une pile de romans d'aventures, il prit la cassette du film *Rush Hour*. Après l'avoir mise dans le magnétoscope, il alla s'asseoir confortablement dans le sofa en cuir. Rubens sauta alors sur ses genoux et s'y coucha.

Le film venait à peine de commencer que John sombra dans un profond sommeil.

* * *

L'agent fut réveillé en sursaut par la sonnerie du téléphone au moment où une série d'éclairs rapprochés illuminaient le séjour d'une lueur blafarde, à la façon d'un puissant stroboscope. L'écran de télévision était bleu. Il avait dormi durant tout le film. Un sombre pressentiment lui tenaillait les tripes lorsque, encore un peu hagard, il s'empara du combiné.

— Oui, grogna-t-il en massant son cou ankylosé.

En plus de lui avoir embrouillé l'esprit, le vin lui avait rendu la bouche pâteuse. Dans la salle à manger, le carillon de l'horloge sonna quatre coups.

— John, c'est Jeff.

Avant même que ce dernier ne lui explique le but de son appel, Matthews sut ce que son supérieur allait lui annoncer.

— L'équipe de surveillance a perdu la trace de Tindo. Il a semé nos hommes dans une usine désaffectée du Bronx. Il…

— Vraiment ? Ce n'est plus mon foutu problème et tu le sais bien, le coupa-t-il d'une voix sèche. Appelle plutôt Penridge. C'est maintenant SON problème.

John fut surpris de constater combien la colère le gagnait rapidement.

— J'ai pensé qu'avec les menaces qu'il avait proférées à ton endroit, j'avais le devoir de t'en informer.

— Je t'en remercie, répondit John d'un ton à peine plus conciliant. Mais au sens strict de la loi, Tindo est un homme libre et il peut aller où bon lui semble. Rien ne lui interdit de venir cogner à ma porte si ça lui chante.

— Je t'appelais aussi pour une autre raison, reprit Jeff d'une voix mal assurée et mortellement sérieuse.

John sentit aussitôt son pouls s'accélérer.

— À minuit, le standard a reçu un appel anonyme. La voix au bout du fil disait que l'Ange de la Mort avait frappé de nouveau. On a réussi à retracer l'appel.

Silence.

Mais parle, bordel de merde ! Matthews était anxieux. Que lui réservait Tindo cette fois-ci ?

— Il provenait de chez Maureen Hapfield.

John devint livide. Pourquoi n'avait-il pas prévu que Tindo pourrait s'en prendre à elle ? *Pourquoi ? Pourquoi ?*

Pourquoi ? se demanda-t-il en martelant sa tête du poing. Mais l'heure n'était pas à l'autopunition ; il lui fallait surtout réfléchir et aller au poste de police le plus vite possible.

— Je pars tout de suite. Rejoins-moi au poste !

Sur quoi, John s'empressa de raccrocher avant que Jeff ne proteste.

L'agent du FBI ne sentait plus la fatigue. Peu lui importait le prix à payer, il arrêterait cet assassin et il vengerait toutes ces victimes.

Le silence fut aussitôt rompu par une rafale de gouttes qui éclaboussa les carreaux des fenêtres. John se sentit immédiatement menacé, bien qu'il fût seul dans la maison. Celle-ci était silencieuse. Trop silencieuse.

Ses yeux se posèrent sur son holster et sur la crosse nacrée de son .38 qui en dépassait. Il sortit l'arme de son étui en posant d'instinct son index sur la détente.

Enfant de pute, j'aurai ta peau ! cria John dans sa tête en traversant le séjour et en montant les marches quatre à quatre jusqu'à sa chambre.

Lorsqu'il atteignit le palier, une série d'éclairs déchirèrent le ciel noir, révélant à son insu une silhouette sombre, un couteau à la main, au pied de l'escalier en contrebas.

« Tu me cherchais, John. Eh bien me voilà ! » murmura l'homme immobile dans l'obscurité.

* * *

Plus tôt dans la soirée, Vincent avait fait une visite de courtoisie, brève, mais enrichissante, à une toute nouvelle amie.

Va le chercher, avait-il entendu alors. *Mais fais gaffe, Vincent. Cet homme est dangereux. Il a la blancheur en lui, même s'il n'a pas conscience de son pouvoir.* (La voix dans son esprit avait pris une dureté coupante.) *Tu dois le tuer. Pour nous tous, tu dois le tuer. Amène-le dans le royaume des ténèbres, Vincent ! Fais voir à ce crétin de flic TES TÉNÈBRES. TES TÉNÈÈÈÈBRES...*

Au début, Vincent avait ressenti une véritable terreur, puis il l'avait reconnue, éprouvant alors un plaisir nostalgique, comme lorsqu'il entendait un vieux succès de Metallica ou de Deep Purple à la radio. Quand il était jeune, il avait déjà entendu la voix. Durant quatre jours, elle était sortie de la bouche édentée et pourrissante de son père, transportant avec elle une haleine de putréfaction. Au début, elle zézayait, chevrotante. C'était compréhensible. Sous l'impact, les nouveaux dentiers de son paternel, à cinq cents briques chacun, avaient été violemment éjectés de sa bouche. Ils trônaient encore sur le tableau de bord quand les secours étaient arrivés.

Puis Tindo avait émergé de son hébétude pour s'apercevoir qu'il était dans le sous-sol de Matthews. Il avait souri, sans se rendre compte que ce *quelque chose* d'ignoble qui était tapi dans l'obscurité, c'était justement... *lui*. La voix attendait de lui qu'il fasse de vilaines choses. De très vilaines choses. Cependant, il n'avait pas le désir d'y obéir de manière impérative. Il n'avait pas le goût de tuer Matthews tout de suite. Il éprouvait beaucoup plus de plaisir à jouer avec lui...

* * *

John se précipita dans sa chambre. La pièce était vide. Du regard, il fit un tour d'horizon : l'armoire en chêne foncé, le secrétaire, deux tables de chevet et son immense lit en bronze habillé d'une literie à carreaux. Une pièce somme toute ordinaire, mais il sentait la présence malveillante de Tindo en imprégner l'atmosphère comme un gaz nocif.

Il ouvrit à la volée le tiroir de son secrétaire et y fouilla à la recherche de munitions. *Parfait*, se dit-il au contact glacé des balles dans sa paume. Une image s'imposa alors avec force dans son esprit : celle de Tindo, tout sourire, en train de violer sauvagement Maureen. Du sang couvrait... John la chassa aussitôt.

« Salaud ! » cria-t-il dans le silence presque surnaturel de la maison.

Il enfila une tenue décontractée convenant mieux à la longue nuit qui l'attendait. Gêné par son bandage, il l'ôta. Son épaule lui sembla moins douloureuse. Il fit jouer son articulation en élevant et en abaissant le bras, et il réussit même, à son grand étonnement, à glisser la main derrière la tête. Comment sa blessure avait-elle pu guérir si vite ? Pourtant il ne rêvait pas ! Il pouvait mouvoir son bras alors que deux jours plus tôt, Tindo lui avait transpercé l'épaule à l'aide d'un couteau très tranchant, lacérant muscles et tendons.

Puis ses yeux effleurèrent le reflet de son épaule dans le miroir, fixé au-dessus de son bureau. Il s'en approcha tellement qu'il sentit son contact froid sur son front. Il passa alors avec délicatesse son index où devaient se trouver des chairs violacées et boursouflées, suturées par un fil de métal. Exception faite d'un léger renflement de la peau, sa blessure était guérie. *À peine deux jours. C'est impossible ! Il arrive quelque chose d'étrange. Mais quoi ?*

Regardant son image dans le miroir, il se demanda : *Qui suis-je vraiment ?*

* * *

Pendant que John examinait sa blessure, Vincent, avec une jubilation tout enfantine, s'affairait à lui préparer sa petite surprise, s'assurant que chaque détail était au point. La perfection était primordiale pour que son plan fonctionne correctement. Les plis qui déformaient son front reflétaient sa concentration. Sa chère salope de mère ne disait-elle pas toujours : « Chaque chose mérite d'être bien faite » ? Amusé, il s'activait aux préparatifs. *John Matthews est dangereux,* lui avait précisé la Voix. *Très dangereux.* Il s'en souviendrait.

* * *

Dès qu'il fut prêt, John alla dans la salle de bains. Il s'accroupit pour ouvrir la porte sous le lavabo. Prestement, il prit le .38 dans l'étui fixé avec du sparadrap sous le tiroir du haut et, en se relevant, vérifia que l'arme était chargée.

Deux précautions valent mieux qu'une, se dit-il en glissant l'arme à la hauteur de ses reins, sous sa ceinture. En relevant la tête, il vit un signe tracé au crayon sur le miroir.

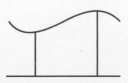

John le reconnut aussitôt. C'était la marque de Tindo. Chacune des femmes qui avaient été éviscérées, puis recousues avec du fil à pêche, arborait ce signe distinctement visible.

Tindo était donc dans la maison. Tapi quelque part, il devait jouir de sa peur, comme un gosse. Puis, soudain, John vit les deux petits objets sur le comptoir, que la lumière faisait briller. Des boucles d'oreilles en diamant.

Quelque part près de la maison, une branche claquait violemment contre l'une des fenêtres de façon répétitive. Clac. Clac. Clac.

John se précipita dans le couloir lorsque la sonnerie stridente du téléphone le fit sursauter. Une, deux, trois, quatre sonneries, et ça ne semblait pas vouloir s'arrêter. Son intuition lui dit que Tindo était à l'autre bout du fil. Comme un devin, il avait dû, une fois de plus, anticiper ses réactions. John s'empara donc du combiné.

— Allô ? cria-t-il.

— Salut, John. As-tu vu mon petit cadeau ? Charmant, n'est-ce pas ? Sais-tu que les femmes, même les plus timorées, sont toutes des salopes ? Hé oui ! Le désir d'être dominées leur fait vite retrousser leur jupe. Une coupure ou deux au bon endroit et voilà leur instinct animal qui s'éveille. C'est aussi simple que ça. Tout compte fait, Maureen a bien aimé mon approche freudienne.

La voix de Vincent était railleuse.

— Salaud ! Où es-tu ?

— Voyons, John : là où mon Maître règne. Dans les bas-fonds.

Le combiné dans la main, John se tourna vers la fenêtre. L'orage à l'extérieur s'amplifiait. Les bourrasques de vent faisaient trembler les vitres. La pluie avait redoublé de force. *Nous sommes maintenant au cœur de la tempête*, songea John.

— John… John… mon petit policier préféré. Es-tu encore là ?

— T'inquiète pas. Je viens te chercher.

— Fais vite, il me tarde de te montrer ma Voie. Tu n'as qu'à venir me chercher. Je suis au sous-sol. Viens vite ! Ha ! Ha ! Ha !

La voix de Tindo mourut dans une formidable explosion quand l'appareil alla se fracasser sur le mur.

À ce moment-là, la pluie tambourina tellement fort contre la vitre de la chambre que John, intrigué, s'arrêta. En bas, la branche avait recommencé son inquiétant manège. John se rapprocha de la fenêtre. Pourquoi ne descendait-il pas dans le sous-sol pour aller faire la peau à ce fou furieux ? Il l'ignorait. Une force irrésistible le poussait vers la fenêtre, comme une main appuyée entre ses omoplates. Il s'avança encore. Contre son gré. Dans un éclair de lucidité, John pensa que cette force malveillante pouvait être celle qui exerçait son pouvoir diabolique sur l'esprit de Tindo.

Il était tout près de la fenêtre quand son regard se porta sur le reflet du crucifix dans la vitre. LE CRUCIFIX. John ne voyait plus rien que le chapelet au bout duquel pendait le minuscule crucifix en argent. Celui de sa grand-mère. Il semblait rayonner d'une éclatante lumière.

Sans comprendre, John retrouva alors le contrôle de son corps. D'instinct, il s'inclina en signe de soumission, tandis qu'une branche feuillue poussée par le vent d'orage fracassait la fenêtre et transperçait l'air à l'endroit exact où s'était trouvée sa tête quelques secondes plus tôt. Aussitôt, une pluie de verre s'abattit sur lui.

* * *

Dans la maison régnait un silence total, comparable à celui qui suivait un coup de feu en forêt.

Devant lui s'offrait le spectacle peu rassurant de l'escalier, plongé dans l'obscurité, avec tout au bout une porte fermée. John, mal à l'aise, cherchait à se convaincre qu'il devait en franchir le seuil. Il était maintenant tout à fait certain que son destin, par un mystère aussi complexe que la vie, était lié à celui de Vincent Tindo. Il avait même l'impression follement inquiétante que quelqu'un ou *quelque chose* avait décidé depuis l'aube des temps qu'il aurait à descendre ces marches et à ouvrir cette satanée porte.

Un moment, qui parut une éternité, passa avant que John ne se mette à descendre l'escalier. À chacun de ses pas, les marches grinçaient, lui donnant l'impression qu'il posait les pieds non pas sur des planches de bois verni, mais plutôt sur les thorax d'une série de vieillards qui gémissaient en chœur le même mot : NON.

Il arriva tout de même devant la porte.

Il tendait la main vers la poignée lorsque retentit un rire démentiel qui déchira la quiétude de la cave.

* * *

John eut l'impression d'être aspiré dans le noir quand la porte se referma dans son dos avec un petit claquement sec.

Avec prudence, il s'accroupit et pointa son .38 devant lui.

Ce salaud est entré par la cave, remarqua-t-il en sentant un courant d'air glacé lui lécher le visage. Il eut beau scruter l'obscurité, il ne réussissait pas à découvrir où se cachait Tindo.

Pourtant, ce dernier était là. John pouvait sentir ses yeux animés d'une lueur meurtrière, comme une brûlure sur sa peau. À sa droite, à côté de la porte, se trouvait l'interrupteur. Sa main l'atteignit du premier coup. Mais quelque chose clochait. Il comprit quand ses doigts rencontrèrent un fouillis de fils : Tindo avait arraché la plaque murale.

— Le noir est mon ami, John. Il me guide, me sustente, il est l'essence même de la Voie. Approche, dit Tindo, comme s'il avait pu observer son geste malgré les ténèbres environnantes.

John maudit sa stupidité de ne pas avoir pris une lampe de poche. Pourquoi n'avait-il pas prévu que Tindo aimait… jouer dans le noir ?

La voix de Tindo venait d'assez loin. De sa gauche ? De sa droite ? Il n'en savait rien. Il essaya de se concentrer, mais il n'était venu qu'une fois au sous-sol et ne gardait qu'un vague souvenir de ses très nombreuses divisions.

Où ce salaud se cachait-il ?

Il faillit s'élancer dans la cave quand une maxime de son entraîneur du FBI lui revint à l'esprit : « La précipitation mène à la mort. » Il s'aventura donc aussi silencieusement que possible vers l'avant, sans avoir la moindre idée de sa direction.

— Ma mère a été la première, John. T'aurais dû voir son visage quand j'ai plongé ma queue en elle, dit Tindo avec la voix d'un gamin qui vient de déballer son cadeau de Noël.

John, dégoûté, s'apprêtait à faire feu sur la forme vaguement humaine qui avait paru s'élancer vers lui, quand l'une des règles d'or lui fit retenir son geste : *Ne tire que si tu es sûr de toucher ta cible.* Il ruminait cette pensée lorsque le tueur parla de nouveau.

— Pour un agent top niveau du FBI, tu me sembles très nerveux ! s'exclama Tindo, visiblement amusé.

La voix semblait provenir de sa droite. John fit volte-face. *Comment ce salopard peut-il bouger si vite et lire... dans mes pensées ?*

— J'ai voulu lui montrer plein de choses à cette chienne. Elle n'avait pas eu d'hommes depuis la mort de mon père. Dans mes bras, elle a connu l'extase de l'amour et du sexe. Mais surtout celle de la douleur. Car la douleur est la quintessence du Mal. Finalement, cette folle a payé pour ce qu'elle m'a fait subir.

Il est complètement cinglé, pensa John.

Concentré, il s'agenouilla et resta quelques instants immobile. Réfléchir. Tindo avait envie de parler de ses trophées de chasse ? Eh bien parfait ! Tant qu'il continuerait à déblatérer, il serait plus facile à repérer dans l'obscurité totale. Accroupi, John se souvint qu'il y avait une fenêtre dans l'une des pièces situées au fond du sous-sol. S'il réussissait à attirer le tueur dans cette direction, ce dernier deviendrait une cible parfaite dans la lueur de la nuit.

— Tu es chanceux, John. D'une chance qu'on n'a qu'une seule fois dans son existence.

— Pourquoi ?

Il allait trouver cet enfoiré et le tuer. Déterminé, John continua à s'enfoncer avec prudence dans l'obscurité qui le cernait de toutes parts.

— Nul ne peut se targuer de m'avoir rencontré personnellement et d'être encore en vie pour raconter son expérience.

— J'en suis honoré.

— Si tu as la foi, lâche ton arme. Une balle ne pourra pas venir à bout d'un être comme moi.

Tu veux essayer, l'ami ? pensa John.

Un rire suraigu crépita dans son dos. Il se retourna, mais ne vit rien.

— J'ai avec moi mon couteau préféré et j'ai affûté la lame exprès pour toi. J'ai très hâte que tu y goûtes.

Faisant un tour complet sur lui-même, le .38 pointé devant lui, John s'obligea à maîtriser son souffle. Comme il allait se relever, il eut, du coin de l'œil, la vision fugitive d'une lame de couteau. Son cœur ne fit qu'un bond quand un hurlement de joie démoniaque accompagna l'apparition funeste.

Maintenant !

Sans hésitation, John tira trois balles. Le vacarme fut assourdissant. L'odeur de cordite piqua ses narines.

Une voix railleuse troubla le silence de mort.

— Tu m'as encore raté, John. Il faudra bien un jour ou l'autre que tu te fasses à l'idée que tu n'as pas ce qu'il faut pour m'attraper. Tu n'as définitivement pas tiré parti de notre dernière rencontre. Ce sont tes émotions qui te conduiront à ta perte.

Narquoise, la voix s'affaiblissait.

Il se pousse, pensa John.

— Je vais t'amener au seuil de ma folie, John. Quand tu seras aux portes de l'enfer, tu me demanderas de t'achever.

Un gémissement devant lui détourna son attention des propos du tueur. Un horrible pressentiment arrêta net sa respiration sifflante. Il entendit une autre plainte, plus faible cette fois-ci.

— Aimes-tu les surprises, John ?

La voix de Tindo semblait provenir d'une autre galaxie. John fut pris d'un horrible vertige. À mesure qu'il avançait droit devant lui, les vagues contours d'une forme se précisaient devant ses yeux. Si Tindo avait fondu sur lui à ce moment précis, il aurait été un homme mort. Pendant quelques secondes, son univers tangua. Le visage livide, John voulut hurler, mais aucun son ne sortit de sa gorge. Le lointain hululement des sirènes sembla lui parvenir à travers un épais brouillard. Il se laissa choir à genoux… devant la forme bâillonnée et ficelée sur une chaise. La personne sur qui il avait tiré trois balles dans la poitrine, avec un plaisir

128

sauvage… la femme qu'il avait cru être Vincent Tindo et qui semblait dormir paisiblement, la tête penchée vers l'avant, c'était Maureen Hapfield !

Chapitre 10

16 décembre 2004
Quartier général du FBI, New York

John Matthews tapa la dernière ligne de son rapport et ferma son ordinateur portable. *L'affaire Protosky est bel et bien terminée*, pensa-t-il, très satisfait, en croisant les mains derrière la nuque. Il n'avait mis qu'un mois à coincer cet agent immobilier au-dessus de tout soupçon qui organisait de petites sauteries pour de riches hommes d'affaires afin de satisfaire leur appétit pour de très, très jeunes garçons. Ce manège avait duré près de quatre ans. Leur vice serait désormais puni par leurs collègues de prison, qui abhorraient les pédophiles.

John se leva et marcha avec nonchalance vers l'immense fenêtre de son bureau, sur Federal Plaza. Du haut des trente-deux étages, les mains dans les poches, il observa les gens qui s'affairaient à leurs emplettes de Noël. La neige qui tombait à gros flocons ajoutait de la magie à ce décor féerique mais devait rendre la circulation tout bonnement impossible. New York connaissait sa pire tempête de neige depuis vingt ans. Au bout de deux jours, elle n'était pas encore terminée. Il regarda sa montre : 16 h 20. Il allait bientôt partir. Rien ne le retenait dans ce bureau. À vrai dire, il se réjouissait de passer la soirée seul. À cette idée, il sourit. Il avait hâte de se retrouver dans la quiétude du nouvel appartement qu'il venait d'acheter dans l'Upper West Side après avoir décidé de s'installer de façon permanente à New York.

C'est avec une certaine tristesse qu'il avait vendu sa maison de Georgetown. Mais comme le lui aurait rappelé Maureen, il y passait si peu de temps, parfois seulement quelques jours avant qu'une enquête l'envoie à l'autre bout du pays.

Peut-être ce soir pourrait-il aller faire du jogging dans Riverside Park, et par la même occasion, se rendre chez Zabar's. Il y trouverait certainement quelques légumes et fines herbes pour accompagner le bar ou le rouge au coulis de tomates qu'il cuisinerait en savourant un pinot blanc — il lui restait en réserve un Jouenne 2000. En soirée, il pourrait finalement décorer l'arbre de Noël qu'il avait acheté la semaine précédente.

John alla jeter un coup d'œil à la liste de ses rendez-vous. Il avait, le lendemain jeudi, une réunion importante avec les inspecteurs du NYPD de la section des fraudes pour les informer des plus récentes inventions en technologie informatique. En réorganisant son horaire, il pourrait avoir congé vendredi. L'idée d'aller skier trois jours à Stowe, au Vermont, lui caressa l'esprit.

On cogna discrètement à la porte. Interrompu dans ses pensées, l'agent du FBI se retourna.

— Oui ?

Une femme séduisante aux yeux d'un bleu profond encadrés d'une masse de cheveux blonds bouclés apparut dans la porte. Aussitôt, la froideur quitta le visage de Matthews.

— John, nous t'attendons tous, dit-elle d'un ton qui se voulait détaché, car elle craignait que son attirance pour cet homme sombre et secret ne transparaisse.

De son côté, John aperçut ce qu'il redoutait dans les prunelles de sa collègue.

— J'arrive dans quelques minutes, lança-t-il d'un ton qu'il espéra le plus neutre possible.

Il se sentait piégé par ce regard lumineux et envoûtant.

Jenny Podein faillit ajouter quelque chose, mais préféra se retirer. Après son départ, ce dernier baissa les paupières et soupira longuement.

Jenny Podein.

Ce seul nom évoquait pour John la voix mélodieuse de sa collègue, son professionnalisme, son caractère fonceur, son sens de l'humour décapant... À vrai dire, il ne savait pas quelle attitude adopter avec elle.

La musique classique sortant d'une chaîne stéréo dernier cri étouffa son juron. Dans son bureau d'une sobriété monastique, c'était le seul objet de valeur. John éteignit la lampe et alla s'asseoir. L'obscurité qui avait envahi la pièce créait une ambiance propice à la réflexion.

Peu après l'affaire Vanstone — une infirmière accusée du meurtre de quatre patients cancéreux dans le Connecticut — John était passé devant une petite église catholique de Washington et avait décidé d'y pénétrer, sans raison. Après deux années déjà, il se souvenait très bien de la pensée, encore inexplicable, qu'il avait eue soudain après avoir refermé derrière lui les grandes portes en chêne massif et avoir embrassé du regard l'intérieur de l'église : *Je suis ici chez moi.*

Le soleil matinal jouait sur les carreaux de la paroi gauche de l'église. Immobile, John avait regardé flamboyer la multitude de lumignons de chaque côté de l'autel, s'imprégnant de l'atmosphère fraîche et humide, et combien paisible, des lieux. Il était seul. Il avait fait quelques pas et plongé ses doigts — avec l'impression quasi absurde qu'il allait ainsi sceller son destin — dans le bénitier en marbre poli. La paix soudaine qu'il avait alors ressentie dans son cœur et dans chaque pore de sa peau l'avait fait pleurer. Pour la première fois depuis une éternité, il sentait qu'il était chez lui, qu'il appartenait à ce lieu. Plus troublant encore, il avait éprouvé le besoin viscéral et immédiat de purifier son âme. De s'élever vers... Dieu. Ce Dieu qu'il avait tant détesté.

Près d'un mois et demi plus tard, il avait reçu un appel de son supérieur. Des femmes étaient violées, puis mutilées dans le comté de Stroudsburg, au New Jersey. « J'ai *spécialement* besoin de toi », lui avait dit son chef et ami Jeff McGirr. Il avait alors mis fin aux six mois de congé qu'il s'était promis depuis trop longtemps, et il avait accepté l'offre.

Tindo. Vincent Tindo.

Au début, il avait cru à une coïncidence. Plus maintenant. Les choses s'étaient déroulées telles qu'elles devaient mystérieusement le faire. Quarante jours s'étaient écoulés depuis le moment où John était entré pour la première fois dans la petite église de Washington, après l'affaire Vanstone, et le moment où il avait reçu la demande de Jeff d'enquêter sur le tueur sadique. Il s'était écoulé quarante jours. *Comme la traversée du désert du Christ. Quarante jours durant lesquels le Christ a purifié son âme. Malgré cette purification, je ne suis pas venu à bout de Vincent Tindo*, pensa John. Au contraire, ce dernier continuait assurément sa sanglante quête dans un autre État. Et John se voyait réduit à jouer le rôle de spectateur.

Tindo.

À la suite de la mort de Maureen, on l'avait placé en congé administratif, ce qui correspondait, en réalité, à être relégué au purgatoire, avec salaire. « Ce ne sera que pour la durée de l'enquête », lui avait confié Jeff. « Pendant ce temps, prends soin de toi. Repose-toi. À quand remonte la dernière fois où tu es parti en vacances ? Profites-en pour aller au bord de la mer, va faire de la plongée sous-marine ou de la voile, j'sais pas, moi, quelque chose qui te fera oublier tout ce merdier. » Heureusement, son calvaire avait été de courte durée, car le verdict de l'enquête administrative était tombé seulement dix jours après les malheureux événements : acquitté.

Le Bureau avait ensuite eu l'aimable délicatesse de lui laisser deux choix. Il quittait le FBI ou il acceptait d'être muté dans un autre service. John s'était alors senti dépossédé et humilié. Mais comme seul le travail pouvait lui procurer l'oubli nécessaire, il avait postulé à la nouvelle brigade spécialisée dans les crimes informatiques, en particulier sur Internet, créée par le FBI à la demande du président des États-Unis.

Sa candidature avait évidemment été retenue : dans les coulisses du Bureau, son nom était synonyme de légende. John l'ignorait, lui qui s'était toujours senti marginal.

Puis, il y avait eu l'affaire Protosky…

Un bref mouvement dans son champ de vision sortit John de ses ratiocinations. En équilibre sur la corniche, un corbeau le fixait de ses petits yeux noirs. *Ce n'est qu'un oiseau aussi solitaire que toi*, pensa-t-il, bien qu'il eût toujours éprouvé un certain dégoût à la vue de ces charognards.

Un coup de vent déséquilibra le corbeau qui virevolta aussitôt avec une grâce surprenante au-dessus du vide, les plumes de ses ailes ébouriffées. Il put stabiliser son vol et se poser de nouveau sur la corniche. John eut la désagréable sensation qu'au fond de ses prunelles ténébreuses rougeoyait une étincelle d'intelligence.

De plus en plus intrigué, John voulut s'approcher de la fenêtre, mais la sonnerie du téléphone retentit. Il décrocha.

— John Matthews.

— Salut, John. Comment vas-tu ?

Il reconnut aussitôt la voix bourrue et rocailleuse de son ancien patron, Jeff McGirr. Mais dans le ton, il y avait autre chose d'indéfinissable. De la peur ?

— J'ai toujours la tête au-dessus de la flotte. Et toi ?

Dans l'autre pièce, une chanson des Beach Boys retentit, estompant les cris et les rires. Quelques-uns de ses amis s'improvisèrent chanteurs et certains collègues durent apprécier leur prestation, car il y eut, à la fin, une salve d'applaudissements. En temps ordinaire, John aurait souri et serait sans doute allé les rejoindre.

— Il faut que je te voie le plus tôt possible. Ce soir, si tu le peux.

— Ce soir ! Ça doit être très important...

— C'est au sujet de... de Vincent Tindo, le coupa McGirr.

En entendant le nom du tueur, le cœur de John s'emballa aussitôt. Il desserra le nœud de sa cravate qui l'étouffait.

— N'en dis pas plus au téléphone. Tu es à New York ? interrogea-t-il, d'une voix sans timbre.

— Ouais. J'ai pris une chambre au Waldorf-Astoria, grogna Jeff.

— Est-ce que ta fenêtre donne sur l'église Saint-Barthélemy ?

— Un instant. (Quelques secondes passèrent.) Parles-tu de l'église néo-machin de l'autre côté de la rue ?

— Oui, fit John en souriant. Pour ta culture, cette église date de la fin des années 1910 et est de style byzantin. On peut se rencontrer au Four Seasons, si tu le désires.

— J'aimerais un endroit plus discret et à l'écart.

— À l'angle de la 56ᵉ et de Madison Avenue, il y a un restaurant, le Liverpool. Tu ne peux pas te tromper, c'est tout près du building IBM. J'y serai vers dix-huit heures.

En raccrochant, un pressentiment de malheur s'abattit sur John.

On frappa de nouveau à la porte. Le visage délicat de Jenny Podein se glissa dans l'encadrement. Elle fut troublée de voir combien John paraissait tout à coup tourmenté.

Elle désirait tellement qu'il la prenne dans ses bras, et… qu'il lui pardonne. Elle qui s'était vue donner la mission de surveiller cet homme dont elle était amoureuse. *Comment pourrai-je un jour lui prouver à quel point je l'aime ?*

Sans parler, elle referma la porte.

John regarda la baie vitrée. Le corbeau n'y était plus.

* * *

Le Liverpool était l'un des derniers restaurants de New York à se targuer d'avoir conservé sa vocation première : celle d'offrir aux jeunes familles une excellente table à bon prix.

Sur les murs, d'anciens articles de sport de toutes sortes conféraient à l'endroit un style masculin décontracté. La musique était assez présente sans être dérangeante. Une série d'écrans géants diffusaient matchs, dessins animés, informations, selon l'heure et au gré de la clientèle. Le service était impeccable et l'addition, raisonnable. L'endroit était toujours bondé et il n'était pas rare d'y voir une file d'attente à l'extérieur.

John arriva une quinzaine de minutes en retard et fut soulagé de constater que McGirr avait réussi à obtenir une table. Contents de se revoir, les deux hommes se serrèrent chaleureusement la main.

— Quelle tempête de neige ! s'exclama Matthews en secouant le col de son trench-coat de cuir. Je n'ai jamais rien vu de tel.

Une fois assis, il souffla dans ses mains pour les réchauffer, avant de les frictionner avec vigueur.

— Je te déconseille d'aller rendre visite à nos voisins du Nord. Là-bas, les tempêtes commencent parfois en novembre et se terminent en avril. Une fois, je suis allé à Montréal. C'était pour une conférence. On était au début du mois de mai et il restait encore de la foutue neige au sol. Veux-tu une bière ? lui demanda McGirr en voyant la serveuse qui prenait la commande d'un jeune couple à proximité de leur table.

— Non, un Glenfiddich.

— Ah oui ! Ton éternel whisky écossais. Moi, même si je suis Irlandais, je préfère notre vieil ami Jack Daniels.

McGirr leva la main et fit signe à la serveuse.

John observa McGirr quelques secondes. Il n'avait pas changé. Son visage gardait toujours son expression paternelle. Il avait bien perdu un peu de poids, mais la différence flagrante entre le McGirr d'avant et celui d'aujourd'hui résidait sans contredit dans ses yeux. D'ordinaire, une étincelle de malice et de joie perpétuelle les faisait pétiller. Or, ce soir-là, ils étaient ternes et agités, traduisant un sentiment que John était habitué à déchiffrer : la peur.

— Comment vas-tu ? lui demanda McGirr.

— Bien. Je pense tous les jours à Maureen, mais mon boulot me tient occupé. Et toi ?

Dans le silence qui suivit, McGirr ne prononça qu'un seul mot :

— Tindo…

Avant de continuer, il dévisagea les clients autour d'eux pour voir s'il avait été entendu. Faisant appel à tout son sang-froid pour garder un ton calme, il reprit d'une voix plus basse, mais qui trahissait une haine intense :

— Il m'a appelé la semaine dernière. J'étais en conférence quand mon cellulaire a sonné. Tiens-toi bien. Il téléphonait de chez moi. De chez moi, m'entends-tu ? Ça me fout les boules quand j'y pense !

Les menus dans les mains, la serveuse apparut.

— Bonjour messieurs. Prendrez-vous un apéritif ?

— Une Guinness, pour moi, s'il vous plaît, spécifia McGirr. Un pichet. La journée a été pénible.

La serveuse se tourna vers John.

— Avez-vous du Glenfiddich ?

— Je crois que oui…

— Alors je vais prendre un double.

— Désirez-vous commander tout de suite ?

D'un commun accord, ils prirent ce que la serveuse leur suggéra afin de n'être plus dérangés : filet de porc braisé au vin pour McGirr, brochette d'agneau à la dijonnaise pour John.

Dès qu'ils furent seuls, John posa à Jeffery la question qui lui brûlait les lèvres :

— Qu'est-ce qu'il foutait chez toi ?

Les yeux écarquillés de McGirr se fondirent dans ceux de son ami. Les veines saillaient à son cou et sur son front. Sa colère était explosive.

— Eh bien, un colis m'est parvenu au bureau en plus de l'appel. J'y ai trouvé… (il fit une légère pause avant d'enchaîner, en se penchant vers John) une petite culotte de ma femme, le collier de mon chien et des photos de mon lit. Je ne sais pas comment il s'y est pris, mais je le veux mort. Mort ! M'entends-tu ?

John n'en revenait tout simplement pas.

— Il est gonflé, le salaud !

Il lui fallut quelques minutes pour assimiler ce qu'il venait d'entendre. Puis il demanda, tendu :

— Que voulait-il ?

— Son message était clair. Il veut que je te remette sur l'affaire.

— Jamais ! lança John. Jamais !

À son grand étonnement, Jeff lui empoigna soudain l'avant-bras en s'exclamant :

— Si tu ne reviens pas dans le coup, il assassinera ma fille. Ce fils de pute m'a même expliqué en détail comment il comptait s'y prendre. Et c'est pas du joli. Y a que toi qui puisses l'arrêter. Sinon, je suis perdu.

Accablé, il se prit le visage à deux mains.

La serveuse arriva avec leurs consommations, ce qui permit à John de réfléchir avant de répondre. En vérité, rien ne lui aurait fait plus plaisir que de pouvoir se venger. Au début, il avait refusé d'admettre la nature du lien qui le retenait à Tindo. Mais il devait bien le reconnaître : il pensait sans cesse à lui. Son esprit revenait nuit et jour sur chacun des détails de leurs rencontres et sur chacune des paroles qu'ils avaient échangées. Au cours des neuf derniers mois,

Tindo avait été sa seule raison de vivre. Et du jour au lendemain, les bureaucrates, particulièrement Penridge, la lui avaient fait perdre. Bien sûr, il avait plus que jamais le besoin de se prouver, ainsi qu'à tous, qu'il était celui qui pouvait débarrasser le pays de ce monstre. Il souhaitait mettre un terme à sa peur de le savoir en liberté et apaiser son cuisant sentiment d'échec. Mais il n'était pas certain de la décision à prendre.

— Jeff...

— Écoute, le coupa ce dernier. Je n'aime pas ces méthodes, mais dois-je te rappeler la fois où je t'ai sauvé la vie ?

Il s'en voulut de cette bassesse envers son ami. L'incident remontait à une bonne dizaine d'années, à l'époque où, jeune blanc-bec plein d'une rage profonde envers les criminels et l'injustice, John venait d'être embauché dans son service.

Un malaise à couper au couteau s'installa entre les deux hommes, que la serveuse dissipa quelque peu en faisant irruption avec leur repas. John, qui avait vidé le reste de son scotch d'un trait, en profita pour demander un verre de bordeaux. McGirr empoigna le pichet de bière, s'en servit une rasade et but à longs traits. Silencieux, le visage rembruni, il s'essuya la bouche du revers de la main.

— Que dit Penridge de tout ça ?

— On se fout de Penridge, clama McGirr en enfilant un deuxième verre de bière aussi rapidement que le premier. C'est ma famille, John ! Qui sait ce qu'il fera à ma fille ou à ma femme quand il verra son plan échouer ! Alors, tu penses bien que je m'en tape !

Sur ce, il attaqua son repas avec la même fougue qu'il avait mise dans ses propos.

L'air sombre, John fronça les sourcils et lui lança un long regard appuyé.

— Je comprends, mais de toute façon, il faut son autorisation...

Déposant sa fourchette, McGirr leva les mains en guise de reddition.

— OK. Disons que Penridge n'est pas enthousiaste à l'idée de te faire bosser sur le dossier Tindo.

— La vérité.

— Il ne veut rien savoir de toi, le con !

Il avala une autre bouchée et pris soin de bien mâcher sa nourriture, comme les mots qu'il allait prononcer.

— Il a dit que tu étais... fini.

John accusa le coup sans broncher.

— Pour couronner le tout, il a ajouté qu'il faisait pleinement confiance à Nash « pour régler le problème ». Non, mais est-ce que j'ai l'air d'un « problème » ? Le pire, c'est que Nash n'a aucune piste, il piétine pendant que la vie de ma fille est en danger dans tout ça.

La serveuse apporta le verre de vin, et McGirr profita de l'occasion pour s'esquiver aux toilettes.

— Attends-moi un instant, lança-t-il à John, mal à l'aise d'avoir craché la vérité sous son jour le plus cru.

Ce dernier le regarda s'éloigner sans rien dire. Il promena son regard autour de lui. L'arrivée prochaine de Noël plongeait les gens dans une atmosphère de fête. Des couples se tenaient la main par-dessus les tables. Des rires fusaient de partout. Une bande de gars crièrent de joie quand un des joueurs de leur équipe favorite marqua un but. Le cœur lourd, John se sentait à des millions de kilomètres de cet état de bien-être. Sa brochette d'agneau était un pur délice — le chef avait su doser à merveille la moutarde, le piment de Cayenne et le poivre noir —, aussi regretta-t-il de n'avoir plus tant d'appétit.

Un cri aigu provenant du bar attira soudain son attention.

Un employé des Postes gisait par terre, tandis que McGirr se relevait en prenant appui sur l'un des tabourets.

* * *

— Ne... ne... ne... me... fra... fra... frappez pas, hurla le postier, effrayé, en se recroquevillant sous le comptoir du bar.

L'homme d'une trentaine d'années, moustache et cheveux frisés bruns, semblait ivre.

— Je n'en ai pas l'intention, répondit McGirr, le pantalon maculé de bière. C'est plutôt à moi de m'excuser de vous avoir bousculé. Je ne vous avais pas vu... Il se pencha vers l'homme avec l'intention de l'aider à se relever.

— Non… non… non… allez-vous-en. Je… je… n'ai pas be… besoin de… vous.

Le postier le repoussa en se protégeant le visage des mains.

McGirr, qui se sentait observé par tout le monde, se pencha, ramassa la chope de bière que l'homme avait laissée tomber lors de la bousculade et la déposa sur le comptoir. Il tira ensuite son portefeuille de la poche arrière de son pantalon. Dans son état, il commençait à être sérieusement agacé par les jérémiades du postier.

— Laissez-moi vous payer une autre bière, au moins.

— Vous… vous… pen… pen… pensez pou… pouvoir m'a… m'a… m'acheter a… avec votre f… f… fric ?

— Cessez de faire l'imbécile et relevez-vous, voyons !

— Noooon !

Exaspéré, McGirr prit un billet de dix dollars, l'abattit sur le comptoir et alla rejoindre John. Il n'avait pas envie de s'exposer davantage. C'est d'une humeur massacrante qu'il se rassit à table.

— Quel imbécile ! maugréa-t-il avant d'enfourner une gigantesque bouchée de porc. Avec tout ça, ma bouffe a eu le temps de refroidir !

Un léger sourire flotta sur le visage de John. De telles situations n'arrivaient qu'à Jeffery. Durant leur amitié, son ami avait gaffé plus souvent qu'autrement. Il se souvint d'une soirée officielle à la Maison-Blanche où, après avoir abusé des cocktails, et devant un auditoire croissant attiré par sa voix tonitruante, il s'était écrié : « Nom de Dieu ! On aurait dû faire sauter tous ces Japs quand l'occasion s'est présentée. Maintenant, ils sont en train d'acheter toutes nos entreprises les plus lucratives… » Le toussotement poli de l'épouse du secrétaire à la Défense du Japon l'avait fait se retourner…

— Veux-tu bien me dire ce qu'il y a de si comique ? (Jeff se retourna vers le bar, mais le bègue avait disparu.) C'est la faute du postier. Il m'a fait trébucher. Tu ne manges pas ? ajouta-t-il, la bouche à moitié pleine.

— Oui, oui, répondit John, étonné que rien ne puisse venir à bout de l'appétit de son ami.

Matthews but une gorgée de vin. Le feu crépitait dans l'âtre, les gens riaient aux éclats. Il sentit ses tourments s'alléger.

— Tu dois reprendre cette affaire, John. C'est important. Sais-tu ce que Tindo a dit ? Que ma fille était adorable *à mourir* !

Il ajouta, d'une voix qui s'enflait à mesure qu'il parlait :

— Et tu sais quoi ? Il connaît le nom du collège qu'elle fréquente, ses activités parascolaires et même le nom de son petit ami. Il sait tout !

— Où est-elle en ce moment ? lança John impatiemment, en vérifiant s'il portait bien son arme dans le holster serré sur sa poitrine.

— Au pensionnat.

— Mon Dieu ! Tu es fou ! aboya John en direction de McGirr. Où as-tu la tête ? Nous parlons de *Vincent Tindo*. Pas d'un enfant de chœur !

Les gens se mirent à dévisager ces deux trouble-fête. Jeffery McGirr les ignora.

— Me prends-tu pour un imbécile ? Elle est mieux surveillée que le président en personne !

— D'après toi, comment Tindo a-t-il pu obtenir toutes ces informations ?

— Non… Ne me dis pas que tu penses…

La réponse de John, brutale, traduisit l'urgence de la situation.

— En les lui demandant gentiment, peut-être. C'est un vrai don Juan, ce gars. On ne sait jamais. Les jeunes filles sont si impressionnables.

Nerveux, McGirr tira son cellulaire de sa poche.

— Je ne crois pas qu'il ait fait quoi que ce soit encore. Mais tu fais bien d'appeler ta fille pour t'en assurer. Tindo peut être partout. C'est un animal sauvage.

— Que comptes-tu faire de ton côté ? lui demanda McGirr, en composant le numéro du collège.

— Mettre fin à ses petits jeux une fois pour toutes. Débrouille-toi pour obtenir l'autorisation de Penridge.

* * *

Détendu, Tindo sifflotait dans l'habitacle du camion postal qu'il avait volé et qui ressemblait en tout point à un fourgon blindé. C'est avec une bouffée de plaisir qu'il entendait les gémissements étouffés du postier qu'il s'était amusé à taillader, plus tôt dans la soirée, et qui se vidait de son sang. «J'ai trois enfants», avait-il chialé pour être épargné. «S'il vous plaît, ne me tuez pas. Ma femme vient juste d'accoucher de jumeaux.» Dénué de toute pitié, Vincent s'était assuré qu'il mourrait à petit feu, juste pour lui faire ressentir la douleur de sa perte.

D'accord, ce n'était pas aussi bandant que de voir une femme nue agoniser sur sa chaise. La satisfaction éprouvée n'était pas puissante comme un orgasme, mais diable que c'était jouissif! Aussi jouissif que lorsqu'il avait joué sa petite scène, dans le restaurant, auprès d'un McGirr trop taré pour le reconnaître.

Le plan qu'il avait concocté pour attirer John dans son piège relevait du génie. Par intuition, le flic finirait par déduire qu'il avait fui par l'arrière du restaurant. John déboucherait alors dans la ruelle — qui était en réalité une impasse servant à la livraison — et là, il l'écraserait comme une vulgaire limace sous les roues du camion.

Amusant, ça aussi. Cette idée le fit sourire comme un dément.

Il fouilla dans la poche intérieure de sa toute nouvelle veste en laine bleue — cadeau de son ami postier — et en sortit un téléphone cellulaire. Il composa un numéro au moyen d'une ligne équipée d'un brouilleur dernier cri. Seules onze autres personnes sur la planète connaissaient ce numéro. Une voix féminine sur un répondeur se fit entendre. Il ne s'en formalisa pas. Après la tonalité, il inscrivit un code numérique qui, pour un inconnu, ne constituait qu'une suite illogique de chiffres. Il était au milieu de son message quand le téléphone cellulaire arrêta d'émettre. Tindo se mit à maudire sa pile, puis se souvint tout à coup d'avoir vérifié sa charge plus tôt dans la journée. Elle était pleine. Il n'était pas du tout le type à faire ce genre d'erreurs.

C'est à ce moment qu'un reflet dans son rétroviseur latéral attira son attention. *Impossible*, pensa-t-il. Il avait vérifié l'allée quelques minutes avant. Elle était déserte.

Il allait sortir de son camion — il avait déjà enclenché la poignée — lorsqu'une colombe se posa sur le capot. Il eut alors un mouvement de recul involontaire. Une autre colombe suivie d'une troisième vinrent rejoindre la précédente. Le moteur qui grondait ne réussissait pas à enterrer leur roucoulement écœurant.

Pour la première fois de sa vie, son inébranlable confiance en lui fut mise à l'épreuve. Sa peur fut plus forte que sa curiosité. Derrière, un gamin vêtu d'un manteau trop long pour lui se tenait immobile dans la fumée grise qui sortait du pot d'échappement. Malgré l'obscurité, il portait des lunettes noires. *Un enfant,* se dit Tindo. Il commençait tout juste à reprendre le contrôle de lui-même, lorsqu'il vit que le gosse en question tenait une canne blanche.

« C'est un aveugle », gloussa-t-il, rassuré, et il eut l'idée de se faire la main avec lui — avant Matthews, son plat de résistance — et de reculer sur cet avorton.

Il fit le geste d'embrayer en marche arrière, quand il s'aperçut que le gamin ne tenait pas sa canne à la manière des aveugles, c'est-à-dire devant lui pour éviter d'éventuels obstacles ; il la tenait avec fierté à sa droite comme le font les… bergers. Des colombes étaient perchées sur ses épaules.

Vincent n'était pas superstitieux, mais il savait reconnaître le danger. Ce gamin n'était pas… normal. *Pourquoi ne bouge-t-il pas ?* se demanda Vincent. Tout cela ne lui plaisait pas du tout.

Barre-toi ! lui intima une voix venue du fond de lui-même. *Barre-toi et fais vite !* C'est ce qu'il fit. Il embraya, le vieux camion poussif gémit et trembla comme une grand-mère prise d'un refroidissement. Il ne se sentit en sécurité que lorsqu'il fut à un pâté de maisons du restaurant.

* * *

L'instinct de John lui souffla que l'incident de McGirr avec le postier n'était peut-être pas fortuit. C'était le genre de Tindo d'observer les réactions de ses adversaires. Il aimait se jouer des gens. *Impossible qu'il soit sorti par l'entrée principale, je l'aurais reconnu, moi,* pensa John. Leur table était située si près de la porte que chaque fois qu'un client l'ouvrait, Jeff et lui sentaient un souffle froid sur leurs jambes, ce qui, du même coup, attirait l'attention. Peut-être était-ce dû à sa curiosité ou à son entraînement au sein du FBI.

Où est passé ce foutu postier ? Est-ce que lui et Tindo ne sont qu'une même personne ?

Hypothèse.

Le cœur de John s'emballa. Il se retenait de sortir son arme. Déjà, plusieurs personnes l'observaient d'un air bizarre. Il tourna la tête dans tous les sens. Tindo sirotait peut-être une bière, à l'abri des regards derrière une colonne ou un groupe de personnes, jouissant de la situation.

McGirr mit fin à sa communication.

— Je viens de joindre l'équipe de surveillance de ma fille. Elle est en sécurité, expliqua-t-il dans un soupir de soulagement. Dans l'heure, on l'escortera, elle et Sandra, dans un lieu sûr.

Conscients de la tension qui régnait, certains clients les regardaient avec attention.

Les sourcils froncés, John lui demanda d'une voix impatiente :

— Tu es armé ?

McGirr opina du chef.

— Fouille la salle à manger de fond en comble, puis sort par l'avant du restaurant. Il n'est sûrement pas loin.

— Et toi ?

— Je vais par l'arrière. Cette fois-ci, Tindo vient de creuser sa tombe.

— Fais attention à toi, lui souffla McGirr tandis que John s'éloignait.

D'emblée, ce dernier élimina les toilettes. Un cul-de-sac. Tindo était intelligent, il ne se dissimulerait pas dans un endroit ne lui donnant pas la possibilité de fuir facilement.

La cuisine. John s'y précipita.

Aussitôt après avoir ouvert les portes battantes grises, il mit la main sur son arme. Une grande activité régnait dans la cuisine. Des effluves de nourriture imprégnaient les lieux : viande braisée, épices, pain grillé… Les cuisiniers couraient dans tous les sens, mais leur ballet avait une sorte de cohésion logique, chacun se passant, à un moment précis de la réalisation d'un plat, une casserole ou un poêlon. Arborant un air méchant, un nez épaté et un visage joufflu, un homme large comme un tonneau de bière lança son chiffon maculé de graisse et se dirigea dans sa direction.

Avant qu'il n'ouvre la bouche, John lui mit son badge sous le nez.

— Y a-t-il un homme qui est passé par ici il y a une quinzaine de minutes ?

La large moustache noire du cuisinier se releva sur son sourire.

— Nous être une vingtaine ici, monsieur. Pleine de monde il entre et sorte. Le maître d'hôtel, les serveurs, le gérante…

— OK, le coupa John. Le type était postier.

— Je l'ai vu, moi, cria un jeune marmiton boutonneux d'à peine vingt ans sans cesser de remuer sa béchamel. Il est passé par-là en coup de vent. (Le garçon lui indiqua une porte dans un coin.) Comme un fantôme !

* * *

Le camion postal s'engageait déjà dans la circulation, rendue malaisée par la tempête, lorsque John déboucha dans l'allée enneigée. Tindo venait de lui échapper une fois de plus. L'arme au poing, il vit alors un adolescent marcher vers lui. Des colombes virevoltaient autour de lui, accompagnant sa progression.

Un aveugle, constata John. Il était donc inutile de lui demander s'il avait été témoin de la scène. C'était vraiment son soir de chance ! L'adolescent continua d'avancer. John le vit éviter les nombreuses plaques glacées qui les séparaient, comme s'il pouvait les voir malgré son handicap. La neige qui tourbillonnait lui laissait une impression d'irréalité.

— Suis-je sur Madison Avenue ? demanda l'aveugle.

Sa voix était mélodieuse. Ses lunettes carrées, trop grandes pour lui, mangeaient presque entièrement son visage. Ses cheveux bouclés tournoyaient dans le vent.

— Non, tu es dans une ruelle transversale. Madison n'est qu'à quelques mètres devant toi. Je voudrais bien t'y conduire, mais je suis malheureusement trop pressé. Désolé.

— Merci. Je me débrouillerai bien tout seul.

John allait rentrer dans le restaurant lorsqu'il aperçut un spectacle fort étrange qui l'intrigua profondément : les colombes ouvraient le chemin au jeune handicapé, comme si elles le guidaient.

* * *

L'homme d'une soixantaine d'années, vêtu d'un élégant smoking qui lui cintrait la taille, reçut un signal sur son téléavertisseur. Il prit le temps de le décrocher de sa ceinture et de vérifier le message numérique sans aucune considération pour le sénateur de la Californie et sa charmante épouse qui discutaient avec lui. À voir son visage décomposé et méditatif, ceux-ci ne firent pas de cas de son manquement à l'étiquette qui aurait exigé, dans une telle situation, qu'il s'excusât et s'éloignât avec discrétion. Sa femme paraissait elle-même soucieuse. Une mauvaise nouvelle ? Peut-être étaient-ce les enfants ? Un décès ? Sur ces réflexions, le sénateur et son épouse s'excusèrent pour les laisser à leur intimité.

Edgar Devon Blackhart attendait bien un message important. Celui de Tindo. Mais ce n'était pas lui qui venait de le contacter, et le message reçu était, sans raison, incomplet.

Il devait se ressaisir. Déjà, sa femme arborait une expression du genre : *Est-ce que je peux faire quelque chose ?*

À ces soirées mondaines où ils étaient sans arrêt conviés à cause de leur rang social, les invités étaient passés maîtres dans l'art de déchiffrer la moindre expression faciale ou gestuelle. «Avez-vous vu trembler ses mains ? Il doit boire plus que de raison !», «Ils ont certainement des problèmes conjugaux ! Sa femme en est à son quatrième verre… », tout cela faisait partie des remarques courantes. La réception, quoique privée, rassemblait une bonne partie de ce qui constituait le gratin du pouvoir décisionnel.

— Une mauvaise nouvelle, mon cher Edgar ? demanda, empressé, leur ami, le sénateur Josh Wadkins, tout en posant sur son avant-bras une main qui se voulait réconfortante, tandis que l'autre tenait une flûte de champagne.

Edgar Blackhart lui adressa un sourire rassurant.

— Rien de bien grave, je crois, dit-il en soupirant. Ce n'était qu'un de mes collaborateurs. Il a dû oublier que c'était la période des fêtes pour tout le monde. Même pour les jeunes requins qui veulent prendre la place des vieux croulants comme nous !

— Tant mieux. (Josh Wadkins sourit avec amabilité au couple.) Je vois que vous les terrorisez toujours. Faites attention. Un jour, il y en aura sûrement un pour avoir votre peau.

Il baissa le ton et prit un air embarrassé.

— Si vous voulez bien m'excuser quelques instants, notre cher général Zimmer semble aussi perdu qu'en plein champ de bataille, lui qui n'y a jamais mis les pieds, ajouta-t-il en riant d'une voix sarcastique.

— Allez-y, je vous en prie, avant qu'il ne s'écrie : « Bombardez-les tous ! »

Josh Wadkins se retira sur un éclat de rire.

La femme de Blackhart, bien qu'elle n'en laissât rien paraître, n'était pas dupe de toute cette courtoisie bienveillante. Une fureur indicible se lisait dans les yeux de son mari. Cependant, pour la première fois, elle y vit aussi autre chose de plus troublant : la peur.

* * *

Il était près de minuit, ce soir-là, lorsqu'un taxi déposa John Matthews devant chez lui — un immeuble de quinze étages de style néogothique, angle 89e Rue et Riverside Drive dans l'Upper West Side. Le trajet depuis l'East Side lui prenait une vingtaine de minutes, mais avec les bouchons de circulation causés par la tempête de neige qui ensevelissait peu à peu New York d'un linceul blanc, le taxi avait mis le double du temps habituel.

De l'autre côté de la rue, Riverside Park, qui courait entre la 72e et la 145e Rue, était désert. Dans la lueur bleutée du paysage enneigé, la vue des majestueux arbres dénudés qui bordaient la piste de jogging le remplit de nostalgie. Maureen l'avait souvent réveillé en pleine nuit pour l'entraîner dehors jouir de la première chute de neige. Il la revoyait, avec son vieux duffle-coat noir, une longue écharpe et des moufles rouges, courir et sautiller comme une enfant sous les gros flocons cotonneux.

« Pour moi, c'est une tradition familiale. À la première neige, mon père nous tirait du lit, ma sœur et moi, et il nous emmenait faire une promenade. Je me suis toujours dit que si j'avais des enfants, je ferais la même chose », s'était-elle justifiée la première fois qu'elle l'avait réveillé à trois heures du matin en le pressant de s'habiller.

La joie de vivre de Maureen, la chaleur qui perçait sous chacun des mots qu'elle prononçait, son émerveillement presque enfantin pour les beautés de la nature, tout ça lui manquait terriblement. Puis, se sentant stupide d'être planté là sur le trottoir devant une rangée d'arbres à cette heure tardive, il s'empressa de rentrer chez lui.

John apprécia la chaleur bienfaisante de son immeuble. De fines gouttes glissèrent de ses cheveux humides jusque dans son cou. Portier depuis trente ans au Carlyle Place, Barney Pepper, guindé dans sa livrée grise, s'empressa d'ouvrir la porte à John. La cinquantaine avancée, rondouillard, Barney vouait une grande admiration à l'agent du FBI. Passionné de polars noirs et de thrillers, il collectionnait des articles de presse traitant des plus grandes affaires judiciaires, coupures de journaux où le nom et la photographie de John Matthews faisaient régulièrement la une.

— Bonsoir, monsieur Matthews. Vous avez passé une belle soirée ? lui glissa avec respect Barney Pepper.

— Disons qu'elle fut… *intéressante*, lui répondit John en le saluant de la main avant de se glisser dans l'antique ascenseur.

Quelques secondes plus tard, la cabine s'arrêta à son étage. À l'ouverture des portes, John tourna à droite pour se diriger vers le fond du couloir discrètement éclairé par une série de lustres en verre. Une épaisse moquette marine assourdissait le bruit de ses pas.

« Cette partie de l'immeuble a été construite à même une portion de la vieille église catholique St. Patrick Church, je crois », avait dit Sharon Nile, l'agente immobilière, lorsqu'il avait visité pour la toute première fois l'appartement. « À l'époque, les promoteurs, sous les pressions d'un obscur organisme agissant pour la sauvegarde du patrimoine, ont justement dû garder intacts certains éléments architecturaux de l'église, sous peine de perdre leur permis de construction. C'est pourquoi, en ce moment même, nous nous trouvons au centre de l'ancien jubé de cette église. »

Tandis qu'elle l'amenait au 837, John l'avait observée d'un œil attentif, accordant son pas au sien. Sa mince silhouette, bien prise dans son tailleur noir, semblait être le résultat d'efforts en salles de gym. La trentaine, Sharon Nile présentait le look parfait de la jeune professionnelle : jambes longues et bronzées, talons hauts, attaché-case en cuir hors de prix. Ses cheveux bruns coupés à la garçonne, son air décidé et son style sportif lui prêtaient une vague ressemblance avec l'actrice Sandra Bullock.

« Nous y voici. Le seul appartement disponible de tout l'édifice. Je serais malhonnête envers vous si je ne vous disais pas… »

S'interrompant tout à coup, elle avait levé la tête et planté ses yeux violets dans ceux du flic. Il avait attendu la suite, sûr que rien de ce qu'elle pourrait raconter ne parviendrait à le surprendre — lui qui se croyait dorénavant immunisé contre toutes les horreurs.

Il s'était trompé.

« D'aussi loin que je me souvienne, un seul homme a occupé cet appartement.

— Et puis ? Il n'y a rien de spécial à ça, avait dit John, vaguement intrigué.

— Il n'en sortait qu'en de rares occasions. Il était certain qu'on voulait attenter à sa vie. Il ne m'a jamais dit pourquoi. Il causait peu. Un cas rare pour un homme, avait-elle ajouté, avec un sourire sarcastique, en pensant tout le contraire.

— Mais je ne comprends pas vos…

— Vous ne saisissez pas ? Il est mort dans cette pièce.

— Comment ?

— Dans son sommeil. Les voisins se sont plaints d'une odeur, disons… désagréable.

— C'est vous qui… ?

— Oui ! Je suis désolée. J'ai omis de vous mentionner que je m'occupe de la gestion de l'édifice et que je suis également la propriétaire d'un *penthouse* au quinzième.

— Je ne l'aurais pas cru. Vous semblez si jeune.

— S'il vous plaît, cessez de me vouvoyer. Appelez-moi Sharon. Ou en étais-je ? Ah oui ! Donc, lorsque je me suis approchée de la porte, il n'y avait aucun doute. L'odeur m'a sauté aux narines. Je n'ai pas osé ouvrir et j'ai fait venir les flics. Ils ont dû défoncer la porte. Ce sont eux qui ont constaté officiellement le décès. J'ai bien fait. Le spectacle devait être atroce, car le plus jeune des deux a vomi sur le cadavre, avait-elle dit en contenant un rire hystérique. L'homme était mort depuis près d'un mois, selon le coroner. »

Ce ne sera pas le premier à mourir dans son sommeil, avait pensé John, à l'époque, sans comprendre pourquoi le visage de Sharon Nile était devenu livide.

Après avoir ouvert la porte, celle-ci s'était immédiatement dirigée vers le mur du fond de la chambre à coucher.

«Je ne me souviens plus qui l'a vue en premier. C'était là! À un mètre du sol, environ.»

John avait suivi du regard l'index carminé qui luisait sous le luminaire. Sharon avait alors tourné son visage vers lui, en passant sa main sur le mur.

«Oui… c'est là. C'est bizarre, mais je jurerais qu'à l'endroit exact où la phrase a été écrite, le mur est plus chaud. C'est dément, non?»

Les yeux de John n'avaient à aucun moment quitté la main de Sharon Nile qui, perdue dans ses pensées, continuait à caresser le mur. Il n'avait plus été certain de vouloir savoir ce qu'on avait écrit sur le mur, et que l'agente immobilière prenait un siècle à lui dire. Fasciné, il n'avait pu s'empêcher de regarder Sharon, sans rien faire pour hâter ses confidences.

«Le Fils de l'Homme est revenu. Voilà ce qui était inscrit ici.»

Au début, John avait pensé que cette inscription n'était qu'une élucubration d'un vieil homme torturé par la folie. Puis, foudroyé sur place, il avait compris. En partie seulement. Et tandis que son cerveau était lancé dans une course folle pour reconstituer le puzzle, la voix de Sharon Nile lui était parvenue de loin, de très loin.

Il l'avait fait taire d'un geste de la main.

«Sharon, quelle profession exerçait cet homme? avait-il demandé en examinant le visage de la jeune femme. C'est important, Sharon. Vous ne pouvez savoir à quel point.

150

Réfléchissez bien. Il vous vient sûrement à l'esprit un souvenir, un propos qui pourrait vous rappeler…

— Taisez-vous, pour l'amour de Dieu ! Je ne parviens pas à mettre de l'ordre dans mes idées quand vous n'arrêtez pas de parler. Oui. Oui. Je me souviens maintenant. Pourquoi n'y ai-je pas pensé plus tôt ? Il exerçait un métier banal. »

Elle avait levé les yeux vers John.

« C'était un menuisier. »

Toute sa vie, il se souviendrait des dernières paroles qu'elle avait prononcées, cette après-midi-là. Elle avait repoussé du revers de la main une frisette rebelle qui pendait devant ses yeux. Puis, d'un air complice et grave à la fois, elle lui avait dit :

« Sachez que nous ne sommes jamais seuls lorsque nous combattons les forces du Mal. »

Les forces du Mal, pensa John tandis qu'il introduisait sa clé dans la serrure de la porte.

Une douce musique classique, du Brahms, l'accueillit dans la quiétude de son appartement. Il referma la porte derrière lui. Rubens étira toute sa splendeur, bâilla et sauta du fauteuil pour venir à sa rencontre. Après avoir accroché son manteau à la patère de bois que Maureen avait dénichée chez un brocanteur du New Jersey, John se pencha pour caresser le chat derrière les oreilles, endroit qu'il préférait par-dessus tout.

— Tu ne le sais peut-être pas, Rubens, mais tu mènes une très belle vie de pacha.

John alla vérifier son répondeur. Aucun message. *Parfait !* pensa-t-il. *Pas de nouvelles, bonnes nouvelles !*

Le luxueux appartement comptait un séjour, une cuisine moderne tout équipée avec un îlot pouvant servir de comptoir-lunch, une salle à manger, une immense salle de bains avec jacuzzi et deux grandes chambres. De toutes les pièces, John préférait le séjour, avec son haut plafond en coupole orné de moulures, son plancher en lattes de châtaignier couleur café et le mur de brique érigé entre deux magnifiques fenêtres cintrées qui s'ouvraient sur une superbe vue sur l'Hudson et plus loin, de l'autre côté du fleuve, sur le New Jersey.

Se massant le front pour contenir un début de migraine, John alla faire un feu de foyer. Les deux lampes murales qui encadraient la cheminée de pierre projetaient une lumière discrète et apaisante. Dehors, la plainte lugubre du vent semblait s'être accrue. *Une vraie soirée de célibataire...*, se dit-il à lui-même. Une vague de nostalgie le submergea. Maureen et lui adoraient ces soirées d'hiver où, après un bon repas et une promenade vivifiante, ils se glissaient sous les couvertures pour lire ou pour faire l'amour.

John alla se servir un verre de scotch bien tassé. Il en profita pour passer le disque compact de Diana Krall. La voix chaude et sensuelle de la jazzwoman canadienne avait d'ordinaire la vertu de l'apaiser.

Vincent Tindo s'était à nouveau matérialisé dans sa vie. *Au fond, il ne m'avait jamais vraiment quitté.*

En avalant une gorgée de scotch, il parcourut la pièce du regard, fier de constater une fois de plus qu'il avait su rendre l'appartement chaleureux et accueillant. Les causeuses de cuir capitonnées, couleur chocolat, qu'il avait dénichées chez un antiquaire de SoHo, rehaussaient le blanc crème des murs. Sa table à dessin et un chandelier sur pied bordaient l'encoignure qui renfermait son puissant ordinateur.

John vida son verre et renonça à en prendre un autre. Il emprunta le couloir couvert de photographies qui menait à sa chambre. Maureen et lui, tous deux vêtus d'un casque rouge et de leur ceinture de sauvetage, avant leur descente du Colorado en rafting. Sur un autre cliché, Maureen, visiblement épuisée, lui souriait, satisfaite d'avoir réussi l'escalade du mont Washington. Ici, Maureen, le vent gonflant sa chevelure noire, vêtue d'un bikini minuscule, agrippant fièrement le mât du sloop qu'ils avaient loué pour deux semaines. *Sainte-Lucie, aux Antilles*, songea John.

Soudain, une fleur rouge s'épanouit sur sa poitrine bronzée, à l'endroit où John avait vidé une partie de son chargeur sur elle. Il détourna les yeux de cette horrible vision qui se superposait à la photographie et que son imagination lui faisait souvent revivre en cauchemar. La tristesse lui serra le cœur.

« Tindo ! Je vais te tuer, salaud ! », marmonna-t-il en se cognant la tête contre le mur.

Rempli de fiel et d'amertume, il gagna sa chambre. Le spectacle qui l'attendait le sidéra.

En équilibre précaire, presque par miracle, son chat était perché sur les barreaux de la tête du lit et se frottait langoureusement contre le mur.

À l'endroit exact où l'on avait écrit le message :

« Le Fils de l'Homme est revenu. »

Chapitre 11

La neige avait fini de tomber lorsque John Matthews se retrouva face à un immeuble en brique de quatre étages situé au 2249 de la 8ᵉ Rue. La petite allée menant au trottoir avait été déblayée et deux monticules montaient la garde comme des tigres blancs de Sibérie. John se sentit oppressé par l'aspect sinistre de cette portion de la rue qui était cernée de toutes parts par des immeubles décrépits. Malgré l'aspect désert de l'endroit, il avait l'impression désagréable qu'on l'attendait.

Il leva les yeux au ciel qui était d'un bleu azur. Il ferait beau.

Juste avant qu'il n'entre dans l'immeuble, un détail curieux l'inquiéta. Le silence total. Aucun piaillement d'oiseau, aucun bruit de moteur… Rien. Sur le seuil de la porte, il jeta un bref coup d'œil autour de lui et, quelques secondes après, l'immeuble l'engloutit dans ses ténèbres. Comme s'il n'avait jamais existé !

* * *

Aussitôt entré, John eut l'impression d'être immergé nu dans des eaux glacées. Inexplicablement, la température devait être inférieure de dix degrés à celle de l'extérieur. *La tuyauterie va avoir du mal à tenir le coup*, pensa-t-il, pragmatique. Un nuage de buée sortait de sa bouche à chacune de ses respirations.

Un rire moqueur et enfantin troubla l'obscurité du vestibule.

C'était si incongru qu'il sursauta. Le rire reprit. Plus près cette fois. Il lui sembla qu'une personne s'amusait de lui. Un mouvement sur sa chaussure lui arracha un cri étranglé.

— Nom de Dieu ! jura-t-il en secouant la jambe avec dédain.

Le rat téméraire émit un couinement de protestation en s'enfuyant vers l'escalier. Le rongeur était éclairé par une lumière blafarde et paraissait l'inviter. C'était le chemin. John commença à le gravir lentement. Chaque planche de bois craquait sous son poids. La puanteur se faisait plus forte à mesure qu'il progressait. Dans la pénombre, une bande de rats formait un demi-cercle autour du cadavre de ce qui semblait être un chien.

Dès qu'il fut sur le palier, certains rats relevèrent la tête et John vit que du sang formait une tache sombre sur leur museau. La plupart, par contre, l'ignorèrent et continuèrent à manger avidement les entrailles du cabot déversées sur le sol.

John fit feu. L'écho fut assourdissant comme un coup de tonnerre. Les rats s'enfuirent, traînant leur ventre rebondi et leur longue queue écailleuse au ras du sol. Il enjamba la dépouille du chien.

Un couloir s'offrait à sa vue.

Parmi toutes les portes fermées, une seule était entrouverte. Il s'avança. Les murs étaient couverts de dessins et d'inscriptions obscènes. Sur l'un d'eux, il y avait une scène d'orgie exclusivement masculine. Chaque homme portait un col romain. L'auteur de la fresque avait su créer des traits convulsés par le plaisir. Et ainsi de suite…

Un rire sardonique qui provenait de la pièce d'en face brisa le silence. Il s'interrompit à l'instant même où John toucha la poignée de porte. Sans attendre, il entra.

D'elle-même, la porte se referma dans son dos.

* * *

Une présence malveillante hante ces lieux, songea l'agent du FBI. *Mais quoi ?* Il n'en savait rien. Il scruta l'obscurité du logement. Excepté un sofa rongé par les mites et possiblement éventré à coups de couteau, la pièce était vide. Une forte odeur de cigarette se mêlant à celle de renfermé lui donna la nausée.

Il s'arrêta net, stupéfait, quand il s'aperçut que chacun de ses pas produisait un crissement répugnant. Il faillit trébucher et eut l'impression de marcher sur une surface glissante et instable.

— Seigneur Jésus ! s'exclama-t-il.

Le plancher était recouvert d'un tapis de blattes.

Tout à coup, un contact écœurant le long de son mollet lui fit secouer sauvagement la jambe et il se rua devant lui pour tenter de s'éloigner des cafards qui grimpaient le long de son corps par centaines. Il les sentit se frayer un passage jusqu'à son entrecuisse, montant vers son sexe, tandis que d'autres couraient le long de son échine.

CLAC. CLAC. CLAC.

Chacune des portes dont il s'approcha pour fuir se referma violemment. Il arrêta tout à coup de crier lorsqu'il sentit sur ses lèvres le frétillement des pattes d'une blatte qui tentait de s'introduire dans sa bouche.

Paniqué et à bout de forces, il tomba à genoux.

Le rire enfantin se fit encore entendre et John constata alors qu'il n'avait plus rien sur le corps.

* * *

John se releva.

Enveloppé d'ombre, il fouillait la pièce des yeux. Un bruit troublait le silence inquiétant.

Ploc. Ploc. Ploc.

Qu'est-ce que... Il s'aperçut soudain qu'il se tenait au centre d'une mare de sang poisseux. Il ne put s'empêcher de relever la tête en retenant sa respiration. Un crucifix était accroché en haut du cadre de la porte et les yeux du Christ en porcelaine coulaient abondamment.

Le cœur battant, il fixait le sang qui tombait goutte à goutte sur le plancher. Il allait s'avancer pour examiner le crucifix quand la figurine chut par terre et éclata en mille morceaux. Il resta paralysé quand la croix, qui semblait maintenue par un unique clou, se mit à osciller comme le balancier d'une horloge. Il s'approcha pour essayer de trouver à tout cela une explication rationnelle. Il constata alors qu'aucun clou ne retenait la croix. Rien.

C'est impossible..., pensa-t-il pour se convaincre lui-même.

En pénétrant dans la chambre, il baissa la tête, de peur que la croix ne l'atteigne si elle venait à tomber.

À sa gauche, une porte entrouverte donnait sur la salle de bains principale. Il traversa la pièce avec précaution, le .38 à la main.

Quelqu'un m'épie, j'en mettrais ma main au feu.

Il se tourna. Il y avait une seconde porte à sa gauche.

— Oui, viens à moi, viens à moi, viens à moi, JOHN..., scandait une voix rauque.

Il figea et arrêta net sa progression. Immobile, il entendait la voix se faire plus autoritaire ; le ton, plus grave.

On le voulait.

Un léger bruit, qu'il connaissait mais ne réussissait pas à identifier, s'amplifia. Un bruit comparable à des milliers de souris trottinant avec leurs petites griffes sur le parquet. D'un seul coup, la porte s'ouvrit devant lui avec une telle violence que, surpris, il fit un bond en arrière et tomba par terre. Un vent froid lécha son visage comme une caresse furtive. Perçant l'obscurité, une lueur rouge semblait vouloir le guider dans la pièce.

Les yeux de la Bête, songea John.

— Exactement. Sois le bienvenu chez moi !

C'était une voix gutturale venue du plus profond des temps.

— Maintenant, viens à MOI !

Il sentit une main glacée l'empoigner par la cheville et le traîner implacablement vers les ténèbres. Il lutta contre l'étau en se contorsionnant, mais il était incapable de s'en défaire. Il tenta de se libérer en se servant de la crosse de son arme ; celle-ci n'était toutefois qu'un vulgaire jouet entre les mains de la force sauvage et diabolique qui s'était emparée de lui. John se mit alors sur son séant et vida ce qu'il restait de son chargeur dans la masse sombre et palpitante qui grouillait devant lui.

Un rire démoniaque retentit.

Les ongles de son index et de son majeur gauches craquèrent en laissant une traînée de sang irrégulière sur le plancher quand il essaya de se retenir pour ne pas glisser. Il n'était plus qu'à un mètre ou deux de l'antre de la Bête. Toujours invisible, elle s'adressa à lui de nouveau :

— Résiste si tu veux. Rien n'y fera. Tu entreras quand même dans mon royaume.

C'est alors que John vit une main exsangue jaillir comme un piston de la noirceur fangeuse. Les ongles jaunes, immensément longs et effilés comme des lames de rasoir, transpercèrent la peau de sa jambe, et les doigts rachitiques enserrèrent l'os du tibia mis à nu. On le tira avec violence.

Il hurla.

* * *

Matthews s'éveilla en sursaut. Soudain, il réalisa qu'il était dans sa chambre. Il inspecta avec nervosité la pièce chaleureuse et douillette. Couché au pied du lit sur le moelleux édredon en coton bleu, Rubens leva les yeux vers lui, puis les referma paresseusement.

John eut de la difficulté à croire qu'il venait de rêver, tant le cauchemar lui paraissait encore réel.

Ma discussion avec Jeff m'a fait plus d'effet que je ne le pensais. À moins que ce ne soit la vision des colombes dans la ruelle...

— Vous avez un message, prononça une voix électronique dans l'autre pièce, celle de son ordinateur portable.

Les chiffres lumineux du réveil indiquaient 5 h 38. Malgré la chaleur de la pièce, John était complètement glacé. Un mal de tête épouvantable taraudait son crâne. Il se massa les tempes. Une pâle lueur filtrait à travers les rideaux. Il alla uriner, sans se vêtir d'une robe de chambre, et le froid sous ses pieds lui fit regretter ses pantoufles.

Dans la salle de bains, la glace lui renvoya une image qu'il eut peine à reconnaître. Encore déboussolé par son cauchemar, John fouilla dans la pharmacie et, ayant trouvé le bon flacon, il fit glisser deux comprimés (trois tombèrent sur le carrelage en marbre, mais il n'eut pas la force ni le courage de les ramasser) dans le creux de sa paume, puis crut bon d'en ajouter un de plus. Il les ingurgita sans eau.

Groggy, il se dirigea vers le séjour, ouvrit les portes de l'encoignure antique où se trouvait l'ordinateur et cliqua sur l'icône de son courrier électronique. Contre toute attente, son ordinateur, pourtant équipé d'un programme de recherche informatique dernier cri, n'avait pas réussi à identifier l'expéditeur du courriel.

Il cliqua sur une autre icône. Un message s'afficha :

Va au complexe York.
Tu y trouveras les réponses tant cherchées.

Le message le laissa perplexe. Puis, en un éclair, une hypothèse plausible, mais angoissante, émergea de son esprit. Les lambeaux résiduels de son cauchemar s'évaporèrent instantanément.

À moins que... Sans prendre la peine de s'asseoir, il pianota sur son clavier. L'ordinateur fournirait la réponse exacte dans quelques minutes. En attendant, il se dépêcha de prendre une douche qui eut la vertu curative de le soulager de son mal de crâne. Habillé d'un jean et d'un pull à col roulé en laine rouge, il alla à la cuisine se préparer un café.

— Vous avez un message.

Une désagréable sensation s'empara de lui. Une sensation ancienne, mais très bien connue. La même qu'il ressentait lorsqu'il était à la poursuite d'un tueur en série et qu'il devait le débusquer dans son antre. Exactement la même angoisse indéfinissable que lorsque Vincent Tindo n'était pas loin. Dans le noir. Avec un couteau.

Une fois encore, John cliqua sur l'icône en forme de boîte aux lettres. « Expéditeur inconnu », put-il lire à l'écran. Celui-ci vira au noir, puis se colora graduellement en rouge. Quelque chose clochait.

Un liquide visqueux se mit à bouillonner hors des fentes d'aération de l'ordinateur.

— Du sang ! cria-t-il.

Le sang coulait à présent aussi des haut-parleurs, du lecteur de disques, de chaque interstice. Une flaque rouge s'étalait sur le plancher. Le sang suppurait de l'ordinateur comme la sueur des pores de la peau. Il vit la flaque rouge avancer vers lui et tomba à la renverse.

C'est alors que de grandes lettres blanches s'inscrivirent sur le fond rouge de l'écran.

VAS-Y MAINTENANT !

John saisit son blouson sur la patère. Juste avant de partir, il se retourna vivement.

Le sang avait disparu. Il n'en restait aucune trace dans la pièce. Il revint, méfiant, vers cet ordinateur qui lui paraissait hostile. Son cœur battit la chamade quand il vit que l'écran affichait le renseignement demandé.

Adresse du complexe York ?
2249, 8ᵉ Rue.

Chapitre 12

À cette heure matinale, l'East Village dormait encore.

John adorait ce quartier bigarré fréquenté par les acteurs, les artistes et les immigrants, et reconnu pour ses galeries d'art et ses boîtes de jazz. À l'occasion, il allait au Ivory Key sur University Place pianoter un peu, en fin de soirée, quand les clients se faisaient plus rares. Parfois, sa triste performance arrachait quelques applaudissements à la maigre foule, en majorité des universitaires ivres. Le patron de la boîte était devenu son plus grand fan depuis que John lui avait sauvé la vie un certain soir de novembre. À la fermeture de l'établissement, Sammy Norton avait refusé de donner la recette de la soirée à un toxicomane défoncé au crack. Ses soixante-huit ans bien sonnés n'avaient pas fait le poids contre le couteau du jeune hispanique. N'eût été de la présence fortuite de John — qui sortait alors des toilettes —, Sammy Norton serait mort au bout de son sang. Depuis, ce dernier permettait à l'agent fédéral de jouer dans son établissement, à l'occasion, et ne lui en voulait pas de faire fuir quelques clients.

John vira sur St. Mark's Place et l'Acura dérapa sur une plaque de glace. Il téléphona à son supérieur. Une boîte vocale enregistra son message. Il l'informa de son absence jusqu'au lundi suivant et suggéra le nom d'un remplaçant pour sa rencontre avec les hommes du service des fraudes, ce matin-là, à dix heures, au Police Plaza.

On l'attendait.

Il n'était pas capable d'apaiser ses doutes et d'évacuer ses réflexions. Pour se changer les idées, il ouvrit la radio.

« Allô ! New York ! *Wow !* mes amis, quelle semaine ! Le service de police de notre chère ville, déjà débordé par les accidents qu'a causés cette formidable tempête de neige, en a plein les bras avec une série de meurtres inexpliqués. On n'en sait pas plus pour l'instant, si ce n'est qu'ils ont fait la macabre découverte, depuis hier en fin d'après-midi, de trente-huit corps mutilés. Sollicités par les médias, les policiers, comme d'habitude, n'émettent aucun commentaire pour le moment. Ce qui revient à dire qu'ils ne savent absolument rien sur cette affaire. Présente sur les lieux, Kelly Unitas nous fera un reportage spécial au cours de la journée. En espérant qu'elle saura répondre à certaines de nos questions. Hé ! Hé ! Hé ! New York, ma belle ! As-tu engendré en ton sein un autre joli tordu ? Pour nous calmer les esprits, notre maire a demandé l'aide de la Garde nationale par mesure préventive… »

John éteignit la radio. De toute façon, il arrivait en vue de Tompkins Square Park. Encore désert, cet endroit pullulerait, dans quelques heures, de revendeurs de drogue et de toxicomanes en quête de leur premier shoot de la journée. *Alphabet City*, se dit John en tournant au nord pour contourner le parc. Les gens du coin surnommaient ainsi cette partie peu recommandable de l'East Village à cause des avenues A, B, C, D qui la traversaient.

La 8e Rue présentait une suite de façades lépreuses que quelques lumières de Noël, fixées ici et là aux galeries, n'égayaient même pas. Un sans-abri sortit en titubant d'une ruelle. Vêtu de loques, immobile au milieu des carcasses de voitures, il fixa John, tandis que ce dernier passait à basse vitesse pour éviter de se tromper de route. Avec une expression intense, presque fanatique dans ses yeux rougis, l'homme baissa respectueusement la tête.

Un coup de klaxon sortit John de son immobilité. Surpris par l'attitude du misérable qui le dévisageait, il avait presque arrêté sa voiture au beau milieu de la rue.

Une blanchisserie, *Chez Wong*, nom que John estimait plus approprié pour un restaurant, se trouvait au numéro 2017. Plus loin, au 2029, un restaurant miteux à la vitrine sale et embuée. Parfait, il était dans la…

— Nom de Dieu ! jura-t-il.

Une jeune femme venait soudain d'avancer son fauteuil roulant à fond de train jusqu'au bord de la rue verglacée et bordée d'amas de neige — inconsciente qu'elle pouvait se retrouver sous les roues d'un véhicule. Geste irraisonné que l'agent trouva suicidaire, jusqu'à ce qu'elle regarde dans sa direction et incline la tête, elle aussi, avec respect.

C'était à n'y rien comprendre.

* * *

Lorsque John Matthews arriva à destination, il fut à peine surpris de constater qu'il n'y avait aucune différence entre l'immeuble qui se dressait devant lui et celui de son cauchemar. *Sinon que je n'en ai pas vu l'intérieur*, pensa-t-il. Il s'efforça pendant quelques instants de se… souvenir.

Stationné de l'autre côté de la rue, il coupa le contact et se pencha au-dessus du volant. De là, il avait une vue complète du bâtiment de quatre étages. *Impressionnant*, fut le premier qualificatif qui effleura son esprit pour décrire la construction qui, maintenant baignée par la luminosité matinale, lui paraissait moins vétuste. *Très inquiétant*, fut le deuxième.

Il eut du mal à se soustraire à l'observation du bâtiment, qui semblait le regarder aussi. Il ouvrit la porte et un courant d'air glacial en profita pour s'introduire dans la voiture. Il sortit en remontant le col de son blouson.

La rue n'avait pas encore été déneigée.

Il avait fait quelques mètres quand un picotement dans le cou le fit sortir de ses pensées. Il jeta un coup d'œil derrière lui. De l'autre côté de la rue, une femme dans la cinquantaine l'observait tout en marchant avec peine, enfoncée jusqu'aux genoux dans la neige. Elle ne masqua pas sa curiosité devant l'expression d'émerveillement qu'il arborait. Il flottait sur la neige comme Jésus sur les eaux ! Il lui sourit et continua son chemin, mais après quelques pas, il cala d'un coup dans la neige, ce qui provoqua une cascade de rires amusés chez la dame. Il y vit la confirmation qu'il ne rêvait pas.

* * *

John entrait dans l'immeuble quand il entendit le son strident d'une sirène de police. Le hurlement venait dans sa direction.

Voilà la cavalerie ! pensa-t-il, intrigué.

La voiture de police freina dans un éclaboussement de neige fondue.

À la hâte, deux flics en sortirent et se précipitèrent à l'intérieur de l'immeuble en bousculant John sans ménagement, lequel n'eut d'autre solution que de se retenir à la poignée de porte comme à une bouée de sauvetage pour ne pas s'affaler dans l'allée enneigée. Dérouté, il leur emboîta le pas. Car bien qu'il ne fût jamais entré dans cette bâtisse, il comprit en un éclair où les policiers se rendaient de toute urgence.

Il monta les marches quatre à quatre. Plus loin dans le couloir, un des policiers cognait à la porte comme un alcoolique en proie à une crise de delirium tremens.

— Police ! Ouvrez immédiatement !

— Pas besoin de défoncer, les gars, c'est ouvert, mentionna John quand il vit l'autre flic bander ses muscles pour frapper la porte.

Surpris, les deux agents de police le regardèrent.

— Vous demeurez ici ? lui demanda l'un d'eux, tout à coup méfiant.

— Non, répondit John.

— Alors, comment savez-vous que c'est ouvert ? ajouta l'agent en se tournant vers lui comme s'il le soupçonnait de quelque méfait.

Ne voulant pas dire qu'il avait déjà vu la scène en rêve et risquer ainsi de passer pour un déséquilibré, John dit :

— Question d'intuition, c'est tout.

Sur ce, il voulut se présenter, mais le policier ne lui en laissa pas le temps.

— Écoutez, monsieur… (bombant la poitrine, il se donnait l'air de quelqu'un qui connaît la musique) je sais ce que j'ai à faire. Foutez-moi le camp avant que je vous arrête pour entrave à un policier dans l'exercice de ses fonctions. Vous n'avez rien à faire ici ! Est-ce bien clair ?

— On se calme, les gars. Je suis de la maison.

John esquissa un geste vers la poche de son blouson.

— Hé! Arrêtez de faire le con et cessez de bouger immédiatement!

John releva la tête et ses yeux se perdirent dans le trou sombre du canon de l'arme pointée sur lui.

— Vous devriez baisser votre joujou avant qu'il n'arrive un accident. Je suis du FBI. J'ai mes papiers d'identité.

— Prenez-les. Mais au moindre faux pas, je vous fais arrêter et conduire au poste. Compris?

John trouva son insigne et le brandit devant les yeux de l'agent qui, prudemment, s'en saisit.

— «John Matthews», lut-il tout haut. Vous avez fait vite! Agent Joel Davola, se présenta-t-il en lui tendant la main. Et voici mon coéquipier, Aaron Crennell.

Ce dernier hocha la tête.

— Qu'est-ce qui vous amène ici, les gars? demanda John.

— Le central a reçu un appel anonyme demandant de nous rendre immédiatement au 2249 de la 8e Rue.

Comme moi, pensa-t-il. Il se demanda si la personne qui avait appelé au commissariat était celle qui lui avait envoyé un courriel. *Est-ce encore Tindo qui recommence ses petits jeux?*

Sans lâcher son revolver, Davola tourna délicatement la poignée. La porte s'ouvrit en silence.

— Y a quelqu'un? cria le flic.

Aucune réponse.

John les suivit dans l'appartement. À peine était-il entré qu'une odeur fétide l'assaillit. La pièce était plongée dans le noir quasi complet, et la faible lumière du couloir ne réussissait pas à trouer le mur opaque des ténèbres. Le silence fut rompu par un cliquetis rapide comparable à un claquement de dents.

— Bon sang, Joel, le courant est coupé, dit Crennell d'une voix étranglée.

— Tu sens la même chose que moi, Aaron? lui demanda Joel Davola d'un ton mal assuré. On croirait que quelque chose ou bien… quelqu'un est en train de pourrir ici.

— Qu'est-ce que c'est d'après toi?

— J'en sais rien, répondit Davola. Va jusqu'à la fenêtre et essaye de faire de la lumière dans ce trou à rats.

John et le flic étaient accroupis de chaque côté de la porte, le browning à la main.

— Merde ! jura Aaron Crennell. Faut croire que les locataires avaient la lumière en horreur. Ils ont bouché les fenêtres.

— Descends vite et ramène-nous deux lampes de poche, suggéra Davola.

＊＊

Les deux faisceaux lumineux qui se promenaient nerveusement dans la pièce — que John savait être le salon — traduisaient la fébrilité des agents.

— Y a quelqu'un ? demanda de nouveau Davola en empruntant le corridor.

— Cet endroit me fout la trouille, dit Crennell à John. J'ai un mauvais pressentiment.

Soudain, Davola s'immobilisa. Il éclairait une pièce à sa droite.

— Nom de Dieu ! dit-il gravement. Nom de Dieu !

— Qu'est-ce qu'il y a, Joel ? s'inquiéta Crennell.

Ce qui apparut dans le mince faisceau de lumière laissa John bouche bée.

Les restes d'une figurine en porcelaine baignaient au centre d'une flaque de liquide que Matthews n'eut aucun mal à reconnaître. C'était du sang.

＊＊

L'agent du FBI resta un instant immobile à éclairer le cadavre. Derrière lui, il entendit Davola se servir de sa radio portative pour signaler un mort et demander du renfort ainsi qu'une ambulance.

— Davola ?

— Oui.

— Ça va ? demanda John.

— Si vous désirez savoir si mon déjeuner est toujours à sa place, c'est oui. Pour le reste, j'en suis pas sûr.

— C'est votre premier cadavre ?

— Oui. Espérons que ce sera le dernier.

— J'en doute, dit John. Amenez-vous, j'ai besoin de votre aide.

— Je peux être utile à quelque chose ? demanda Crennell.

— Oui, répondit John. Trouvez-nous au plus vite l'origine de cette panne d'électricité.

Durant les minutes qui suivirent, ils disposèrent les lampes de poche afin qu'elles éclairent bien le corps. Puis, John se mit à genoux et inspecta avec minutie la dépouille, couverte de sang. Le renflement des parties génitales était dissimulé sous une sorte de pagne en tissu. L'homme avait une longue chevelure ensanglantée qui lui retombait jusqu'aux épaules et qui encadrait un visage émacié couvert d'une barbe courte et plus fournie au menton.

Un brouhaha provenant de l'extérieur de la pièce déconcentra Matthews. Une voix forte lançait des ordres. Il l'ignora, jusqu'à ce qu'un homme imposant apparaisse dans l'encadrement de la porte. Crennell s'en approcha et murmura à son oreille. L'homme ne fit pas d'efforts pour cacher son irritation.

— Qu'est-ce que le foutu FBI fait encore ici ? Ils n'ont rien de mieux à branler ailleurs ? Et pourquoi n'y a-t-il pas de lumière ? On se croirait dans…

Matthews tourna lentement la tête et Matt Vacha fut frappé par la froideur de son regard. Inspecteur aux Homicides depuis bientôt dix-sept années, il avait la réputation d'être dur et de savoir se dominer. Mais là, il contrôla à peine son mouvement de recul. L'agent du FBI provenait d'un tout autre moule que ceux, hautains et prétentieux, auxquels il s'était déjà plusieurs fois frotté. Ses yeux noirs irradiaient une force de caractère peu commune. Vacha ne fut toutefois pas désarmé longtemps. Un léger sourire hypocrite releva les commissures de ses lèvres.

— Matt Vacha. Homicides.

John s'était replongé dans l'inspection minutieuse du corps et ne daigna pas relever la tête.

— John Matthews. FBI.

— Pouvez-vous m'expliquer votre présence ?

— Avez-vous un stylo ? demanda John à brûle-pourpoint en se penchant vers le visage du macchabée, comme pour l'embrasser.

— Avant que je réponde à votre question, Matthews, vous allez répondre à la mienne. Est-ce un cas relevant du FBI ?

— Peut-être, dit-il. Peut-être.

Puis, John se releva et se dirigea vers Matt Vacha. Sans se départir de son sourire, il fouilla dans les poches d'imperméable de l'inspecteur et prit le premier stylo qu'il y trouva, sous le regard surpris de son propriétaire.

— Hé ! qu'est-ce que vous…

— J'en ai pour une minute, dit Matthews en brandissant le stylo comme un trophée devant les yeux de Vacha.

Il ne vit pas la fureur défigurer les traits de celui-ci. Il était de nouveau penché sur le cadavre. En se servant du stylo, il écarta les cheveux collés au visage de la dépouille et dégagea ainsi une bonne partie du front. L'homme portait une sorte de couronne en fil de fer à laquelle semblaient être soudées des lames de rasoir. Des lambeaux de chair pendaient aux endroits où les lames avaient pénétré jusqu'à l'os, et la boîte crânienne, comme une bouillie sanglante, était mise à nu.

— Vous savez, Matthews, j'ai des gants si vous préférez, ironisa Vacha, manifestant plus d'intérêt pour la réaction de l'agent du FBI que pour sa découverte.

Matthews sentit que le flic s'approchait de lui. Une haleine d'oignon et de cigare lui enveloppa le visage. Son estomac se souleva et il ouvrit les yeux. Matt Vacha, penché sur lui, souriait à belles dents. *Il pue autant qu'une benne à ordures*, pensa John.

— Écoute-moi bien, flic de mon cul, dit Vacha à voix basse en le fusillant du regard. Tu n'as ABSOLUMENT rien à glander ici. Barre-toi ! À la place d'une certaine personne, j'aurais mieux fait le boulot : tu serais déjà mort et enterré, ajouta-t-il.

À ce moment, un membre de l'équipe médicolégale entra dans la pièce, équipé d'un appareil photo.

— Excusez-moi d'interrompre votre conversation, mais j'ai des photos à prendre.

Ébranlé par les propos de l'inspecteur, John en profita pour se remettre debout et se diriger vers la sortie avec ce dernier sur les talons. Plutôt que de s'en aller, il s'appuya à l'encadrement de la porte pour surveiller le travail du photographe.

— Attention, tu pourrais mourir bientôt, susurra mielleusement le policier à l'oreille de John.

L'ignorant du mieux qu'il pouvait, John se concentra sur les images que le flash produisait en s'illuminant à courts intervalles. Le corps, bombardé par une lumière vive, apparaissait pendant trois ou quatre secondes, puis disparaissait partiellement dans la pénombre.

La façon dont les bras du mort reposaient sur le sol, sa tête un peu penchée vers la gauche, sa jambe gauche glissée sous sa jambe droite… *Nom de Dieu !* La vision d'un homme crucifié éclata dans l'esprit de John.

Le photographe, en tournant autour du cadavre, obstrua la vue à Matthews. Il dut donc regarder par-dessus l'épaule de l'homme. Le flash crépita de nouveau et la lumière inonda une partie du mur derrière la dépouille.

Incrédule, John se retourna sur-le-champ et ordonna qu'on lui remît une lampe de poche. Il éclaira le bas du mur qui était replongé dans le noir.

C'était exactement le même symbole que Tindo avait utilisé comme signature, sur le corps de ses victimes. Une phrase était inscrite juste à côté :

Satan. J'offre ce corps à ta gloire éternelle et à ta nouvelle résurrection.

Aussitôt que le photographe eut quitté la pièce, John y entra. Vacha s'apprêta à le suivre, mais la pointe d'un coude lancé vers l'arrière heurta son plexus solaire et lui coupa le souffle. Le « ouf ! » étranglé qu'il émit sonna comme une douce mélodie aux oreilles de John. Ce dernier se retourna. Le visage de l'inspecteur avait une teinte violacée.

Matthews reprit le stylo dans la main de Matt Vacha. Souriant, il ajouta :

— Cette enquête relève maintenant du FBI. Dégagez, gros lard !

Vacha fut repoussé dans le couloir. À son nez, la porte de la chambre se referma.

* * *

Vincent Tindo et maintenant Matt Vacha. Quel est le fil conducteur entre ces deux hommes ?

Toi ! répondit une petite voix dans son esprit.

Peut-être. Mais pourquoi moi ? Est-ce que le flic me connaît de réputation ? Avons-nous déjà travaillé sur un dossier commun ? Non. Je m'en souviendrais. Alors comment se fait-il que ce trou du cul sache qui je suis ? Il m'a sûrement vu à la télévision ou dans les journaux. L'affaire Tindo m'a donné beaucoup de visibilité. Trop même. Mais ça n'explique pas pourquoi cet homme souhaitait ma mort. En plus, il parlait comme s'il connaissait Tindo.

John sortit de ses réflexions et, faisant un tour complet sur lui-même, éclaira la chambre. Exception faite du minuscule lit de fer, de fabrication militaire, la pièce était vide. Le sol, jonché de reliefs de repas, de boules de poussière grosses comme des chatons et de matières fécales (l'odeur était sans équivoque), craquait à chaque pas. L'agent alla à la fenêtre. Peinte. Pourtant, ça ne ressemblait pas à de la peinture, mais plutôt à une sorte de matière plastique. Il la gratta avec l'ongle de son index. Impossible à décoller. Il continuerait donc son inspection à la lampe de poche.

L'homme qui a fait ces dessins est un sacré artiste, pensa-t-il devant le réalisme des obscénités qui tapissaient les murs. L'assassin en était-il l'auteur ? Était-ce un rituel plus ou moins satanique ? Ces questions le ramenèrent à l'hypothèse selon laquelle Tindo aurait fait un pacte avec les forces du mal.

Il n'y pas de hasard dans la vie ! songea John. Une puissance maléfique voulait-elle que ce soit lui qui trouve la dépouille ? *Tu commences à délirer.*

Un bruit bizarre se fit entendre.

John fit volte-face et éclaira devant lui. Il regarda avec stupéfaction l'interstice sous la porte. Un courant d'air soufflait une brume glaciale par intermittence, au rythme d'une respiration. C'est alors qu'il entendit le bruit de son rêve. Identique. Troublant. Il sursauta et laissa tomber sa lampe de poche. Il la vit rouler de plus en plus vite sous le lit, comme si elle tentait de lui échapper. Pendant un court instant, le lit de camp fut illuminé par-dessous. Quand John

170

tenta de récupérer la lampe, elle s'éteignit mystérieusement. Et au moment où il posa les yeux sur les deux autres lampes placées à proximité du cadavre, elles s'éteignirent, elles aussi.

La pièce fut plongée dans l'obscurité complète.

Le bruit s'amplifiait, l'invitait. Il s'avança vers la porte. Un tueur devait être caché dans l'autre pièce.

Sa main toucha la poignée. Une goutte de sueur glissa lentement de son front et s'écrasa dans la poussière du plancher. Le bruit, saturant l'air, devint plus net, plus grave aussi, comme la voix d'un ténor. Rassemblant son courage, John tourna la poignée. Aussitôt, la porte s'ouvrit à la volée. Il recula d'un bond quand il vit un œil rouge flamboyer dans les ténèbres. À force de regarder, il en vint à la conclusion que ce n'était qu'une sorte de témoin lumineux. Il éclata d'un rire nerveux.

— À quoi t'attendais-tu, John ?

Ne reconnaissant pas la voix douce qui parlait dans son dos, John se retourna. Était-ce encore un tour de son imagination ?

— Croyais-tu voir Satan en personne ? reprit la voix, juste avant que ne revienne le courant de l'électricité, comme par miracle, accompagné d'une musique rock assourdissante.

— Est-ce que tout va bien là-dedans ?

John reconnut le ton ironique de Vacha à travers un solo de guitare. *Rien de ce qui se passe ici ne lui est inconnu*, songea John.

— Oui. Oui. Tout est OK ! cria-t-il après s'être éclairci la gorge.

D'où la voix était-elle venue ? Il n'y avait pourtant personne d'autre que lui et le corps de la victime dans cet appartement.

Tournant le dos au cadavre, John se dirigea vers l'autre pièce. Exiguë, elle ne comportait pour tout ameublement qu'un ordinateur. L'agent du FBI fit la grimace. Ce qu'il avait cru être l'œil de la Bête n'était que le stupide voyant lumineux indiquant que le disque dur exécutait une application. Il repéra les haut-parleurs et baissa la musique.

Dans l'appartement, quelqu'un cria :

— Il était temps !

John se prit à regretter d'avoir porté attention à la chanson, qui semblait provenir d'un site Internet. Il connaissait ces paroles : Tindo les avait chantées dans la grotte et lors de son procès. Il coupa le son, résistant à l'envie d'arracher les haut-parleurs et de les fracasser contre le mur.

À cet instant, des traces rouges sur certaines touches du clavier éveillèrent son intérêt. Il releva les sourcils. L'homme avait donc déjà commencé son rituel quand il s'était servi de l'ordinateur. Pourquoi ? Par instinct, John prit le stylo de Vacha, qu'il avait encore dans la main, pour noter, sur son avant-bras, les lettres rougies.

W K L C M I O S J E U

Il remarqua aussi qu'il y avait du sang sur la souris. La victime avait-elle laissé un message à l'intention des policiers ? Peut-être. L'écran noir laissait supposer que le moniteur était en mode de veille prolongée. Pour le réactiver, John appuya sur une touche et attendit. Rien ne se produisit. Intrigué, il se pencha pour regarder derrière l'ordinateur. Le cordon d'alimentation traînait au pied du mur. Il n'était pas branché dans la prise électrique. *Tout ça n'a aucun sens. Comment l'ordinateur peut-il fonctionner ?*

Quelqu'un l'appela dans l'autre pièce. John se dirigea vers elle. Il était maintenant pressé de quitter cet endroit maudit. La lumière avait révélé, sur le sol, le dessin d'un pentacle qui captiva son attention. Il s'accroupit une dernière fois près du corps. Peut-être avait-il négligé un indice révélateur ? L'homme avait tellement saigné qu'on l'aurait cru tout droit sorti d'une immense cuve remplie de peinture rouge.

On cogna à la porte. John se retourna d'un geste si brusque qu'il sentit un élancement douloureux dans son cou. Soudain, un mouvement à l'extrémité de son champ de vision lui arracha un cri de surprise.

Le cadavre s'était assis.

Toujours accroupi, John tomba à la renverse.

— Il n'y a pas seulement Dieu qui peut ressusciter les morts, proclama le cadavre.

Au beau milieu d'une bouillie sanglante, deux rangées de dents éclatantes firent leur apparition. L'homme ne se contenta pas de sourire. Il ricana comme un enfant émerveillé de sa blague. Puis, son torse fut rejeté vers l'arrière avec violence. Le son mat de sa tête cognant sur le sol sortit John de sa torpeur. Il se pencha sur le corps, mit ses mains l'une sur l'autre et, entrecroisant les doigts, commença un massage cardiaque.

— Un. Deux. Trois. Respire ! Un. Deux. Trois. Respire !

Il approcha son oreille de la bouche de l'homme. Il n'entendit ni ne sentit l'ombre d'une respiration sur sa joue. Il aurait fallu qu'il pratique la respiration artificielle en même temps, mais il n'eut pas le courage de coller sa bouche sur la chair ensanglantée qui avait déjà été un visage. *Comment peut-il être encore en vie ?* se demanda-t-il entre deux vigoureuses pressions. *Il a perdu tout son sang !*

— Respire ! Veux-tu bien respirer !

Il abattait maintenant sur la poitrine de l'homme un poing formé de ses deux mains. Il le levait au-dessus de sa tête et frappait le torse en haletant comme un cheval de course.

Matt Vacha ouvrit la porte d'un coup sec.

— Bon sang ! Qu'est-ce que vous faites ? cria-t-il.

— Il est encore en vie, éructa John sans cesser son travail de réanimation. Appelez une ambulance ! Vite !

Étrangement, Vacha resta immobile et lui sourit. Un homme d'une quarantaine d'années fit son entrée sur ces entrefaites et posa sa main sur l'épaule de John.

— C'est OK. Je suis le coroner. Examinons ce corps.

John regarda l'expert d'un air désemparé. Ce dernier hocha la tête avec empathie et prit aussitôt sa place.

— Vite ! Il est encore en vie ! Il vient tout juste de me parler !

Le coroner, sceptique, prit le pouls de l'homme.

— Prenez-vous des médicaments, Matthews ? Cet homme ne doit plus avoir une seule goutte de sang dans les veines, dit Vacha. Comment pourrait-il encore respirer ? Vous délirez, pauvre vieux. Faudrait vous soigner.

— Je vous dis qu'il vient de me parler ! s'obstina John.

Davola apparut dans le cadre de porte.

— Les types du labo seront là dans quelques minutes, chef. Crennell a déjà commencé à interroger les autres locataires.

— Elle arrive, cette maudite ambulance ? se fâcha John.

— Dans quelques minutes, lui répondit Davola, avant de quitter la pièce.

L'examen du coroner dura environ trente secondes, durant lesquelles John ne cessa de se demander pourquoi il ne tentait aucune manœuvre de réanimation. Puis, le coroner leva la tête vers Vacha avec un drôle d'air, et son regard dériva vers John.

— Je ne sais pas à quoi vous jouez, mais cet homme est mort depuis au moins quatre heures.

Chapitre 13

Ce fut seulement vers quatorze heures que John regagna son appartement. Il était épuisé, mais son cerveau demeurait en ébullition. Dès son entrée, il lança son blouson sur le fauteuil pour se diriger droit vers le gigantesque meuble audio-vidéo. Il ouvrit la porte vitrée, prit un verre et se versa une généreuse rasade de Glenfiddich. La première gorgée de scotch apaisa ses nerfs. Il remplit de nouveau le verre à ras bord.

Les autorités attendaient le rapport d'autopsie avant de se prononcer officiellement sur les causes du décès, mais l'instinct de John lui soufflait qu'il avait affaire à un suicide. Sans contredit un geste rituel faisant partie d'une cérémonie religieuse. L'inscription au bas du mur de l'appartement de l'individu semblait confirmer cette hypothèse. Un sacrifice? John en doutait. Et pourtant, chaque jour sur la planète, des gens s'immolaient sur les places publiques, se suicidaient ou tuaient d'innocentes personnes pour leurs idées religieuses ou pour défendre leur cause. L'hypothèse d'une forme de sacrifice n'était sûrement pas une piste à écarter.

Mais il y avait un point crucial qu'il ne fallait pas négliger: il n'était pas le responsable de l'enquête. Plus tôt dans la journée, son supérieur s'était fait un devoir de le lui rappeler. Durant leur entretien, ils avaient été interrompus par l'appel téléphonique d'un Curtis Penridge en furie. La présence, dans l'appartement de la victime, d'un signe identique à celui que laissait Vincent Tindo sur les lieux de ses meurtres, faisait en sorte que l'enquête lui revenait de droit. Tout juste avant de raccrocher, cependant, le directeur régional du FBI avait tenu à bien préciser un point : il ne voulait pas voir Matthews marcher dans ses plates-bandes. Ce dernier avait eu sa chance. Il aurait dû la saisir quand il en avait eu l'opportunité.

John alla vers les fenêtres et regarda dehors. En contrebas, Riverside Park était pris d'assaut par une bande de gamins engagés dans une bataille de boules de neige. Plus loin, quelques couples marchaient main dans la main. Du huitième étage, le panorama était un véritable spectacle se transformant chaque jour au gré du temps et de la saison.

John s'efforça d'oublier combien Maureen adorait l'hiver. Par une si belle journée, elle aurait sans doute insisté pour qu'ils aillent patiner au Rockefeller Plaza. Ils auraient inévitablement terminé l'après-midi à l'une des tables du Vick's Bar and Grill, à rire comme des fous devant leur assiette de grillades de poulet cuites sur charbon de bois. Maureen n'aurait pas manqué de souligner son piètre talent de patineur et ses nombreuses chutes sur le derrière.

John prit une autre gorgée de scotch et s'éloigna des fenêtres. Une légère sensation de faim l'amena vers le réfrigérateur — il était à jeun depuis la veille. Il n'en fallut pas plus pour que Rubens saute du canapé et le rejoigne dans la cuisine de sa démarche royale. John remplit le bol du chat avec les restes d'une salade de thon et le déposa sur le sol.

— Que dirais-tu d'un festin, grosse boule de poil ? De toute façon, tu n'en es plus à quelques calories près.

De son côté, John se décida pour un sandwich : pain de seigle, moutarde forte, fromage havarti, luzerne, mayonnaise. Il s'installa à la table de la salle à manger avec une Heineken glacée. Le soleil dardait ses rayons sur une reproduction d'un tableau de Van Gogh, *L'Église d'Auvers-sur-Oise*, fixée au-dessus de la cheminée.

Après son repas, John rinça son assiette et la mit dans le lave-vaisselle. Il prit une gorgée de bière et eut alors l'idée de téléphoner à Trudie Glover. Civile au service de la police de New York depuis des années, cette femme était une scientifique réputée en dactyloscopie et en anthropométrie judiciaire, des méthodes d'identification de criminels par leurs empreintes et leurs mensurations.

Sachant que le service qu'elle dirigeait aurait tous les relevés d'empreintes trouvées sur le lieu du crime ainsi que sur le clavier de l'ordinateur, John décida de lui demander une copie des résultats d'analyses.

Après quelques minutes d'attente et de nombreux transferts, il réussit à obtenir la communication. Ils bavardèrent quelques instants. Trudie était heureuse d'entendre sa voix et, d'un ton plus sérieux, elle lui exprima toute la déception qu'elle avait ressentie en apprenant qu'on lui avait retiré l'affaire du Tueur fantôme. Il la remercia et lui demanda s'il pouvait avoir les résultats d'analyses des empreintes trouvées plus tôt au 2249 de la 8e Rue. Elle objecta que Curtis Penridge ne l'apprécierait pas, mais qu'au fond, il n'était pas obligé de le savoir. S'il pouvait lui donner deux petites heures, elle lui rendrait ce service.

Après avoir raccroché, il transcrivit sur un papier les lettres écrites sur son bras.

W K J S L C M et E I O U.

Nul doute que, juste avant sa mort, l'homme s'était servi de l'ordinateur pour y laisser un message. Il se pouvait que ce soit aussi le tueur.

Durant les deux heures qui suivirent, John s'appliqua, en pure perte, à déchiffrer ce puzzle. Le problème lui semblait insoluble, tant les combinaisons possibles étaient infinies.

Le téléphone sonna.

— Allô !

Sa voix trahit son impatience.

— John, c'est Trudie. J'ai les renseignements que tu m'as demandés.

— Formidable ! Tu peux me les envoyer par télécopie ?

— Oui, sans problème.

John lui donna ses coordonnées.

— Je te remercie, Trudie. C'est chic de ta part de m'avoir tuyauté.

Après quelques minutes, le fax bourdonna. Le rapport comptait trois pages. Il était bourré de termes techniques. Les empreintes appartenaient à un certain Josh Cruise. De race blanche, trente-huit ans. 1,80 m, 90 kilos. Dossier vierge. L'individu travaillait comme expert-comptable dans une firme de courtage de Wall Street. Le sang retrouvé sur les lieux du meurtre présumé appartenait bien à la victime.

Il devait faire beaucoup de fric. Pourquoi dans ce cas vivait-il dans une telle médiocrité? Debout dans son salon, les mâchoires serrées, John compulsait les pages l'une après l'autre. C'est alors qu'il tomba sur un détail important : la concentration sanguine laissée par l'individu sur chacune des touches du clavier de l'ordinateur. Il réfléchit.

Papiers en mains, John se précipita dans la cuisine. Il saisit son crayon pour prendre des notes.

Le rapport concluait, d'après l'échantillon sanguin trouvé sur le clavier, qu'on avait dû appuyer trois ou quatre fois sur la lettre W, deux ou trois fois sur la lettre L, une ou deux fois sur la lettre E, deux ou trois fois sur la lettre S, et une fois sur les autres touches. Des milliers de possibilités qui s'étaient présentées au départ, il ne devait plus en rester qu'une centaine.

Pourtant, une heure plus tard, John nageait encore en plein néant. Il rageait. Il alla se chercher une autre Heineken dans le réfrigérateur, la décapsula et en prit une longue gorgée, puis il se remit au travail. Dehors, une fine neige avait accompagné la noirceur qui s'était glissée subrepticement. Un vent glacial soufflait de façon lancinante, secouant parfois les vitres.

Après un certain temps, découragé, John laissa tomber son crayon, ferma les yeux et se massa les tempes. Il fallait qu'il se change les idées. Il alluma son téléviseur, zappa un peu et resta tout à coup pétrifié devant la chaîne HBO qui diffusait le film Jésus de Nazareth.

On passe habituellement ce film pendant la semaine de Pâques, songea-t-il.

À l'écran, des légionnaires romains au visage buriné comme du vieux cuir enfonçaient des clous dans les mains du Christ pour le mettre en croix. En tourbillonnant, le vent soulevait des spirales de sable qui enveloppaient la foule bigarrée venue assister au spectacle.

Un nom s'imprima alors dans l'esprit de John comme un fer rougi sur sa peau.

JÉSUS

Matthews sentit ses membres s'engourdir. Il était habité d'une sombre prémonition, celle d'être en communion avec l'homme frêle et noueux qui acceptait son supplice en silence.

À l'écran, les légionnaires romains, arborant des sourires torves, hissaient la croix à l'aide de cordes. Les suppliques et les prières psalmodiées par les partisans de Jésus étaient atténuées par les exhortations des autres qui scandaient en hurlant: «À mort le roi des Juifs... Qu'on crucifie cet imposteur.»

Le Christ daigna relever la tête et fixer la foule de ses yeux perçants. Il émanait de ce dernier une magnificence qui éclatait comme mille soleils.

John ressentit une tristesse profonde sans trop savoir pourquoi.

Un légionnaire romain enfonça alors la pointe de son glaive dans la poitrine de Jésus. À genoux sur le sol maculé du sang des trois suppliciés, des gens en larmes tendirent leurs bras vers lui en un geste suppliant.

John recula brusquement la tête comme si une entité invisible lui avait empoigné les cheveux et les avait tirés vers l'arrière. Ses yeux roulèrent sous ses paupières, ne laissant plus paraître que la blancheur de ses globes oculaires révulsés, et c'est alors qu'un autre mot explosa dans son esprit avec la force et la douleur d'un coup de fouet.

KILL

John ignorait depuis combien de temps il avait été sans connaissance lorsque la langue râpeuse de son chat le sortit de son hébétude. Le film était terminé. Sa canette de bière était tombée sur le sol et s'était vidée. Une fulgurante douleur lui vrillait la base de la nuque.

— Brave chat, dit John en caressant affectueusement Rubens qui se mit aussitôt à ronronner. Tout va bien.

Essayait-il de se convaincre?

Il se leva et alla à la cuisine. Il croyait maintenant connaître la vérité. Il ne prit même pas la peine de s'asseoir. Debout, il écrivit à la hâte sur sa feuille *Jésus* et *kill*. Impatient, il tourna les pages du rapport. *Oui, oui, c'est ça.* La victime avait bien appuyé sur chacune de ces lettres.

Il se rapprochait de la solution.

Restaient les lettres W M C O. En supposant, comme le rapport le suggérait, que la victime avait appuyé trois fois sur la touche W, John en déduisit que toutes les lettres devaient former l'adresse d'un site Internet. Il écrivit alors www et com.

Il commençait à voir la lumière au bout du tunnel.

www.jesuskill.com

Il secoua la tête et ratura ce qu'il venait d'écrire. Puis il écrivit :

www.killjesus.com

— Bingo ! cria-t-il dans le silence de son appartement, sûr, au fond de ses tripes, qu'il avait enfin trouvé ce qu'il cherchait.

Par acquit de conscience, John vérifia à l'aide du rapport si la répétition de chacune des lettres concordait bien avec les résultats d'analyses de la concentration sanguine retrouvée sur les touches du clavier de la victime.

Cela concordait. Il serra les dents. Il avait réussi. Se dirigeant vers le séjour, John s'assit devant son ordinateur portatif. Il pianota l'adresse Internet, espérant qu'il pourrait trouver un lien entre la victime et le signe de Vincent Tindo. Il dut patienter.

Pour tromper l'attente, il mit de la musique. La trompette de Miles Davis émergea des haut-parleurs. Lorsqu'il retourna s'asseoir, l'écran de son ordinateur était rouge vif. Tournée à l'envers, une croix noire se balançait de gauche à droite. Le mot *ENTER* était écrit au bas de la page Web. John cliqua dessus.

Au cours de la demi-heure qui suivit, il parcourut des textes annonçant l'arrivée de Satan, qu'il jugea être du pur délire. Il lut certaines des prophéties d'un type qui écrivait des quatrains à la Nostradamus et qui se prétendait un prophète du Mal. Il eut même droit à la visite virtuelle d'une galerie d'art qui exposait des peintures sur le thème du satanisme, ainsi que des objets de torture anciens et contemporains.

John devait le reconnaître, le site était vraiment très bien produit, mais il versait trop dans le style sadomasochiste gothique. Beaucoup de rouge et noir. Musique rock.

Fétichisme. Images à connotation sexuelle... Et toujours aucun indice pouvant relier Vincent Tindo à la victime. John respira profondément. Il était déconcerté et en colère, car pendant un bref instant, il avait cru tenir une piste. Il était d'autant plus furieux qu'il lui faudrait une armée juste pour explorer le site en entier. Sans compter que l'adresse Internet proposait une multitude de liens vers d'autres sites, traitant, eux aussi, de satanisme.

Autant chercher une aiguille dans une botte de foin, songea-t-il.

Il croisa ses mains derrière la tête et réfléchit. Il eut soudain une idée.

John tapa l'adresse du QG du FBI à Quantico. Sur son clavier, il pianota son code d'accès personnel.

La découverte que John fit l'électrisa.

L'ordinateur central du FBI avait, au cours des dernières quarante-huit heures, compilé une série de morts suspectes ayant toutes un point en commun : sur chaque lieu du crime, on avait retrouvé le signe de Tindo dessiné avec le sang de la victime.

Voilà l'indice qu'il recherchait.

Avant de quitter le site, il demanda une information supplémentaire : une liste des villes où l'on avait répertorié ces morts suspectes. John consulta le document au fur et à mesure qu'il sortait de l'imprimante.

Tijuana, Mexique.

Uranium City, Canada.

Tucson, Arizona.

Baton Rouge, Louisiane.

Savannah, Georgie.

Corpus Christi, Texas.

Bismark, Dakota du Nord.

Wichita, Kansas.

La Havane, Cuba.

Culiacán, Mexique.

Bay Cape, Caroline du Sud.

Amarillo, Oklahoma

New York, New York...

Et la liste continuait à s'imprimer. Une foule de questions se pressaient dans son esprit. Une en particulier l'obsédait : comment ces gens pouvaient-ils tous connaître le symbole de Vincent Tindo ? Sa signature personnelle ! Cette information était tenue secrète par le FBI.

Le silence de l'imprimante le ramena au document.

La liste comptait huit pages.

Tindo faisait-il partie d'une secte dont il était le maître à penser ? Serait-il possible que, sur son ordre, toutes ces personnes se soient suicidées comme l'avaient fait les membres de la secte de Jim Jones, en 1981, en Guyane ?

John fouilla dans un de ses classeurs, y prit une mappmonde ainsi qu'une carte géographique des États-Unis. Puis, il retourna dans la salle à manger et balaya le dessus de la table de son avant-bras. Avec des gestes brusques, il déroula la mappemonde. Il épingla une punaise de couleur sur chacune des villes qui correspondait à la liste. Au bout d'une cinquantaine de punaises, il comprit tout. Celles-ci faisaient apparaître une forme. Partielle et imparfaite peut-être, mais une forme quand même. Celle d'un pentacle.

Une sombre prémonition lui fit compter le nombre de villes formant ce pentacle.

1... 25... 57... 243... 342... 467... 599... 666.

666.

Le chiffre de la Bête..., comme lui avait dit Thomas Guillot.

Le mystère s'approfondissait.

John avait la ferme conviction que s'il s'adressait à chacun des corps policiers impliqués dans les enquêtes, il apprendrait que toutes les victimes, sans exception, avaient été retrouvées dans la même position que le Christ crucifié.

— Mais pourquoi ? se demanda-t-il tout haut.

Selon les sciences occultes, le centre du pentacle est supposé être un lieu de protection pour la personne qui invoque les forces du Mal, songea-t-il en regardant attentivement la mappemonde.

Au centre du pentacle se trouvait un État américain. Le Texas.

John prit la carte des États-Unis et la plia par-dessus la mappemonde. Il étudia attentivement toutes les villes du Texas dans l'espoir de repérer peut-être un autre indice.

Après quelques minutes, il fut certain d'avoir trouvé ce qu'il cherchait depuis longtemps.

C'était tout autant l'emplacement de la ville — le point central de l'État du Texas — que son nom qui parvinrent à le convaincre.

Cette ville s'appelait Judas.

Chapitre 14

Ce soir-là, assis à l'une des petites tables du fond du Da Baffone, un restaurant italien situé au cœur de Greenwich Village, dans le voisinage de Washington Square et de l'Université de New York, John essayait tant bien que mal de rassembler ses idées, quand un rire fusa à l'une des tables, pour la plupart occupées par des étudiants et des travailleurs. Il releva la tête, sur ses gardes, la main prête à saisir son arme qu'il avait dissimulée dans son dos. Ce n'était qu'une jeune femme riant aux éclats. Nerveux, il prit une gorgée de son espresso bien serré. Après les découvertes troublantes qu'il venait de faire, il commençait à penser qu'il aurait mieux fait de rester chez lui.

Réputé pour sa cuisine toscane et ses pizzas, le Da Baffone avait été l'un des premiers restaurants que John avait découverts à son arrivée à New York. L'ambiance était discrète et le service, impeccable. Il était devenu un habitué de la place et s'était lié d'amitié avec le restaurateur. C'était même ce dernier qui, à l'époque où John se cherchait un appartement, lui avait donné le nom de Sharon Nile.

Une voix forte s'éleva au-dessus du brouhaha des conversations et de la musique d'opéra, et tonna près de lui.

— Tu n'as pas bon teint, monsieur Matthews ! Mes fettuccine aux moules fraîches n'étaient pas à ton goût ?

John releva la tête vers l'imposante masse penchée sur lui. Une main épaisse et boudinée empoigna son épaule.

— Cher ami, je te croyais mort ! s'exclama Trevor Guerguis, les sourcils froncés.

John lui sourit. Comme toujours, l'habillement du res- taurateur était presque une caricature de celui que porterait un jeune mafioso n'ayant pas encore appris la discrétion : un pantalon en lainage noir assorti d'une chemise en soie rouge déboutonnée jusqu'au milieu de sa poitrine poilue, où pendait un médaillon en or qui brillait sous les lumi- naires.

— Hélas ! la mort ne veut pas de moi. Je dois être indigeste.

La face bouffie du Grec se dérida et devint lisse comme une pierre polie sous l'impulsion d'un rire tonitruant. Ils se serrèrent la main.

— Que d'humour pour un flic !

John embrassa du regard le restaurant bondé.

— À ce que je vois, Trevor, tu pourras bientôt retourner dans ton pays d'origine, riche comme Crésus. Ta mère peut être fière de son fils.

Le restaurateur frotta son crâne dégarni de sa main potelée, dont presque tous les doigts étaient ornés d'une bague en or.

— Maman. Maman. La pauvre. Elle est désespérée. Elle est venue s'installer ici après la guerre et, pensant m'aider à m'intégrer à ma nouvelle vie, elle m'a donné un prénom américain. Moi, un Grec. (Il eut un rire ironique et fit la grimace.) J'ai été la risée de l'école durant toute mon enfance. Et me voilà la risée de la famille depuis que j'ai ouvert un restaurant italien.

Sur le ton de la confidence, il ajouta :

— Tu vois la serveuse là-bas ? Celle avec les cheveux noirs ?

John pencha la tête dans l'allée et eut un sourire nar- quois.

— Si ton cœur bat pour elle, mon cher Trevor, je sou- haite longue vie à ton entreprise, car à l'instant où ta mère la verra, ton nom sera automatiquement rayé de son testa- ment.

Le colossal Grec haussa les épaules.

— Ly Ho Soon. Ses parents sont des immigrés coréens et Ly est née dans le Bronx, dit le restaurateur en se rappro- chant de John. Une déesse ! Un bijou de femme ! Mais, mon

Dieu ! (Trevor Guerguis leva la tête vers le haut comme pour se faire pardonner son juron) quel sale caractère ! Et là, je ne te parle pas de sa langue de vipère. Elle veut se marier et avoir des gosses. Me vois-tu, moi, père ?

Ce dernier éclata de nouveau d'un immense rire. Pendant un instant, John avait presque oublié sa situation plus que problématique, lorsque la vue d'une voiture stationnée de l'autre côté de la rue accéléra subitement son rythme cardiaque.

Dieu du ciel, ce n'est pas possible. Non !

L'inspecteur Vacha fumait tout en le fixant d'un regard fielleux.

— Mais que fait-il là, lui ? s'exclama John, stupéfait, en coupant court au rire du restaurateur.

Alerté par le sentiment de danger qui agitait son client, Trevor Guerguis se pencha au-dessus de la petite table en bois et regarda lui aussi dehors.

— Tu parles de l'homme assis dans la Chevrolet bleue ?

John, dans un état second, acquiesça.

— Pourquoi en a-t-il contre toi ?

Tous ses sens en alerte, John tourna la tête et le restaurateur rencontra son regard dur et glacé.

— À vrai dire, je n'en sais encore trop rien. Depuis un certain temps, de nombreux événements bizarres me sont arrivés et je suis encore incapable d'y voir clair. Mais je crois avoir mis le doigt sur quelque chose de gros. Et cette affaire pourrait justement impliquer ce flic. Je ne sais toutefois pas encore à quel degré. Au nom de l'amitié, Trevor, y a-t-il un moyen de quitter ton établissement sans être vu ?

Il fut interrompu par une série de hululements stridents qui semblaient provenir de différentes directions. Il lança un nouveau regard par la fenêtre du restaurant. Il vit Vacha en train de parler à la radio. Les sirènes se rapprochaient. *Pourquoi ? Pourquoi ? Pourquoi ?* Déjà, des gens s'étaient rassemblés sur le trottoir, intrigués. Vacha sortit avec calme de sa voiture banalisée. Si, la première fois, il l'avait trouvé franchement désagréable, maintenant John haïssait son assurance et sa suffisance. *Il veut me coffrer pour vol de stylo ?* Il prit son automatique caché dans le creux de son dos, sous son pull noir. Devant les yeux effarés du restaurateur, il enleva le cran de sûreté et le remit à sa place.

Deux voitures de police, sirènes hurlantes, s'arrêtèrent au beau milieu de la rue. John entendit des cris au-dehors.

Il enfilait à la hâte son blouson de cuir quand une main agrippa son épaule. Il se retourna.

— C'est lorsqu'on se croit seul qu'on finit toujours, par la suite, par s'apercevoir du contraire, dit d'un ton énigmatique Trevor Guerguis en le fixant droit dans les yeux.

Vacha, accompagné de quatre flics, traversait la rue d'un bon pas. Il criait aux gens de circuler. Intimidés, des badauds reculaient. Le bruit des sirènes était assourdissant ; la scène, dramatique.

Souriant de toutes ses dents, le restaurateur plongea ses yeux dans ceux de John, qui demeurait interdit.

— Un jour, John, tu comprendras. File. Ly te montrera le chemin.

Comme par magie, la compagne du restaurateur arriva à côté de lui. Trevor ajouta :

— De mon côté, j'ai un compte à régler avec ce type. Ce trou du cul a déjà critiqué mon osso buco.

* * *

En traversant la rue, Vacha sentait l'anxiété obstruer sa gorge. Le maître en personne venait de l'appeler. Le message avait été bref et clair : il devait trouver Matthews, le faire parler, puis le mettre hors circuit une fois pour toutes. S'il échouait, il se retrouverait dans l'Hudson. Le maître ne pardonnait aucune erreur. Toutefois, Vacha était confiant. Dans la police, sa réputation n'était pas surfaite. Ne l'appelait-on pas le Gagnant ?

Vacha regarda autour de lui et il fut satisfait de ce qu'il vit. Des voitures de police postées de chaque côté de la rue garantissaient un périmètre de sécurité et repoussaient la foule dense et curieuse. Niché entre une boutique de prêt-à-porter féminin et une bijouterie, le Da Baffone, devant lui, annonçait sa raison sociale en lettres blanches sur un auvent en tissu rouge. Le vent frais faisait virevolter la neige et claquer l'auvent comme une bannière de Croisé.

Vacha pressa ses quatre plus fidèles collègues de le suivre à l'intérieur. Les policiers sortirent leur arme en voyant que leur chef avait déjà dégainé la sienne. La foule s'agita. Les agents se ruèrent vers le restaurant. Le reflet des gyrophares dans les vitrines accompagnait leur course malaisée sur le trottoir encore enneigé.

— Le voilà, cria Vacha en voyant John Matthews à travers la fenêtre du restaurant.

L'agent du FBI avait dû percevoir un mouvement du coin de l'œil, car il avait pris aussitôt la fuite.

— Vite ! Il va nous échapper ! hurla Vacha en se mettant à courir.

* * *

John suivit Ly en s'élançant entre les tables vers l'étroit couloir menant aux cuisines. Trevor Guerguis cria dans son dos, mais il ne l'entendit pas. Tous ses muscles bandés, John s'évertuait, tel un skieur, à éviter les obstacles.

Il venait juste de pousser la porte battante des cuisines quand une balle se ficha dans le chambranle en bois. Vacha tirait sur lui. *Pourquoi ?*

John se précipita dans la pièce, son arme pointée devant lui. Apeurés, cinq hommes, *des cuisiniers* supposa-t-il, étaient déjà couchés par terre le long d'un grand comptoir en acier inoxydable garni de réchauds. L'un d'eux lui indiquait la porte du fond. John s'y dirigea en courant. Le plancher était graisseux et glissant comme une patinoire. Une volée de balles sifflèrent près de ses oreilles. Plongeant derrière un autre comptoir et posant son canon dessus, il tira à bout portant. Quelqu'un hurla de douleur. John en profita pour se précipiter vers la porte et sortir. Un vent frais l'accueillit en le giflant. Il courut se mettre à l'abri derrière une benne à ordures. La puanteur était horrible. À genoux dans la neige, la poitrine en feu, il envisagea les différents scénarios possibles.

Vite. Vite. Vite. Réfléchis.

Vacha, trop sûr de lui, avait commis une erreur impardonnable : il n'avait pas fait surveiller l'arrière du restaurant. Cependant, une question hantait John : le suivait-on depuis longtemps ? Si oui, il fallait qu'il disparaisse. Mais avant, il devait prendre le risque insensé, et peut-être suicidaire, de se rendre chez lui prendre du matériel — si la police ne l'attendait pas déjà sur les lieux.

* * *

Réfugié dans l'ombre de l'édifice jouxtant le sien, John Matthews constata que l'endroit grouillait déjà de flics. Sirène hurlante, une voiture banalisée arriva sur ces entrefaites et, dans un crissement de pneus, s'immobilisa en biais du bâtiment. Deux hommes en sortirent aussitôt. Malgré le vent froid qui lui embuait les yeux, John reconnut sans peine Vacha. Par contre, il ne distinguait que la nuque de l'autre personne.

Une intuition le chatouillait. Elle fut confirmée quand il se retourna. Vincent Tindo !

Il émanait de lui une assurance froide et pleine d'arrogance.

John se rencogna derrière le mur et s'y adossa. Comment le criminel le plus recherché des États-Unis pouvait-il se promener impunément avec des policiers du NYPD sans se faire coffrer sur-le-champ ? C'était inconcevable.

L'agent du FBI risqua un coup d'œil dans la rue. En compagnie de trois agents, Vacha frappait, de la crosse de son arme, la porte d'entrée du vestibule que John savait verrouillée.

Tindo, bizarrement, était resté planté au beau milieu de la rue et observait le bâtiment, allant jusqu'à pencher sa tête vers l'arrière pour atteindre le sommet.

De son côté, John se mit à espérer de tout cœur que Sharon Nile était sortie. Mais, comme une malchance n'arrive jamais seule, ce fut tout le contraire.

* * *

Les mains dans les poches, Vincent observait avec amusement l'édifice de style néogothique haut d'une quinzaine d'étages avec ses nombreuses tourelles, ses arches et ses corniches. Féru d'architecture, il remarqua qu'une partie de l'immeuble avait été construite à même le mur d'une ancienne église. Décidément, Matthews se payait du luxe.

Est-ce que ce flic me prend pour un vampire ? Se croit-il vraiment à l'abri dans ce château de cartes, sous prétexte qu'il serait fondé sur une ancienne chiotte d'église ?

Vincent éclata de rire.

Puis, il alla rejoindre les flics — qu'il méprisait, mais qui pouvaient lui être tellement utiles !

* * *

— Voulez-vous cesser de hurler et de cogner ainsi avec votre arme, vous allez briser la fenêtre ! cria Sharon Nile à l'endroit de Vacha qui l'invectivait toujours. Si vous continuez de me menacer de la sorte, je ferai une plainte à votre supérieur ! Je n'ouvrirai que lorsque vous m'aurez dit la raison de votre présence.

Les deux mains sur les hanches, Sharon Nile gardait la porte principale de l'immeuble en narguant le policier du regard. Deux frères plus âgés l'avaient rendue insensible aux menaces et aux invectives. Or, malgré son air frondeur, elle attendait avec impatience le retour de Barney Pepper, parti aider la vénérable madame Lach à porter ses paquets jusqu'à son appartement du neuvième.

Las d'insister auprès de cette femme qui semblait prête à lui tenir tête encore longtemps, Vacha demanda à ses hommes de reculer.

— Je vois que vous devenez enfin raisonnable, dit-elle d'un air triomphant au lourdaud dégueulasse qui se contentait à présent de la regarder d'un air carnassier.

Vacha attendit que la jeune femme se rapprochât un peu plus, puis il fit feu à travers la porte vitrée. L'impact fut si foudroyant qu'il envoya valser l'agente immobilière trois mètres plus loin. Ensuite, il pénétra dans l'immeuble, suivi des autres policiers et de Tindo.

Quelques personnes ouvrirent leur porte et la refermèrent aussitôt. *Tant mieux pour eux*, se dit Vacha.

En marchant vers le corps de la brune, il s'aperçut qu'elle était encore en vie. Ses jambes tressaillaient et ses talons, en heurtant le sol, produisaient un claquement sourd. Afin d'arrêter le mouvement spasmodique de sa tête, Vacha lui enserra le front dans l'étau d'une de ses mains.

Une poigne de fer lui prit l'épaule.

— L'expert, c'est moi, n'est-ce pas ? déclara Tindo.

Vacha lui laissa faire le travail.

* * *

Une main géante broyait le cœur de John. Il vérifia que son arme était chargée à bloc. Il allait mettre fin pour de bon aux petits jeux du tueur !

Malgré la gravité de la situation, l'agent du FBI sentait que son sang-froid lui revenait : c'était le genre de défi pour lequel il avait été entraîné et qui réveillait tout son conditionnement de chasseur professionnel. Il n'allait pas s'arrêter alors qu'il était si près du but : celui de coffrer Vincent Tindo.

Encore appuyé au mur, il prit une longue inspiration et, l'arme au poing, s'élança. Malgré sa colère, son esprit demeurait calme et lucide. Il était presque au milieu de Riverside Drive et on ne l'avait pas entendu arriver. Une chance.

Tindo se releva tout en contemplant, à ses pieds, le corps de Sharon Nile. La tête de l'agente immobilière baignait dans une grande flaque de sang. En se détournant de dégoût, un des acolytes de Tindo aperçut John qui courait vers eux.

— Stop ! Tout le monde les mains en l'air et on ne bouge plus ! hurla ce dernier.

Tindo se planta tranquillement face à l'agent du FBI. Ses yeux se rétrécirent, mais ils ne perdirent pas leur lueur de malice. Ils semblaient dire : *Voici notre cher ami qui rapplique.*

Près de Vacha, un des flics dégaina son arme et tira alors sur l'agent fédéral. John se laissa tomber sur les genoux, les bras tendus devant lui et glissa sur la rue verglacée sans perdre sa ligne de mire. Seul son pouls se mit à battre plus fort.

Dans la lumière du vestibule, Tindo faisait une cible parfaite. John Matthews ignora le vent glacial qui mordait son corps et les éraflures qui brûlaient ses jambes, et vida son chargeur de six balles sur la silhouette de Vincent Tindo. Le recul fut brutal. L'air se chargea de poudre.

Un homme hurla en tressaillant, puis tomba sur le sol. Mais ce n'était pas Tindo. Celui-ci avait eu la chance diabolique de tirer un agent par la manche et de s'en servir comme bouclier à l'instant même où John faisait feu.

Le calme et l'assurance de Tindo semblaient supposer qu'il savait déjà comment les événements allaient tourner. *Il n'a pas peur de moi, comme s'il se croyait immortel.*

Des cris se rapprochèrent. La neige virevolta à la droite de John, puis à sa gauche. On tirait sur lui de plus belle. Au moment où il se releva, une voiture de taxi dérapa dans la neige, formant ainsi un rempart contre ses assaillants.

Le chauffeur noir se pencha et ouvrit la portière, d'où surgit une forte musique reggae. John resta immobile, indécis. Devant lui, le chauffeur l'invitait à monter en faisant de grands moulinets avec les bras. Une personne était déjà assise, bien droite, sur la banquette arrière. C'était le jeune aveugle qui lui avait demandé son chemin dans la ruelle.

Était-ce un piège ? Que devait-il faire ?

Près d'eux, une colombe vola dans les airs. Une volée de balles s'incrusta dans la carrosserie jaune du taxi. Alors John s'engouffra par la portière ouverte. Le taxi démarra à l'instant.

* * *

La fumée de cigarette. La musique reggae. Bob Marley. La voix stridente de la répartitrice sortant du C.B. Et, surtout, le sourire éclatant du chauffeur de taxi. Coiffé d'un bonnet de laine rouge des Knicks, posé en équilibre précaire sur le haut de son crâne, il hochait la tête de droite à gauche de la même façon coulée que Stevie Wonder. Après une série de virages suicidaires, il sema les policiers. Lorsqu'il fit un clin d'œil à John, le pouce en l'air, celui-ci fut suffisamment rassuré pour lâcher la poignée de la portière. Ses jointures blanchies par l'effort lui firent alors un mal de chien. Il se massa la main.

Les événements s'étaient déroulés trop rapidement. Tout à coup inquiet, se maudissant d'être monté si vite dans le taxi, il observa le Noir. Il approcha la main de son arme, mais arrêta son geste. Il ne se sentait pas en danger. Ayant suivi le mouvement de son client du coin de l'œil, le chauffeur de taxi ne s'était pas départi de son large sourire. Personne ne parlait. John avait la bouche sèche. Il ne connaissait ni sa destination ni qui l'y emmenait. Se sentant tout de même en sécurité, il se laissa conduire dans les rues animées de New York en ce jeudi 17 décembre. Le chauffeur prit le C.B., tandis que John l'observait.

Vêtu d'un parka bleu, le type était costaud sans être baraqué. Ses gestes étaient calculés, rapides. L'homme avait confiance en ses moyens.

— Sally, ma cocotte, dit-il d'un ton mielleux, ses yeux ne quittant pas la route.

— Preacher, je t'ai dit cent fois de ne pas m'appeler ainsi sur les ondes. Les autres chauffeurs n'arrêtent pas de se moquer de moi ! As-tu pensé à ma réputation, sale enquiquineur ?

La fille semblait à peine vexée.

— J'sais, mon chou. Mais tu adores mon p'tit côté goujat.

Le chauffeur fit un autre clin d'œil à John.

— Où es-tu encore allé fourrer ton nez ? demanda la répartitrice.

— Mais que fait cet... ! Oh non !

John vit les yeux écarquillés du chauffeur et il regarda aussitôt dans la même direction que lui. Trop tard. Il fut projeté contre la portière et se cogna la tempe contre la vitre. La douleur fut instantanée et se répandit dans son cou. Ils évitèrent de justesse une Honda Accord qui avait brûlé un feu rouge. Les pneus hurlèrent de protestation et le taxi tangua dangereusement vers la droite. Un concert de klaxons enterra Bob Marley dans sa complainte. Avec beaucoup de maîtrise, le chauffeur redressa sa course et ils reprirent leur route.

Le cœur battant la chamade, John fixa le Noir.

Il souriait à pleines dents et hochait toujours la tête au rythme de la musique, comme si rien n'était arrivé.

— Tout doux, Sally. Ma belle, cesse de crier, dit-il avec candeur. Ton prince charmant est frais comme une rose. Ce n'était qu'un léger incident. Seulement un pauvre carrosse trop pressé d'aller chercher sa princesse. Écoute, je fais une course spéciale. Je ne pourrai prendre aucun autre client de la journée. Oui… oui ! Je serai prudent. Je te le jure.

John sentait que la répartitrice hésitait à ajouter quelque chose. Peut-être par peur que des oreilles indiscrètes n'entendent ce qu'elle avait à dire ? Elle se borna donc à maugréer un commentaire incompréhensible. Maintenant que le moment de panique était passé, l'agacement reprenait le dessus. Malgré tout, elle semblait encore secouée.

Pourquoi ce jeune aveugle est-il, à cet instant, assis derrière moi ? pensa John, oppressé par le mutisme du personnage, tandis que derrière la vitre défilait le paysage nocturne et animé de New York. Le taxi descendait Broadway vers le sud, car John reconnut la passerelle jetée au-dessus de la 65e Rue qui reliait Lincoln Center à la Juilliard School.

Que cherches-tu ? demanda une voix dans son esprit.

Qui es-tu donc ? pensa-t-il.

— Qui crois-tu que je suis ? lui demanda le jeune aveugle, impassible.

Sa voix était douce, mais d'elle irradiait une puissance incroyable. Il tenait, sur ses jambes repliées, une canne blanche, et ses yeux étaient camouflés derrière d'énormes lunettes noires.

John tourna la tête vers le chauffeur, qui le fixait d'un air serein tout en jetant, à intervalles réguliers, de brefs coups d'œil devant lui. Son assurance semblait ne pas avoir baissé d'un cran.

Aie confiance, semblaient dire les hochements de tête du Noir.

John se retourna de nouveau vers le jeune aveugle, incapable d'analyser rationnellement la situation. Ce dernier devança sa réponse.

La suite sidéra l'agent Matthews.

— La Bête, que les hommes nomment Satan, a été vomie sur la terre de nouveau. Et une fois qu'elle sera puissante et ses disciples nombreux, elle cherchera à tuer le Christ, ressuscité dans un corps d'homme. Vous êtes né pour préparer la seconde venue du Christ sur la terre. Vous êtes un de ses missionnaires. Nous ne sommes qu'un certain nombre

194

de fidèles à connaître la vérité sur lui. Parmi eux, il y a votre ami Trevor Guerguis et il y avait aussi la pauvre Sharon Nile. Et chaque jour, plusieurs d'entre nous meurent au combat.

Voyons, c'était du délire. *Cet adolescent fait-il partie de la même secte que ce moine franciscain, ce Thomas Guillot ?* se demanda-t-il.

— Qui es-tu vraiment ? s'enquit John.

— Est-ce nécessaire que tu connaisses mon nom ? Le combat immémorial contre les forces du Mal a repris. Matt Vacha et... Vincent Tindo ne sont que deux pions de la considérable armée que possède le Malin.

— Que dois-je faire ?

— Chef, nous sommes arrivés.

John releva la tête. Il avait perdu la notion du temps. Voici qu'ils approchaient de l'aéroport La Guardia.

— Mais qu'est-ce que nous sommes venus faire ici ?

Un avion passa au-dessus d'eux, coupant court à toute conversation. Pour seule réponse, le chauffeur lui tendit une enveloppe et une clé.

— Nous avons peu de temps, votre avion décolle dans une heure. Quand vous serez rendu à destination, cette clé ouvrira une consigne automatique, mentionna le chauffeur devant l'air intrigué de Matthews. Dedans, vous trouverez tout ce qu'il vous faut. Nos chemins se séparent ici. Vous devez aller au Texas, dans une petite ville appelée Judas. Il y a là un terrible secret. Mais il n'appartient qu'à vous de découvrir la suite des événements.

John était trop interdit pour saisir en entier les propos que l'on venait de lui asséner. Or ses recherches l'avaient amené aux mêmes résultats.

Le Noir stationna à côté d'une impressionnante file de taxis qui, moteurs ronronnants, attendaient de prendre des passagers. C'était la pagaille du temps des fêtes. Une foule de personnes, bagages à la main, franchissaient dans les deux sens les portes de l'aéroport. On les klaxonna avec agressivité.

— On se calme, pépère ! clama le chauffeur de taxi. Il ne me reste qu'à vous souhaiter bonne chance, dit-il à John en lui tendant la main.

— Ça pourra certainement servir, répondit John avant de sortir du taxi.

Chapitre 15

Lorsque s'éteignit le voyant lumineux qui affichait « ATTACHEZ VOS CEINTURES », John soupira et se massa la nuque. Une migraine carabinée lui cisaillait les tempes et ne semblait vouloir qu'empirer. La journée, non, la semaine ne semblait pas vouloir finir. Il était déjà 21 h 17 à sa montre.

Il se pencha sur sa droite et regarda par le hublot comme pour se convaincre qu'il ne rêvait pas. La vue de la couche nuageuse fut assez convaincante. Il était passé si près de rater son avion, le vol 38 de la United Airlines New York — Austin, qu'il lui semblait impossible d'être assis dans son siège, le 4C.

Fait étrange, l'agent de sécurité devant qui il s'était présenté, juste avant l'embarquement, l'avait regardé avec intensité. John avait alors fouillé son dos de la main, puis il s'était souvenu d'avoir enfoui son arme au fond d'une poubelle dans les toilettes pour hommes.

Au même moment, une voix féminine avait jailli des haut-parleurs et prié les derniers passagers du vol 38 New York — Austin de se diriger immédiatement vers le quai d'embarquement. John avait jeté un bref coup d'œil au tableau des départs.

— Dépêchez-vous ! Sinon, vous allez rater votre avion, lui avait dit l'agent de sécurité.

Il était parvenu à l'embarcadère à temps. À présent, enfin assis dans son étroit fauteuil, il scrutait chaque passager autour de lui en espérant avoir semé quiconque l'aurait poursuivi jusque-là.

L'avion était bondé et commençait à s'animer de conversations et d'éclats de rire depuis que les gens pouvaient déboucler leur ceinture de sécurité et se lever. Ils ne s'étaient pas écrasés au décollage. N'était-ce pas là une excellente raison de se sentir soulagé ? Depuis une semaine, les actualités rapportaient des accidents d'avion presque tous les jours. Ils pouvaient se compter chanceux. *Mais nous ne sommes pas encore parvenus à destination*, songea John malgré lui.

Deux rangées derrière lui, une personne était malade et réclamait de l'aide. Un enfant d'environ cinq ans pleurait et bredouillait, entre deux reniflements, qu'il avait peur de voler dans les airs comme Superman. Et, plus loin sur sa gauche, un jeune couple s'embrassait. *Peut-être de jeunes mariés*, pensa John. Personne ne semblait s'intéresser à lui. Il se força donc à se détendre et prit plusieurs respirations profondes. Après quelques secondes, il sombrait dans un sommeil profond.

* * *

Arrivé à Austin, John, le blouson sur l'épaule, fatigué du voyage, suivit les indications menant aux consignes automatiques. Elles étaient situées dans un étroit couloir quasi désert. Seuls deux sans-abri sommeillaient sur un banc. Dans le casier 8904, un sac de sport attendait l'agent Matthews. Une fois dehors, surpris par la fraîcheur de la nuit, il héla un taxi et, à travers la vitre de séparation, demanda qu'on le conduise à l'hôtel Marriot, situé en plein centre-ville d'Austin, non loin du State Capitol.

* * *

La chambre du Marriot était parfaite. On accédait à l'étage soit par l'un des escaliers qui menaient au long corridor couvert d'une épaisse moquette, soit par un ascenseur. Cela convenait à John. Située à mi-chemin entre l'escalier et l'ascenseur, sa chambre lui assurait un certain nombre de possibilités de fuite.

Aussitôt entré, il verrouilla la porte derrière lui et alla s'asseoir sur le lit afin d'examiner en détail le contenu du sac. Il y trouva des liasses de vieux billets pour un montant approximatif de vingt mille dollars. Il se demanda de qui pouvait bien provenir cet argent. Il trouva également une arme automatique, avec de nombreuses cartouches de réserve, un jeu complet de faux papiers, une trousse de maquillage d'artiste, un permis de conduire, ainsi qu'une clé accompagnée d'une note indiquant l'endroit où l'on avait garé une voiture à son intention dans l'un des stationnements souterrains de la ville.

John Matthews était satisfait. Maintenant que des inconnus se lançaient de partout à sa poursuite, il ne pouvait plus voyager que dans la clandestinité, ce qui était très risqué. Les faux papiers lui fournissaient une nouvelle identité.

Il avait beau tourner et retourner la situation dans sa tête, la seule chose dont John était sûr, c'était qu'un certain nombre d'individus voulaient qu'il aille à Judas, au Texas.

Il s'y rendrait.

Chapitre 16

La Virginie.

La vue était absolument magnifique. À l'horizon, le soleil, perdu dans une immensité azurée, semblait suspendu juste au-dessus de l'Atlantique gonflé par d'immenses vagues. La plage sablonneuse était déserte et une volée de goélands virevoltait au ras de la mer.

Durant un moment, Anna Blackhart oublia ses soucis et s'émerveilla de la brise légère qui faisait onduler les longues herbes bordant les dunes. Elle envia leur existence paisible. Tout le contraire de la sienne. Puis, sans raison, elle décida de sortir. En s'accoudant à la balustrade de la véranda arrière, elle s'exposa aux tourbillons du vent frais. Aussitôt, elle frissonna et serra les pans de sa veste de mohair gris contre elle. Puis elle releva la tête et huma les effluves marins apportés par la brise.

Elle se sentit renaître.

De courte durée, cette agréable sensation s'effaça lorsque ses yeux effleurèrent le pommier noueux qui trônait en solitaire au beau milieu de sa pelouse ondoyante. Perdu dans la lumière, il dessinait derrière lui une maigre et rachitique tache d'ombre. Il lui fit penser à son mari.

Elle se souvint du jour où, vingt-cinq ans plus tôt, ils avaient emménagé dans la maison, une splendide demeure de douze pièces dans le style du roi Édouard VII. C'était de la folie furieuse. Une montagne de boîtes qu'ils n'avaient pas eu le temps de défaire s'entassaient dans le salon somptueux, et la nuit approchait. Ils avaient décidé d'inaugurer la résidence en faisant l'amour dans chaque pièce. C'était la maison de leurs rêves. Puis, ce soir-là, Edgar l'avait laissée seule. Elle l'avait trouvé à genoux dans l'obscurité, en train de planter un pommier. Il murmurait dans un langage inintelligible. Ne pouvant le décider à remettre cette entreprise à plus tard, elle avait tenté de le faire changer d'idée quant à l'emplacement de l'arbre. Même après vingt-cinq années, le souvenir du regard assassin qu'il lui avait lancé la faisait encore trembler de peur. « C'est là qu'il sera planté, est-ce bien clair ? »

Comme il aime cet arbre ! se dit-elle, mal à l'aise. L'amour obscur et malsain qu'Edgar semblait vouer au pommier était plus que de la dévotion.

Depuis ce temps, chaque automne, son mari s'adonnait au même rituel. Lorsque les pommes arrivaient à pleine maturité, Edgar prenait son échelle et grimpait jusqu'au sommet de l'arbre. Juché tout en haut, il consacrait une heure, parfois deux, juste pour trouver la plus parfaite des pommes. Lorsqu'il l'avait, il descendait de l'échelle avec mille précautions, tenant sa pomme au creux de la main. Puis, il se mettait à genoux et murmurait, telle une personne en train de prier. Jamais Edgar ne touchait à une autre pomme. C'était Anna qui devait les cueillir. L'unique fois où elle avait refusé de le faire, il l'avait giflée.

Une pensée étrange surgit dans son esprit : jamais elle n'avait vu un oiseau se poser dans le pommier.

C'est peut-être parce que tu ne poses jamais les yeux dessus ? répondit une voix qu'Anna s'empressa de chasser.

Non ! J'en suis certaine ! C'est comme si les oiseaux en avaient peur !

Aussi absurde que pût paraître cette idée, Anna était convaincue de sa justesse. Mon Dieu qu'elle haïssait cet arbre !

Une bourrasque plus forte que les autres ébranla les branches rachitiques du pommier au moment même où elle eut cette sombre pensée. L'arbre sembla tourner sur lui-même pour la regarder, comme s'il l'avait… entendue. Les branches tordues, semblables aux longs doigts d'une vieille sorcière arthritique, parurent s'allonger mystérieusement comme pour s'emparer d'elle. Anna laissa échapper un cri de peur en reculant. Les branches claquaient les unes contres les autres ; on aurait dit que l'arbre riait aux éclats. Anna ferma les yeux jusqu'à s'en faire mal. Lorsqu'elle les rouvrit, l'illusion avait disparu. Sans attendre, elle rentra.

* * *

La maison parut trop silencieuse ; aussi Anna Blackhart mit-elle de la musique, un disque compact de Josh Groban. Maintenant qu'elle se sentait à l'abri, sa peur du pommier lui sembla irrationnelle. La flambée dans le foyer ne parvenait pas à chasser la sensation de froid qui lui glaçait les os. Tandis que les premières mesures de piano emplissaient le séjour, Anna se prépara une tasse de thé qui, espérait-elle, saurait la réconforter. Puis, assise sur un canapé en demi-lune, elle se laissa aller à s'apitoyer sur son sort, pleurant toutes les larmes de son corps, jusqu'à ce que la colère reprenne le dessus. Partout où elle posait les yeux, tous les objets qu'elle rencontrait, jusqu'à cet horrible canapé brun foncé dans lequel elle était affalée, lui ramenaient la vivante image de cet époux qui lui avait ravi sa personnalité, tout ce qui avait fait son individualité. Du revers de la main, elle s'essuya les yeux et, entre deux reniflements, elle ne put contenir le petit rire nerveux qui s'échappa de ses lèvres.

Son regard s'attarda à la photo de son mari, insérée dans un délicat cadre d'argent qui trônait sur la caisse du piano Steinway. Il souriait à l'objectif. À travers ses yeux embués de larmes, elle fixa son cauchemar réincarné en homme.

Edgar Devon Blackhart.

Les premiers temps de leur mariage avaient été merveilleux. Anna ne pouvait le nier. Étudiante en urbanisme à l'Université George Washington, elle avait dix-huit ans lorsqu'elle l'avait rencontré la première fois. Lui, à trente-trois ans, était le plus jeune avocat de toute l'histoire du District de Columbia à exercer les fonctions de procureur général. Dès leur premier rendez-vous, elle avait été charmée. Bâti comme un joueur de football, Edgar avait des cheveux noirs et des yeux bruns qui lui conféraient un air d'aristocrate. L'assurance et la détermination qu'il affichait la séduisirent par-dessus tout.

Aujourd'hui, sur son crâne presque entièrement chauve, il ne restait qu'une petite mèche de ce qu'avait été sa remarquable chevelure. Ses larges épaules s'étaient affaissées, et son visage, auparavant si avenant, n'était plus qu'une masse de graisse flasque. À cinquante-huit ans, il était désormais juge en chef de la Cour suprême des États-Unis.

Dans un geste de frustration, Anna lança le cadre contre le mur beige du séjour où il éclata en mille morceaux. Sa main caressa son ventre à jamais stérile. À l'annonce de sa grossesse, Edgar était devenu fou de rage. Ses yeux bruns avaient pris un éclat tranchant et intraitable. Il s'était approché d'elle, les poings serrés, laissant dans son sillage une odeur aigre-douce de transpiration et de cigare. « Espèce de petite salope », lui avait-il dit d'une voix sourde et menaçante. « Tu me trompes ? Quel est le fils de pute qui t'a engrossée ? Avec qui t'envoies-tu en l'air ? Dis-le-moi, salope ! » avait-il hurlé en lui serrant le cou. Elle s'était débattue, mais il avait resserré sa poigne.

Anna sentit les larmes lui piquer les yeux. Il était clair qu'Edgar n'avait jamais imaginé un seul instant être le père de l'enfant. *Comment aurait-il pu ?* pensa-t-elle en serrant ses genoux entre ses bras. Après deux ans d'essais infructueux, ils avaient consulté un spécialiste en fertilité renommé de New York. Le spermogramme d'Edgar avait révélé un taux anormalement bas de spermatozoïdes, résultat d'une blennorragie mal traitée. Les chances étaient minces, selon le médecin, qu'un jour ils puissent concevoir un enfant.

« Écoute-moi bien, Anna chérie. Demain, je vais prendre un rendez-vous chez le docteur Lane. Tu lui diras que tu veux mettre fin à ta grossesse. Invente une raison, mais convaincs-le. Tu as intérêt.

— Je t'ai toujours été fidèle, Edgar. Cet enfant est bien le tien. J'étais persuadée que tu serais fou de joie, avait-elle dit, en larmes. Je désire le garder.

— Tu te fais avorter ou je te fous six pieds sous terre avec ton bâtard. Est-ce que le petit pois qui te sert de cerveau a bien reçu le message ? (Il lui avait martelé la tempe de son index boudiné en proférant cette menace.) Et ne cherche pas à me fausser compagnie. Où que tu ailles, je te retrouverai. De toute façon, pourquoi chercherais-tu à me quitter ? N'ai-je pas été un mari exemplaire ? »

Comme elle avait été stupide de croire que cette merveilleuse nouvelle redonnerait vie à leur couple !

Anna se sentait maintenant anéantie, blessée, rejetée, avilie. En pratiquant le curetage, à la suite de l'avortement, l'interne en gynécologie lui avait perforé l'utérus. L'hémorragie et des complications ultérieures avaient nécessité une hystérectomie.

Chassant ses sombres pensées, Anna, glacée, se leva et se dirigea vers la cheminée. Une douce odeur de feu de bois envahissait le séjour. Sur le manteau de la cheminée était disposée la photo de ses parents. Après quarante années passées à la tête de leur auberge *Le Cheval blanc*, en Nouvelle-Angleterre, ceux-ci l'avaient vendue pour s'offrir une maison en bord de mer au Connecticut et une retraite bien méritée. Dès lors, ils n'avaient jamais cessé de voyager. Le Canada. La France. Le Royaume-Uni. L'Australie… Sur le cliché, le visage de ses parents reflétait le bonheur. Ils se tenaient par la taille sur le pont du *Prince Edward* derrière lequel se découpait un majestueux glacier. *Leur croisière en Alaska. Peu de temps avant l'accident.* Juste avant leur départ, sa mère, Carol, lui avait fait l'honneur d'une de ses rarissimes visites. « J'ai souvent rêvé de ces paysages rudes et fabuleux. Tu connais ton père. Il a toujours été grincheux, mais je crois que l'âge empire ce trait de caractère propre à la branche maternelle de sa famille. Il préférerait visiter la Grèce ou le Maroc, je crois. Mais j'ai déjà réservé nos places. T'inquiète, il suivra. »

Avant de partir, sa mère lui avait fait part de ces inquiétudes, allant jusqu'à la prier, une fois de plus, de quitter son mari. Anna avait eu le pressentiment que Carol voulait révéler quelque chose, quand elles s'aperçurent de la présence d'Edgar qui, silencieux, les observait.

Anna se mordit les lèvres, se sentant à nouveau au bord des larmes. Deux jours seulement après leur retour de croisière, ses parents étaient décédés d'un accident de voiture au Colorado. Une tempête de neige faisait rage. Son père avait perdu la maîtrise de son véhicule à la sortie d'un virage serré. Les policiers avaient retrouvé la Lincoln Navigator au fond du ravin, quarante mètres plus bas.

Ma mère s'est toujours estimée bon juge face aux gens, songea Anna, debout près du foyer, les mains dans les poches arrière de son jean.

En s'avançant vers la baie vitrée, Anna aperçut son reflet dans le délicat miroir ovale en argent qui était fixé au-dessus du secrétaire Empire. Elle s'examina d'un œil critique. Un obscur ancêtre irlandais — *sûrement un pauvre sans-le-sou venu en Amérique* de façon clandestine, plaisantait souvent sa mère — l'avait dotée d'immenses yeux vert émeraude, d'un teint clair et d'une magnifique chevelure rousse. Et même si l'on complimentait à profusion sa grande beauté classique, Anna, cependant, détestait sa bouche qu'elle trouvait trop charnue, sa taille trop haute qui intimidait les gens et sa minceur qu'elle qualifiait de maigreur.

Edgar la rabrouait sans cesse sur sa tenue. « Bon sang, si nos amis te voyaient accoutrée de la sorte, ils ne pourraient pas croire que nous sommes mariés. Maquille-toi et enlève ces satanés pantalons. Tu as l'air d'une gosse révoltée. Sois digne de ton standing ! » Contrairement à son mari, qui ne portait que des vêtements griffés, Anna se sentait à l'aise dans ses pulls et ses jeans.

Quand Edgar a-t-il cessé de m'aimer ?

L'amour ! Depuis fort longtemps, il n'en existait plus dans cette maison. En avait-il jamais existé ? La seule affection et le seul amour dont semblait capable son mari étaient dirigés vers cet arbre. Ce pommier. Mon Dieu, elle avait cru faire un choix sensé en épousant cet homme doux, sensible, distingué et promis à un bel avenir. Suivant ses conseils, elle était allée jusqu'à abandonner ses études.

« L'avantage d'avoir épousé un mari fortuné », avait-il prétexté à l'époque.

Quel gâchis ! À quarante-trois ans, je me retrouve maintenant sans ressources, sans famille et à la merci d'un homme violent.

Ses pensées sombres firent place à une clarté d'esprit fine et pure comme du cristal. Sa témérité lui fit oublier qu'elle risquait la mort, car comment son mari pourrait-il lui pardonner l'offense qu'elle s'apprêtait à commettre ?

Il allait payer !

Se saisissant du tisonnier, Anna gravit l'escalier en courant et se précipita dans le bureau de son mari. Une odeur puissante et riche de cigare empestait la pièce qui baignait dans une luminescence dorée, saupoudrée de fines particules de poussière.

Des mouettes piaillèrent près de la plage.

Le sang quitta aussitôt son visage. Parti faire sa promenade quotidienne, son mari pouvait revenir d'une minute à l'autre. Un bref instant, elle avait même cru l'entendre dans la maison. Le temps pressait et l'indécision la fit hésiter. Serait-elle capable au moins d'aller jusqu'au bout? Il le fallait! La tête soudain douloureuse, elle leva le tisonnier et l'abattit sur l'ordinateur. L'écran explosa. Puis, avec une force insoupçonnée, elle recommença à frapper à l'aveuglette sur tout ce qui se trouvait sur le bureau de son mari, détruisant du même coup l'imprimante laser, les lampes Berger, les porcelaines de Limoges, le télécopieur… Délaissant le tisonnier, elle s'empara du coupe-papier, parmi les débris sur le bureau, et lacéra la chaise en cuir d'Edgar. Montant et descendant, la lame en argent scintillait sous les rayons de soleil qui entraient à grands flots dans la pièce. Puis les deux Renoir l'attirèrent comme un aimant. Son mari vénérait ces tableaux d'une valeur inestimable. Les lèvres tremblantes, Anna caressa son ventre de sa main gauche. Quelque chose se brisa en elle. Hystérique, elle laboura les toiles du peintre français.

Tout à coup, essoufflée, Anna s'arrêta. Les cheveux collés au front, elle contempla son œuvre, et aussitôt un rictus de satisfaction étira ses lèvres. Un cri de victoire jaillit alors de ses entrailles et brisa le silence de la maison.

Ses yeux tombèrent ensuite sur la hache déposée sur un socle en argent, derrière l'immense bureau en acajou dévasté. Ils s'écarquillèrent de satisfaction. Anna se souvint qu'Edgar l'avait reçue en cadeau. De qui? Elle n'en avait aucun souvenir. Cette hache était la pièce maîtresse de la collection d'armes médiévales de son mari — réplique exacte, selon ses dires, de celle qui avait décapité Anne Boleyn, jadis l'épouse du roi Henri VIII.

Elle vit sur le manche le nom de son mari gravé dans le bois. **EDGAR DEVON BLACKHART**. Une nausée la saisit. Puis une idée germa dans son esprit: elle allait abattre ce foutu pommier. Le symbole de la domination d'Edgar.

Enjambant les débris qui jonchaient le sol, elle décrocha la hache de son support mais l'échappa aussitôt. L'arme écorcha le plancher de chêne.

L'espace d'un moment, la rage d'Anna s'évanouit. L'horreur de son geste la pétrifia. *Il va me tuer !* pensa-t-elle, le souffle coupé. Elle regretta ses gestes, voulut changer le cours des événements, mais c'était trop tard. Elle allait remettre la hache sur son socle lorsqu'elle vit une clé à ses pieds. Sans réfléchir, elle la ramassa et la mit dans la poche de son jean.

* * *

Après une vingtaine de minutes, Anna sortit enfin de la douche et enfila un pull à dentelle et un pantalon noir.

Dans un état d'hébétude, elle s'examina dans le miroir ovale de la salle de bains. Bien qu'elle eût cessé de pleurer, ses yeux vert émeraude étaient encore rougis par les larmes. Dans sa peur de provoquer la colère de son mari, elle s'arrangea pour lui plaire : elle se maquilla, releva sa crinière rousse en un superbe chignon et mit les perles que son époux lui avait offertes à leur dixième anniversaire de mariage.

Plus bas, l'horloge de parquet sonna quatre coups. Anna était à la fois inquiète et étonnée.

Que pouvait bien faire son mari ?

Il aurait dû être déjà rentré. Sa promenade quotidienne prenait rarement plus de deux heures. Son retard était-il causé par la peur qu'elle avait lue sur ses traits, la veille, pour la première fois de leur union ? Peut-être. En tout cas, elle l'espérait. De façon plus mystérieuse encore, son mari avait insisté pour qu'ils se rendent à leur demeure de Virginie tout de suite après la réception, plutôt que d'aller à leur maison de Georgetown.

« Chéri, nous ne sommes qu'à une dizaine de minutes de la maison. Pourquoi ne pas aller à la campagne demain ? Je suis fatiguée, lui avait-elle dit tout bas en essayant de ne pas l'ennuyer.

— Non ! Nous y allons cette nuit, s'était-il contenté de maugréer.

— Oui, mais… »

Sa phrase était restée en suspens devant le regard silencieux de son mari. Il l'avait fixée avec un tel mépris qu'elle s'était recroquevillée sur le siège, tournant la tête droit devant elle.

« C'est comme tu veux, chéri », avait-elle balbutié.

Mais maintenant, elle n'avait plus à s'en faire. Dans quelques heures, elle serait morte. Son mari la tuerait et mettrait ainsi fin à son calvaire. De toute façon, elle n'avait pas la force de le quitter. Ce n'est pas que l'idée ne l'eût jamais effleurée, mais elle savait que peu importait où elle irait, il finirait toujours par la retrouver. Anna pensa que seule la mort pouvait la délivrer de cette amertume qui l'habitait désormais. C'était son unique moyen d'expier sa lâcheté.

— Lâche ! cria-t-elle brusquement, dans un sursaut de désespoir, aux yeux vides et cernés de rouge qui la fixaient.

Sur ce, elle descendit au rez-de-chaussée.

* * *

D'aussi loin qu'elle se souvînt, Anna avait toujours adoré cuisiner. Combien de fois sa mère, jadis, l'avait trouvée auprès de Samuel, leur chef français, à trancher des légumes ou à préparer des marinades. Adolescente, Anna avait refusé l'offre de ses parents de se familiariser peu à peu avec la gestion courante de l'auberge — eux qui envisageaient, à leur retraite, de lui léguer l'entreprise familiale — pour plutôt parfaire ses talents culinaires avec Samuel. Ce dernier lui avait enseigné son art avec patience, lui communiquant l'amour de la bonne chère, développant chez elle le sens du détail nécessaire à une belle présentation.

Elle disposa donc savamment les plateaux contenant les huîtres Rockefeller, les œufs de truites et le saumon cru mariné sur l'immense table en noyer de la salle à manger. Il ne lui restait plus qu'à allumer les bougies disposées sur un chemin de table de dentelle anglaise, à chambrer le vin et à servir les canapés, lorsque la porte de devant claqua. Son mari était de retour.

Anna se concentra sur sa tâche, malgré l'angoisse qui lui nouait le ventre. Soudain, son mari déboucha dans le corridor et s'appuya dans l'embrasure de la porte en arborant un air séducteur. Il semblait détendu. Un sourire était accroché à ses lèvres.

— Comment s'est déroulée ta promenade? demandat-elle sans trop oser lever les yeux vers lui, se dépêchant de sortir du four le plateau de champignons farcis au crabe.

— Très bien. La plage était déserte et j'en ai profité pour marcher jusqu'à Figgers Point. J'adore cette période de l'année, il y a moins de touristes. On n'a pas de gosses dans les jambes ni de chien pour aboyer et courir après un stupide Frisbee.

Cela expliquait pourquoi il revenait si tard. Figgers Point se trouvait à près de quatre kilomètres de chez eux.

— Ça sent merveilleusement bon, dit-il en se dirigeant vers elle.

Oh non! Pas ça! Mon Dieu non! Pitié!

— Qu'est-ce qu'il y a, ma chérie? Tu n'as pas l'air bien. Tu trembles.

Il avait ce ton suave qu'elle ne connaissait que trop bien. Il roucoulait presque.

Seigneur Jésus, non! NON!

Il était maintenant derrière elle. Certaine que son mari allait l'étrangler, Anna sursauta quand deux mains se mirent à pétrir ses fesses, le tout accompagné d'un écœurant grognement d'excitation. Puis, une des mains se posa sur sa poitrine. Anna poussa un petit cri plaintif quand son mari prit le bout de son sein gauche entre ses doigts pour le malaxer. La douleur explosa dans son corps. Pour se dégager, elle arqua les reins, mais Edgar prit le geste pour une invitation. Elle sentit son érection. Pire encore, sa main quitta son sein et elle entendit le bruit d'une fermeture éclair.

— Mon amour, mon amour, mon amour…

Résignée, elle n'attendait plus aucun pardon. Elle aurait dû fuir quand il en était encore temps.

Lorsque son mari releva sa robe et qu'il tira sur son slip jusqu'à ce que l'élastique lui morde la peau, Anna commença à pleurer. Elle eut beau tenter de se déprendre, il était plus fort qu'elle. Il frotta son énorme gland contre les lèvres de son vagin et, d'un seul coup, en râlant de satisfaction, s'enfonça jusqu'aux testicules, qu'elle sentit battre contre ses fesses. Aussitôt, il commença son mouvement furieux de va-et-vient.

Anna voulut tourner la tête afin de protester, mais Edgar saisit sa chevelure rousse et la tira vers lui. Son cri mourut dans sa gorge. De l'autre main, il la poussa dans le dos pour qu'elle se penche. Il s'enfonça plus profondément encore. À chaque coup, la tête d'Anna frappait contre le rebord de l'évier. Une vive brûlure se propageait maintenant de son vagin sec jusqu'à son ventre. Son mari accéléra le rythme. Horrifiée, elle vit du sang couler à grosses gouttes de l'entaille de son front jusque dans l'évier. Le contraste avec la blancheur des pâtes était saisissant.

Edgar Blackhart ne s'en soucia guère.

Approchant sa bouche de l'oreille de sa femme, il haleta des mots inintelligibles. Anna voulut hurler mais n'émit qu'un cri silencieux. La douleur était intolérable. Soudain, elle sentit son mari contracter tous ses muscles, et son pénis cogner contre le col de son utérus. Il gémit en crispant la mâchoire, grogna, puis un liquide chaud se répandit en elle, brûlant ses chairs meurtries. Alors, il ralentit son mouvement petit à petit jusqu'à ce que ses hanches s'immobilisent. Il essuya ensuite son pénis contre ses fesses. Lorsqu'il la lâcha, elle tomba par terre et éclata en sanglots.

Debout devant elle, Edgar Devon Blackhart la regarda avec un mépris non dissimulé et remonta son pantalon sur ses chairs flasques. Anna ne trouva pas la force de se relever. La robe encore remontée jusqu'à la taille, elle ne pouvait s'empêcher de regarder le sperme de son mari dessiner une petite tache sombre sur le parquet. Elle le sentait s'écouler de son vagin en feu jusqu'à ses cuisses meurtries. Anna n'arrivait même plus à hurler sa peine, sa rage et son impuissance. Elle avait atteint les limites. Elle voulait mourir. Mourir. Mourir.

Que va-t-il faire de moi ? pensa-t-elle en se mordant la lèvre inférieure. Elle n'avait pas peur de la mort, elle craignait plutôt le châtiment qu'il lui ferait subir. Son mari l'observait avec une expression indéchiffrable, sans bouger. Seul le tic-tac de l'horloge troublait le silence inquiétant.

Tout à coup, les traits d'Edgar s'emplirent de tristesse.

— Mon pauvre amour ! Qu'ai-je donc fait ?

Ses paroles la terrifièrent plus que s'il avait braqué le canon d'un fusil sur elle.

— Non, s'il te plaît, ne me fais pas mal, dit-elle en reculant.

Edgar se pencha et, prenant sa femme par le bras, il la releva avec délicatesse. Attentionné, il lui essuya le visage tout en lui caressant la nuque de l'autre main.

— Excuse-moi, dit-il. Je ne pensais pas te faire souffrir.

Déstabilisée, Anna dévisagea son mari. Elle se laissa asseoir comme une enfant sur l'une des chaises de la salle à manger.

— Je monte à l'étage prendre une douche rapide. Durant mon absence, pourquoi ne pas nous servir une bonne bouteille de meursault ? Après une fantastique partie de jambes en l'air, il n'y a rien de tel pour satisfaire un homme.

Edgar se sentait beaucoup mieux. Il respira d'aise. Sa stupide femme pleurait, mais il ne l'entendrait plus de son bureau. Il monta les marches d'un pas lourd jusqu'à l'étage. Une fois parvenu au palier, il s'immobilisa et retint son souffle. La pièce était sens dessus dessous. Il cherchait à comprendre ce qui avait bien pu se passer, quand il se rendit compte, à la vue du couteau fiché dans sa chaise de cuir et du tisonnier gisant par terre, que sa femme avait dû démolir son bureau durant son absence. Un tel flot de haine et de fureur coula dans ses veines qu'il en serra les poings jusqu'à avoir mal. Toutefois, il prit de grandes respirations pour se calmer. Il ne donnerait pas à cette salope la satisfaction de le voir ébranlé.

Sale garce ! Elle va payer ! pensa-t-il en souriant.

Il eut alors une idée réjouissante. En bon mari qu'il était, il aiderait sa femme à nettoyer la cuisine, il mangerait en conversant d'un ton agréable, ferait même la vaisselle et puis, après, il la violerait de nouveau.

Chapitre 17

Edgar Blackhart prit une autre gorgée de porto. Ce Colheita Dow's 1982 était une pure merveille. Il se découpa un petit morceau de stilton — compagnon idéal de tout bon porto — à l'aide du couteau de boucher avec lequel il allait égorger sa femme. La combinaison du fromage et du porto lui procurait un plaisir gustatif exquis. Par pure gourmandise, il se laissa ensuite tenter par du chocolat noir qu'il laissa fondre sur la langue. Sa femme sanglotait encore dans leur chambre. Après le repas, il s'était offert une petite gâterie qu'elle n'avait manifestement pas partagée. *Cette garce a fait du bon boulot*, dut-il admettre en observant le bureau dévasté. *Mais ce n'est qu'une question de temps avant que je ne le lui fasse payer.*

Edgar examinait les fromages disposés sur le plateau en argent, ne pouvant se décider entre un roquefort et un bleu d'Auvergne, lorsque la sonnerie de son téléphone cellulaire retentit. Il fronça les sourcils. Qui pouvait bien l'appeler ? Seules douze personnes dans le monde connaissaient ce numéro. Quelque chose n'allait pas. On ne devait utiliser cette ligne qu'en cas d'extrême urgence. Comme elle était équipée d'un brouilleur ultra-sophistiqué pour déjouer les oreilles indiscrètes, Edgar pouvait parler avec son interlocuteur sans trop s'inquiéter.

Il ne répondit qu'à la troisième sonnerie. Un chiffre impair. Un code. Un chiffre pair aurait signifié qu'il était sur écoute ou en danger.

— Allô ?

— Hérode, dit une voix servile à l'autre bout.

Edgar reconnut la voix ainsi que le nom de code de son plus fidèle serviteur.

— Nous avons perdu sa trace à Austin. Lorsque mes hommes ont débarqué au Marriot, sa note était payée depuis une heure. La fouille de sa chambre ne nous a fourni aucun autre indice. Notre gibier a disparu. Un agent de cette trempe a toujours une réserve d'argent en cas de pépin. Il a sûrement de faux papiers et il ne lui faut qu'une trousse de maquillage et quelques babioles pour se rendre méconnaissable. N'oubliez pas que nous parlons d'un des meilleurs agents du FBI. À l'heure qu'il est, il peut être n'importe où autour d'Austin dans un rayon de cent cinquante kilomètres. Nos agents sont en train de scruter à la loupe tous les terminaux d'autocars, toutes les compagnies de location de voitures ainsi que la gare. Mais j'ai peu d'espoir. Notre homme est trop intelligent. De toute façon, les flics ont tous son signalement. Ces péquenauds jubilent de participer à une opération fédérale. Chacun veut mettre la main sur l'homme accusé du viol et du meurtre de quatre femmes.

Edgar se permit un rire sans joie. Bonne idée. Pour ces meurtres crapuleux, dignes d'un tueur en série, les flics le poursuivraient sans merci.

— Allez à Judas, c'est là que vous le trouverez, dit simplement Blackhart.

Son interlocuteur raccrocha.

Tout se déroulait comme la prophétie le prédisait.

Un dragon à six têtes, emprisonné dans les ténèbres depuis mille ans, cherchera à régner sur le monde des lumières. La clé de sa domination il trouvera, en allant à la source commune d'un fleuve de sang, coulant dans cinq directions, et provenant du sacrifice des agneaux noirs. Sa chute amère sera, s'il goûte le feu du bélier aux deux cœurs.

Réfléchir. Il lui fallait à tout prix réfléchir.

Un nom hantait ses pensées : John Matthews.

Au départ, était-ce un nom prédestiné ? se questionna-t-il. Jean et Matthieu, deux apôtres. Se pourrait-il que ce flic soit l'instrument de… Dieu, sans même le savoir ? Celui que la prophétie appelle le Bélier aux deux cœurs. L'homme duquel le mal et le bien se disputent l'âme. L'homme qui cherchera par tous les moyens à m'empêcher de mettre la main sur les documents. C'est bien le genre de ruse de mon vieil adversaire. Son foutu libre arbitre. L'innocence.

Quelles étaient les deux plus graves offenses aux yeux de Dieu ? S'enlever la vie ou bien enlever la vie à autrui ?

Tindo. Bundy. De Salvo. Le Zodiaque… Tous des tueurs en série. Tous des hommes qui adoraient provoquer la souffrance et la mort. Son armée à lui. À son maître. À Satan. Chacun tuant comme il le désirait, où il le désirait, et sans règles. Des êtres libres de tout sentiment humain. Des hommes qui ne cherchaient qu'à assouvir leur pulsion destructrice et, surtout, leur plaisir.

Puis, de l'autre côté de l'échiquier, John Matthews. Agent du FBI. Un instrument du Bien. Un enfoiré d'emmerdeur. Un homme que même Tindo et Matt Vacha, pourtant deux de ses hommes de main les plus fiables, n'avaient pu éliminer.

Edgar eut un sourire, puis il prit une autre gorgée de porto.

Si son plan se déroulait comme il le prévoyait, son maître régnerait sur les États-Unis dans quelques mois. Sur le monde, dans une année. Pour arriver à ses fins, il devait éliminer une fois pour toutes John Matthews et retrouver l'Épître.

L'Évangile de Judas. Le grimoire du maître.

Un document mystique disparu depuis deux mille ans. Un document recelant, entre autres, le moyen de tuer le Christ à tout jamais.

Pour éliminer Matthews, Blackhart pensa de nouveau qu'un seul candidat pouvait se charger de cette tâche. Un homme difficile à manipuler, comme une bombe à retardement. Un fou. Un sadique. Un être tout de même des plus attachants : Vincent Tindo.

Une fois pour toutes, il demanderait à ce dernier de cesser ses petits jeux qui faisaient perdre du temps précieux et de capturer l'agent du FBI, puis de le faire parler afin de connaître ses motivations. Ensuite, le tueur pourrait disposer de l'agent fédéral à sa guise, pourvu qu'à la fin il soit éliminé.

Le juge regarda la mer par la fenêtre de son bureau. La lueur de la pleine lune faisait scintiller les flots agités qui ressemblaient à une masse liquide d'argent en fusion. Edgar prit le couteau et le mania de façon à produire un reflet avec la lame.

Il devait faire des appels, et la plage lui offrirait la discrétion voulue.

* * *

Anna reconnut le bruit de la porte principale. Son mari partait pour une autre de ses promenades nocturnes. Parfait. Tendue comme un fil de fer prêt à se rompre sous la pression, elle écoutait la nuit, le couteau pendant au bout de sa main. Tout n'était que silence. Seul le bruit des vagues faisait entendre son murmure lointain. Était-ce encore une ruse de son mari ? Allait-il encore la violer ? Des images explosèrent dans son esprit et, d'instinct, elle serra les cuisses l'une contre l'autre. Anna sentait la folie percer le seuil de sa conscience. Elle avait vécu trop longtemps dans la peur. Toujours cette peur. Colossale. Dévorante. Ainsi que la peine et la douleur. C'était trop. L'envie de mourir revenait en elle comme la vague d'un raz-de-marée. L'étage était plongé dans le noir total. Devant la porte du bureau d'Edgar, elle s'immobilisa. Elle tendit l'oreille un moment. La maison lui semblait trop silencieuse, telle une entité vivante attendant avec impatience la suite des événements. Une brusque envie de fuir étreignit Anna. Elle y résista de toutes ses forces. Elle devait savoir. À ses côtés, le vent enfla les rideaux et la fit frissonner. Le coffre-fort apparaissait entre les lambeaux de toile qui pendaient encore du cadre en bois.

Après avoir enlevé les restes du tableau, Anna se dépêcha de faire la combinaison. Un simple tour à droite, deux vers la gauche, puis un autre vers la droite. Il y eut un léger cliquetis. Un souvenir lui revint en mémoire.

« Vaudrait mieux que tu oublies ce que tu viens d'entendre, ma mignonne », lui avait un jour glissé à l'oreille son mari en l'empoignant par le cou, parce qu'elle l'avait surpris ouvrant le coffre tout en marmonnant la combinaison. « De toute façon, il te manquera toujours la clé », avait-il ajouté avec un regard assassin.

214

Retenant sa respiration, elle introduisit la clé dans la serrure et la tourna. Puis elle saisit la poignée cuivrée du coffre-fort et l'abaissa. La porte s'ouvrit.

La déception se peignit bientôt sur son visage. Il n'y avait que des papiers. Beaucoup de papiers. Et quelques liasses de billets de banque. À quoi s'était-elle attendue? Déçue, la tête maintenant douloureuse, Anna plongea ses bras dans le coffre et en ressortit une pile de documents. Tremblante de peur, elle resta immobile un instant, à écouter. La nuit était silencieuse comme une tombe.

Le premier document portait, en haut à gauche, le sceau de la croix gammée. Le papier avait jauni. Il était daté du 1er août 1939.

Un mois seulement avant l'invasion de la Pologne par les troupes allemandes, réfléchit Anna.

Elle regarda le document à la hâte, mais il était en allemand, langue qu'elle ne connaissait pas. Pourtant, elle était certaine que ces lignes écrites sur un papier maintenant sec et friable comme une feuille de fin d'automne contenaient un secret terrifiant. Anna allait le remettre sous la pile quand elle vit les deux signatures qui figuraient au bas de la feuille.

Adolf Hitler, Hermann Göring.

Avec fébrilité, Anna consulta les autres documents. Au moins six d'entre eux portaient le sceau de la croix gammée et étaient antérieurs au 1er juin 1939. Le plus vieux datait du 10 mars 1933. Anna y reconnut certains mots: Reichstag, Hindenburg, Mein Kampf.

1933... 1933... qu'était-il arrivé à cette époque? se demanda-t-elle. *Ah oui! L'incendie du Reichstag, le parlement allemand.*

10 mars 1933. 2 septembre 1934...

Submergée par un sentiment d'irréalité, Anna examina les autres documents. La majorité d'entre eux étaient rédigés dans des langues étrangères: en italien, en espagnol... Et d'autres qu'elle ne connaissait pas. *Pour quelle raison Edgar possédait de tels documents?* Puis, elle tomba sur une lettre écrite en anglais.

Une simple note manuscrite accompagnait la lettre.

Chère Carol, voici les renseignements que vous m'avez deman-
dés. Pour un complément d'information, vous pouvez compter sur
mes services. Mais surtout… faites très attention à vous.

Georges Rendhal

Anna paria que sa mère, trop sûre d'elle, n'avait pas pris au sérieux l'avertissement de cet homme. Lorsqu'elle commença la lecture de la lettre, sa raison était aussi fragile qu'une mince glace au printemps.

EDGAR DEVON BLACKHART

Né le 1ᵉʳ octobre 1943, dans la ville de Westminster, en Pennsylvanie, à la prison fédérale Penfield pour femmes, fils illégitime de Virginia Blackhart. Son père a été identifié comme étant le pasteur Joseph John Henry O'Malley. Impossible de trouver le moindre renseignement sur ce pasteur. C'est à croire qu'il n'a jamais existé. O'Malley s'est pendu le 8 juillet 1943. Son corps a été retrouvé à l'église St. Jude. Avant sa mort, il avait écrit un mot. Le voici.

Mon Dieu, voici ma confession.
J'ai brisé mon vœu de chasteté. Satan m'a envoyé une diablesse
et je n'ai pas su y résister. Combien il a dû se réjouir de la faiblesse
d'un homme d'Église ! Malgré mon âme impure, j'ai continué à
prêcher votre parole. J'ai pensé quitter mon ministère, mais n'êtes-
vous pas pardon ? Après quelques semaines, j'ai su que j'avais pris
la bonne décision. Ma douleur m'a rapproché de mes fidèles pra-
tiquants et du lot quotidien de leurs peines. N'y a-t-il pas meilleur
prêtre pour comprendre la nature des hommes que celui qui a péché ?
Cependant, j'avais sous-estimé la force de mon adversaire…
Car hier, juste après la messe, cette femme est venue me voir. Au
début, je n'ai pas voulu la croire, mais son ventre rebondi a con-
firmé mes pires craintes. Mon Dieu, qu'ai-je donc fait ? Je ne peux
effacer de ma mémoire son sourire maléfique. Elle veut garder
l'enfant. Pire encore, elle veut qu'il porte mon nom. Je ne vois qu'une
solution. La pire. Commettre le péché des péchés. Te rendre, mon
Dieu, la vie que tu m'as si généreusement donnée. Maintenant,
l'enfer m'attend.

Father John

Moins d'un mois après le suicide par pendaison du curé, Virginia Blackhart a été arrêtée pour le meurtre de sa colocataire, Rose Anne LaMonte, âgée de vingt-neuf ans. Son procès a été de courte durée. Elle a été reconnue coupable de meurtre au premier degré et condamnée à la peine de mort par pendaison. C'est en prison qu'elle a donné naissance à son garçon, votre gendre, EDGAR DEVON BLACKHART. Fait important : l'enfant a été adopté par son oncle, Théodore Blackhart, à l'époque secrétaire d'État.

Mon mari est le fruit d'une union entre une meurtrière et un curé catholique.

Anna était abasourdie.

Concentrée sur sa lecture, elle laissa tomber des documents sur le sol. Son mouvement précipité pour les ramasser fut interrompu par la... dizaine de visages figés qui la contemplaient.

Après hésitation, elle saisit un des polaroïds.

Martin Luther King.

Quelqu'un avait fait un X sur son visage. Anna supposa qu'on s'était servi d'un couteau ou peut-être d'une paire de ciseaux. Intriguée, elle regarda le verso du cliché.

4 avril 1968.

La date de sa mort.

Son souffle s'accéléra.

John F. Kennedy, défiguré par une longue cicatrice, lui souriait. Derrière la photo, une date : 22 novembre 1963.

Là, Mohandas K. Gandhi, la regardait droit dans les yeux. Un autre X. Une autre date : 30 janvier 1948.

Une photo attira son attention.

La sienne.

Toujours intacte.

Elle sortait de la piscine creusée de leur demeure de Georgetown et souriait à l'objectif. *Non, c'est impossible.* Son mari planifiait donc de la tuer. *Mais quand ?* songea-t-elle.

Elle allait se relever quand la photo d'un homme sur un des polaroïds jonchant le sol l'hypnotisa. Cet être possédait des traits séduisants et virils. Et ses yeux dégageaient... quelque chose d'indéfinissable et de mystérieusement attirant. Anna sut alors, de façon inexplicable, qu'elle devait le retrouver. La photo était, elle aussi, intacte. L'homme était donc encore vivant. Sans attendre, elle s'empara du polaroïd comme si sa vie en dépendait et le retourna.

Judas, Texas.

Il n'y avait pas de date. Seulement le nom d'une ville.

La joie et la confusion se mêlaient en elle. Anna ne savait rien de cet homme. Et, pourtant, une conviction inébranlable l'habitait. Elle devait le rejoindre.

Chapitre 18

Texas.

À la radio, Faith Hill, qui chantait *Your Kiss*, remplaça la voix éraillée de Willy Nelson. John Matthews adorait cette chanson. Il se pencha et, en fredonnant le refrain, monta le volume. Cela lui permit un instant de se distraire de la route qui semblait le mener droit en enfer. Depuis qu'il traversait le désert dans cette noirceur abyssale, John éprouvait la sensation d'être la seule personne vivante de cette planète.

L'isolement et la nuit l'avaient amené à ressasser le film des derniers événements : Tindo, le moine Thomas Guillot et son histoire des plus farfelues sur l'avènement prochain de l'Antéchrist, le jeune aveugle. Maureen... Maureen... Sa mystérieuse découverte sur la ville de Judas...

Judas.

Malgré les forces irrésistibles qui le poussaient à y aller, l'agent du FBI se sentait impuissant et, il se l'avouait, angoissé. Une fois à Judas, que ferait-il ? Il irait voir les policiers pour leur raconter son histoire de fou et réclamer leur aide ? Il avait beau se torturer l'esprit sans cesse, il demeurait incapable de dénicher le fil conducteur qui lui permettrait de relier logiquement les récents événements. Et pourtant, il ressentait le besoin d'aller à Judas, comme s'il y était prédestiné. Plus encore, il avait le sentiment qu'il y trouverait la réponse finale à tous ses problèmes.

Chose certaine, tout avait débuté avec Vincent Tindo. Depuis qu'on lui avait assigné le cas du Tueur fantôme, sa vie s'était transformée en un véritable cauchemar.

L'assoupissement le gagnait. Sa concentration fléchissait sous la fatigue physique et les effets de la tension mentale avec laquelle il vivait depuis des jours. Ses paupières s'alourdirent et il bâilla à en perdre le souffle. Dire qu'il lui restait encore trois heures de route. Il abaissa la glace de côté et augmenta le volume de la radio au maximum. David Gilmour, du groupe britannique Pink Floyd, chantait « *there's someone in my head, but it's not me* ». Le défilement ininterrompu du ruban d'asphalte conservait toutefois son pouvoir d'hypnose. Il avait un mal de chien à rester éveillé. Il tenta d'avaler une gorgée de café, mais le gobelet de carton était vide.

Matthews prit alors conscience que la voiture ralentissait. Il fixa aussitôt l'aiguille de l'indicateur de vitesse. Cent vingt kilomètres/heure. Cent kilomètres. Quatre-vingts... Soixante...

Non, non, non... Je ne vais pas tomber en panne dans un trou pareil ! Inquiet, il vérifia tout de suite la jauge à essence. Elle indiquait pourtant que le réservoir était à moitié plein. Il appuya sans succès sur l'accélérateur. La voiture continuait de perdre de la vitesse. Il n'eut d'autre choix que de se ranger sur le bas-côté graveleux de la route.

John en était à passer mentalement en revue toute la panoplie des bris mécaniques qui auraient pu causer une telle décélération, lorsque les quatre portes de la voiture se déverrouillèrent... d'elles-mêmes.

Clic.

John crut alors avoir accroché la commande électrique avec son coude ou sa main, lorsque la porte arrière s'ouvrit et se referma.

Clic.

Les portes venaient de se verrouiller de nouveau. L'opération n'avait pas duré plus de dix secondes.

La voiture roulait droit devant. Il enfonça des deux pieds la pédale de frein. Or le véhicule, qui semblait animé d'une volonté propre, continua sa route, pour enfin s'arrêter de lui-même. Dès que la Camry de location fut immobilisée, John se tourna brutalement vers l'arrière, se coinçant un nerf du cou.

Personne. Vide.

Le cœur battant, l'agent du FBI déglutit, puis s'appuya sur la banquette et se massa les tempes. *Je deviens fou !* Ses connaissances mécaniques étant plutôt restreintes, il ne comprenait pas pourquoi la voiture avait ralenti, ni pourquoi les freins n'avaient pas répondu. De ses mains, il lissa ses cheveux, qu'il avait teints en blond.

Un problème de radiateur ? Non. Aucun nuage de fumée n'émergeait du capot. *L'alternateur ?* Non plus. Si tel avait été le cas, ses phares se seraient éteints. *Une panne d'essence ?* Impossible. Il avait déjà vérifié la jauge. À moins qu'elle ne fût défectueuse… Bizarre…

Les haut-parleurs de la radio crépitèrent d'électricité statique. John tapa du bout du doigt sur le tableau de bord dans un geste machinal, pensant faire cesser ce bruit qui lui aiguisait les nerfs, mais il reçut une décharge électrique.

Toutes les lumières de la voiture s'éteignirent d'un coup.

La stupeur cloua Matthews sur son siège.

À tâtons, il finit par trouver la commande électrique servant à allumer le plafonnier, mais il eut beau l'actionner plusieurs fois de haut en bas, rien n'y fit. Il était dans de beaux draps. Toute l'Amérique était à sa poursuite, et il était tombé en panne sur le bas-côté de la route dans une voiture qui se montrait… capricieuse. Il voulut en sortir pour vérifier ce qui n'allait pas, mais il en fut incapable. Il eut beau tirer sur la poignée en donnant de vigoureux coups d'épaule dans la portière, il demeura prisonnier de l'habitacle.

« Voyons, c'est ridicule ! » lança-t-il. Il essaya de soulever le loquet de sécurité, mais celui-ci ne bougea pas d'un centimètre. John prit une profonde respiration pour chasser le sentiment de claustrophobie qui l'assaillait.

Une image explosa soudain dans sa tête.

Des serpents.

Une chair de poule fourmillante se mit à courir sur ses avant-bras. D'aussi loin qu'il se souvienne, il en avait toujours eu la phobie. Sa peur remontait, croyait-il, à l'âge de cinq ou six ans. Chaque été, son père et lui partaient en expédition de camping sauvage. Un soir où la chaleur était torride, ils s'étaient couchés dans un pré à la belle étoile. Durant la nuit, John s'était réveillé en hurlant en sentant la chair froide d'une couleuvre qui s'était glissée dans l'encolure de son pyjama.

John imagina la Camry engloutie sous une mer de serpents. Dans sa vision, il y en avait tant qu'il était impossible de voir la plus infime parcelle de la carrosserie grise. Avec une effroyable activité, ils cherchaient un trou, un interstice par où pénétrer dans la voiture, provoquant ainsi un mouvement visqueux répugnant.

Le hideux sifflement d'un serpent, réel cette fois, emplit ses oreilles.

Il dégaina son arme.

— Qu'est-ce qui t'arrive, John ? Aurais-tu peur des serpents, par hasard ? Ce ne sont que de charmantes et inoffensives petites bêtes.

Doucereuse, mais froide comme la mort, la voix le laissa paralysé. Elle semblait provenir de l'arrière de la voiture en même temps qu'elle retentissait dans sa tête. Pourtant, il était bien seul.

— À ta réaction, j'en déduis que tu préfères sans doute voir disparaître ce reptile ? J'en ai le pouvoir, tu sais. Le veux-tu réellement ?

Plus que jamais ! pensa John, écœuré.

Comme par enchantement, l'horrible sifflement cessa. Au même moment, les deux petites lumières du plafonnier de la Camry se mirent à clignoter tels des spots stroboscopiques d'une discothèque.

Plus intrigué que méfiant, John s'étira vers le plafonnier pour le vérifier lorsque ses yeux s'arrêtèrent sur le rétroviseur.

Il sursauta. Dans le miroir, il avait aperçu un visage. Le cœur battant, il se retourna, mais il n'y avait personne. Pourtant, il n'était pas fou. La vision d'un homme aux joues creuses et aux cheveux longs et lisses lui retombant sur les épaules provoquait encore des picotements dans son cuir chevelu.

Les propos de Sherlock Holmes lui trottèrent soudain dans la tête. Ce personnage affirmait qu'une fois éliminé l'impossible, la réalité, aussi invraisemblable qu'elle fût, ne pouvait forcément qu'être la vérité.

— Tu as raison, John. Je suis bien là. Je l'ai toujours été.

L'agent se retourna de nouveau, ignorant la vive brûlure qui lui taraudait le côté du cou. Il cilla des yeux pour se prouver qu'il n'avait pas une vision, mais l'homme était bien là. Son visage anguleux et crayeux disparaissait et réapparaissait à chacun des clignotements continus de la lumière du plafonnier.

— Qui êtes-vous ? demanda John. Que faites-vous dans ma voiture ?

— Si tu me voues obéissance, je t'affranchirai de la conscience dont Dieu vous a tous si cruellement nantis et qui vous empêche d'assouvir vos douces pulsions. Dis-moi, pourquoi avoir des désirs, si on ne peut les satisfaire ? Un conseil : ne va pas à Judas. Tu y trouveras la mort, ajouta l'inconnu, tout sourire.

— C'est à Judas que je trouverai les réponses à mes questions.

Il y eut un court silence au cours duquel l'homme le regarda de façon soutenue avec une expression indéchiffrable sur le visage.

— À une autre époque, ton prédécesseur a eu la tête coupée. Veux-tu vraiment qu'il t'arrive la même chose ? Mon incessant travail durant l'éternité pourrait enfin connaître son couronnement bientôt. Jamais je ne te laisserai anéantir mon œuvre ! Où que tu ailles, tu ne trouveras pas de repos, mes disciples sont déjà à tes trousses. Ton Dieu ne peut rien pour toi.

La voix était maintenant dure et froide comme du granit. Et l'esprit de John était en proie au tumulte.

— Ne laisse pas la confusion embrouiller tes pensées, reprit l'inconnu, comme s'il lisait dans son esprit. La vérité, c'est que de toute façon, tu es destiné à venir me rejoindre en enfer ! Suis-moi donc ! Je vais te faire renaître !

Le rire qui s'ensuivit fut le plus diabolique que John eût entendu de toute sa vie.

— Jamais ! répliqua-t-il de nouveau en hurlant. Allez-vous-en !

— Comme tu veux ! cracha l'individu avec une expression d'exultation diabolique.

Une légère vibration se mit à secouer la Camry, puis la voiture commença à tanguer dans tous les sens comme un vulgaire bateau en papier sur une mer déchaînée. John fut secoué comme une poupée de chiffon. Dans le rétroviseur, il aperçut un gigantesque nuage de poussière et de feu avaler l'asphalte dans sa direction. Il empoigna son .38, cala ses pieds contre le tableau de bord et s'apprêta à faire feu dans le pare-brise quand tout s'arrêta d'un coup.

Le moteur ronronnait doucement et la voix de Garth Brooks emplissait les haut-parleurs.

John était seul dans la voiture. Il essaya de déverrouiller la portière et cette dernière s'ouvrit sans problème.

Chapitre 19

Rome. 22 h 30.

Lorsque le taxi quitta la Via Appia pour s'engager dans un petit quartier composé quasi exclusivement de trattorias et de galeries d'art, Edgar Blackhart poussa un soupir. Le trajet qui, depuis l'aéroport Leonardo da Vinci, leur avait pris plus du double du temps habituel, avait été très éprouvant. Le chauffeur romain partageait son opinion car, pour marquer son soulagement, il frappa dans ses mains et lança à voix haute un chapelet d'obscénités en italien à l'égard de tous les mauvais conducteurs de Rome.

Baptisé Caterina, le quartier était populaire à la fois pour sa proximité des catacombes de Saint-Calliste, les plus grosses et les plus importantes de Rome, et pour la qualité de ses tables.

Après avoir évité quelques accrochages, le taxi emprunta une toute petite rue perpendiculaire où, durant la saison estivale, les artistes exposaient leurs toiles en plein air pour mieux tenter les touristes. Il arrêta enfin sa course dans un rond-point au centre duquel se dressait une impressionnante fontaine de style Renaissance.

À travers la lunette arrière, la piazza della Martino, peu éclairée, semblait sûre à Blackhart.

Les rares personnes qui bravaient la nuit froide et humide de ce mois de décembre ne lui prêtaient pas attention et marchaient d'un pas rapide, pressés de se mettre au chaud.

Le coût de la course était scandaleux, mais il paya sans rechigner, accueillant avec bénédiction le vent frais. Le conducteur baissa la glace de sa portière pour l'invectiver à cause du pourboire qu'il trouvait insuffisant. Il dut avoir peur de ce qu'il vit dans les yeux de l'Américain, car il démarra sur les chapeaux de roues.

Edgar ajusta son Burberry et fit un signe de tête en réponse au doigt d'honneur du chauffeur. Puis, comme toujours, la superbe fontaine attira son attention. Il regretta de ne pas disposer de quelques heures de plus pour pouvoir se perdre dans sa contemplation.

Au centre du bassin, deux gigantesques chérubins en marbre s'entrelaçaient. Sous les faisceaux des spots blancs, des filets d'eau se déversaient de leur sexe.

Mettant un pied sur la margelle en pierre du bassin, le juge prit une pièce de monnaie et la lança dans l'eau tout en faisant un souhait — celui de retrouver sa chienne d'épouse, en fuite depuis deux jours, et de la tuer de ses propres mains.

À travers le boisé touffu ceint par les imposantes grilles en fer forgé, Blackhart distingua la silhouette massive et silencieuse du Centro Marcello Fabrizio. Empreint d'un calme imperturbable, il emprunta le vieux chemin pavé qui descendait en pente vers les lumières qui scintillaient plus loin, dans l'obscurité de cette nuit sans étoiles.

* * *

Construit au début du XXᵉ siècle, le Centro Marcello Fabrizio — une des nombreuses possessions de la Légion de par le monde — avait vu le jour grâce au signore Carlo Nazzari qui fit don, à l'époque, du terrain. Sa vocation première était d'accueillir les vieillards déshérités, ceux qui, souvent sans famille immédiate, ne pouvaient se payer le luxe d'un établissement privé.

Appréciant la fraîcheur piquante du vent, Edgar marcha sans se presser. Quelques pas de plus l'amenèrent à l'entrée principale flanquée de grandes colonnes blanches. Il se demanda pour la énième fois pourquoi les gouvernements dépensaient des sommes exorbitantes pour soigner des personnes âgées qui n'étaient plus qu'un fardeau pour la société, alors que les supprimer aurait été une opération beaucoup plus rentable.

— *Buona sera, signore,* dit le garde de sécurité en penchant servilement la tête devant Edgar qui s'apprêtait à franchir les portes automatiques.

Sa voix nasillarde résonna dans l'immense hall au plancher de marbre.

Sans répondre, Edgar enleva ses gants de cuir fin et, son Burberry sur le bras gauche, se dirigea vers l'ascenseur qui, en bringuebalant de façon dangereuse, réussit à l'amener jusqu'à l'étage du secteur administratif.

Dès que les portes s'ouvrirent en grinçant, Blackhart se trouva devant un couloir très éclairé. Il marcha sans se presser, jetant un coup d'œil intéressé aux quelques toiles de Piero di Cosimo qui ornaient les murs d'un blanc éclatant. Ces œuvres, Edgar les savait authentiques. La sensibilité tourmentée qui semblait imprégner l'art du peintre italien l'avait toujours fasciné et, en particulier, le tableau qui mettait en scène la mort de Procris.

— On peut trouver le même tableau à la National Gallery de Londres, le leur étant bien sûr une copie.

Un rire gras flotta dans l'air.

Edgar se retourna.

Un cigarillo aux lèvres, le patron du Centro Marcello Fabrizio, Paolo Nazzari lui-même, s'avança vers Blackhart en se frottant les mains. Bien qu'il fût vêtu d'un complet Armani noir, la vraie nature de Paolo Nazzari transparaissait sous son élégante tenue. Issu de l'une des plus vieilles et riches familles siciliennes dévouées depuis deux mille ans à la cause de la Légion et anobli, d'une certaine manière, du titre d'administrateur, Nazzari, sous des manières onctueuses et distinguées, demeurait un truand. Blackhart le savait coupable de douze meurtres et Nazzari lui-même se vantait d'en avoir commis le double. Jamais il ne s'était servi d'une arme. Ses mains suffisaient. Malgré sa taille moyenne, une force animale se dégageait de sa personne et inspirait aussitôt le respect.

Le cigarillo entre les doigts, l'administrateur embrassa Edgar sur les deux joues, une tradition italienne dont la familiarité répugnait le juge.

— Je suis très heureux de vous voir, cher ami. Les autres sont déjà arrivés et ils vous attendent, dit-il d'un ton sérieux. Je vous soupçonne de prendre plaisir à arriver le dernier.

Edgar esquissa un sourire. Il appréciait l'efficacité toute professionnelle de son fidèle et dévoué serviteur.

— J'aime jouir de mon prestige et de mon autorité, se contenta de répondre Blackhart qui ne se sentait pas d'humeur à entretenir une conversation. Mais soyez certain que j'apprécie ma chance d'avoir sous ma gouverne un homme tel que vous. Et si nous y allions ?

— Oui, oui, répondit Paolo Nazzari avec l'empressement d'un fils qui veut plaire à son père.

Edgar suivit son hôte dans son bureau. L'endroit respirait l'opulence. C'était à croire que son propriétaire avait voulu rivaliser avec le Vatican en matière de luxe. Un spot halogène éclairait la splendeur abstraite d'un Picasso, la *Femme en chemise*. Un senneh d'Iran était déposé sur le sol en marbre devant la cheminée en pierre où couvait un agréable feu. La douce chaleur provenant de l'âtre chassait l'humidité de la pièce.

Nazzari jeta les restes de son petit cigare dans l'âtre où crépitaient les bûches et, de sa main épaisse, se saisit du tisonnier. C'est alors qu'une porte dérobée s'ouvrit entre une étagère en verre contenant une collection de vases en cristal de Baccarat et une table victorienne.

Edgar allait s'engager dans l'ouverture lorsque la voix onctueuse de l'Italien l'arrêta.

— Pardonnez-moi, dit-il. Avez-vous bien reçu mon fax vous informant de la possibilité que le gouvernement italien veuille rénover ce vieux bâtiment décrépit ?

Edgar hocha la tête. Il n'était pas d'humeur à écouter les craintes de l'administrateur. Minuit approchait et le Conseil l'attendait.

— J'ai bien peur que ces malheureux ne découvrent notre passage secret, ajouta Nazzari d'une voix douce, de crainte d'irriter son Maître. J'ai essayé de faire partie du comité chargé d'évaluer les travaux à entreprendre, mais peine perdue.

— Inutile de vous inquiéter, mon ami, l'assura Edgar. Personne, je dis bien personne, ne connaîtra l'existence de cet endroit.

Nazzari vit un éclair meurtrier poindre dans les yeux glacés du juge.

— Nous approchons du but, Paolo. La quête tire à sa fin. Je ne serai pas ingrat, sachez-le. Vos fidèles services seront bien récompensés, dit Blackhart d'une voix impatiente.

Paolo Nazzari n'ajouta rien. Il savait que la conversation était terminée.

Lorsque la porte dérobée se referma dans le dos du juge, l'administrateur alla se servir un verre de Xérès. Sa main tremblait. Il retenait avec peine sa jubilation. Edgar Blackhart savait faire preuve de générosité. Cela voulait peut-être dire qu'un jour il serait l'un des membres de sa puissante organisation, la Légion des Douze.

* * *

Le minuscule escalier en colimaçon descendait plusieurs étages plus bas que le niveau du sol et, à destination, il donnait droit à un spectacle ahurissant.

Grande de dix mètres carrés, la pièce était aménagée en cave à vin. Paolo Nazzari s'était occupé lui-même de tous les travaux, aménageant l'endroit selon ses goûts. Les murs et les plafonds en blocs de pierre grossièrement taillés, vieux de deux mille ans, étaient éclairés par des lampes à halogène très discrètes qui rehaussaient l'aspect grave des lieux. D'immenses porte-bouteilles en chêne occupaient tout l'espace.

Blackhart alla au fond de la pièce et tira sur le goulot d'une bouteille d'un excellent pomerol, un Château l'Évangile 1990. Une porte dérobée s'ouvrit devant lui.

Il s'y glissa.

* * *

Lorsque la porte se referma, Blackhart fut plongé dans l'obscurité totale. Il y était habitué. Un courant d'air frais et sec lui lécha le visage et tourbillonna autour de ses jambes. Plongé dans les ténèbres, il passa sa main sur le mur de pierre pour assurer son équilibre, puis il commença sa descente. L'obscurité ne l'effrayait pas. Elle était aussi en lui. Elle le connaissait et… l'aimait.

Le tunnel, qui menait aux catacombes de Saint-Calliste, avait été emprunté deux mille ans auparavant par les catholiques et les juifs lorsqu'ils allaient enterrer leurs morts. Rejetant la pratique de l'époque, l'incinération, ils préféraient ensevelir les corps, comme le Christ lui-même, afin qu'ils soient gardés intacts jusqu'au jour où ils reviendraient à la vie.

Chaque fois qu'il empruntait ce passage, Blackhart se disait que Dieu devait être ulcéré à la pensée que la Légion, son principal ennemi, constituée de douze personnes vouant toute leur énergie à la destruction du catholicisme et à la préparation de l'avènement du fils de Satan sur terre, pût organiser des rencontres au cœur même de ce qui était à l'époque le cimetière officiel de l'Église de Rome.

Le tunnel, construit tout en pierre, descendait en pente douce sur environ un kilomètre et Blackhart ne vit pas l'utilité d'employer une lampe de poche. Il connaissait fort bien les lieux. Après quelques pas, sa paume rencontra l'arête coupante de la roche acérée. Il sentit sa peau se fendre. La douleur l'enivra. Dans le noir, il sourit et reprit sa marche, s'émerveillant d'entendre les murs lui renvoyer en écho le son de ses pas. Il croisa deux autres passages qui s'élançaient dans l'obscurité, mais les ignora. Puis, un minuscule carré de lumière apparut au loin dans les ténèbres. Au bout d'environ une demi-heure, il était enfin parvenu à destination.

Le tunnel débouchait sur une immense salle éclairée par une douzaine de lanternes fixées à même la surface raboteuse de la pierre. Explorée pour la première fois par Giovanni Battista de Rossi vers 1864, cette partie des catacombes était par la suite devenue inaccessible au public lorsqu'une série d'éboulis, savamment orchestrés par l'un des employés de l'archéologue et collaborateur de la Légion, s'était produite. D'autres tentatives de fouilles au cours des années 1960 avaient avorté. Là encore, des accidents mortels étaient survenus, que certaines mauvaises langues avaient jugés suspects. La Commission pontificale, instance suprême chargée des travaux d'archéologie dans toute l'Italie, enquêta. Le verdict de Dora Bonnano, présidente de la Commission et collaboratrice secrète de la

Légion, fut sans appel : les fouilles dans cette partie des catacombes devaient être abandonnées de façon définitive. Cette même journée, l'achat d'un minuscule lopin de terre marécageux fut conclu entre Carlo Nazzari, grand-père de Paolo, et un certain promoteur immobilier. Le Centro Marcello Fabrizio venait de naître.

Aussitôt arrivé dans la salle, Blackhart se dirigea vers l'endroit le plus éclairé. Les gravillons qui s'effritaient sous ses semelles troublaient le calme surnaturel qui baignait les lieux. Il contempla une série de dessins grossièrement gravés dans la pierre durant le règne de Néron par les catholiques persécutés qui voulaient ainsi prouver leur foi en Dieu. Il y en avait sur les sarcophages, sur les murs et même sur les statues. Chacun de ces dessins faisait référence à une réalité spirituelle.

Blackhart caressa la pierre du bout des doigts. De la poussière tomba du mur et macula ses chaussures. Il se racla la gorge et cracha sur les dessins. Son regard descendit ensuite vers le bas du mur, presque à la hauteur du plancher. Son cœur se mit à tambouriner dans sa poitrine.

Le signe. Le sien. Celui de la Légion.

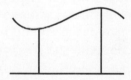

La courbe représentait un corps ; les deux barres verticales reliées à leur base par une ligne horizontale symbolisaient l'autel.

Au temps du Colisée de Rome, en l'an 80 après Jésus-Christ, les catholiques emprisonnés entre ces murs étaient divisés en deux catégories : ceux qui allaient être mis à mort par les fauves dans l'arène et ceux qui devaient être sacrifiés au cours d'un rituel secret.

L'élite romaine faisait souvent appel à des devins pour connaître l'avenir. Ceux-ci se servaient presque exclusivement d'entrailles humaines pour leur cérémonie. Le symbole sur le mur désignait le catholique qui allait être éventré pour les besoins de la cause. Pour les membres de la Légion, du Ier siècle jusqu'à aujourd'hui, il ne pouvait y avoir de signe plus représentatif, ni surtout plus jouissif, que celui qui illustrait le sacrifice d'un catholique. Après deux mille ans, il était toujours… d'actualité.

Est-ce que les catholiques de l'époque l'avaient gravé dans la pierre pour que les générations suivantes puissent se souvenir de la persécution dont ils avaient été victimes ?

Il appuya le bout de son pied sur le bloc de pierre où était gravé le signe.

Une partie du mur actionnée par une série de contre-poids s'ouvrit devant lui, découvrant un passage juste assez grand pour un homme. Il y entra. Puis, le mur glissa dans un bruit râpeux et se referma derrière lui.

* * *

Blackhart emprunta le couloir ténébreux.

Dans l'obscurité, l'air en mouvement transportait maintenant vers lui le brouhaha lointain de conversations entrecoupées de rires. L'oreille tendue, il se laissa guider par elles, pris d'une intense jubilation. Il déboucha devant une embrasure taillée à même le roc, qui donnait sur une autre galerie à peine éclairée. Dans la lumière tremblotante, des ombres dansaient sur les murs.

Un homme se dirigea vers Edgar Blackhart. Grand, maigre, il portait de petites lunettes rondes cerclées de métal et une cascade de cheveux lisses lui tombaient sur les épaules. En échangeant une poignée de main vigoureuse avec Blackhart, il eut un sourire amical qui égaya son visage ingrat et, un court instant, il parut séduisant, sans être beau.

— Mon cher Sergeï, ta prestation de l'autre soir à l'émission *60 Minutes* a été formidable. Je vois que ton anglais s'est amélioré.

Sergeï Kabanov, microbiologiste russe de réputation internationale, se mit à rire à la remarque du juriste.

— Je vais être honnête avec toi, Edgar, tout le mérite revient à ma nouvelle assistante. Elle n'est pas très brillante, mais, comme elle parle très bien l'anglais et qu'elle a étudié à Oxford, je me suis dit que son don pour les langues pourrait m'être utile.

— Peux-tu encore m'expliquer comment fonctionne le virus, sans tout le charabia scientifique ? demanda-t-il.

— C'est plutôt simple.

Kabanov regretta aussitôt d'avoir prononcé ce mot.

J'aurais pu tout aussi bien le traiter d'ignare ou d'imbécile, pensa-t-il.

— Le virus est, à la base, une souche de la grippe asiatique. Cette maladie, quoique infectieuse et épidémique, n'est que peu souvent mortelle. À vrai dire, elle est dangereuse surtout pour les personnes âgées. Nous avons fait subir de multiples mutations au virus afin qu'il devienne potentiellement meurtrier pour les fœtus. D'ordinaire, le système immunitaire de l'être humain met en moyenne près d'une semaine à l'éliminer. Quelquefois, il échoue et le virus cause la mort. Le meilleur exemple en est la grippe espagnole qui a causé près de vingt-deux millions de morts dans le monde. (Blackhart buvait ses paroles.) Nous avons mis au point un virus ayant développé de l'antibiorésistance. C'est-à-dire qu'aucun antibiotique connu des scientifiques contemporains n'a d'effet sur lui. Plus encore, si une femme enceinte attrape le virus, son fœtus sera attaqué. Les conséquences iront de la fausse couche à l'accouchement d'un enfant mort-né selon le stade de sa grossesse. Aucun n'en réchappera. Il y a près d'un an, nous avons introduit le virus dans deux villages très isolés de Somalie. En moins de six semaines, quatre-vingt-dix-sept pour cent des femmes enceintes avaient été infectées. Au bout de l'expérimentation, aucune des soixante-six femmes des deux villages n'avait mené à terme sa grossesse.

— Absolument merveilleux ! s'écria Blackhart. Et puis ?

— Comme tu le sais, nous avons donc introduit le virus dans la ville indienne de Calcutta il y a près de six mois. L'épidémie a été fulgurante. En quelques semaines, elle s'est propagée au reste de l'Asie et, trois mois plus tard, elle avait causé sept millions de morts. Voilà les chiffres. Puis, miracle ! Alors que la communauté scientifique avoue son impuissance à trouver un vaccin et à enrayer cette maladie que l'on décrit comme le pire fléau que la terre ait connu, un jeune microbiologiste russe entre en scène. Moi. Comme je suis l'inventeur de la maladie, c'était un jeu d'enfant d'en concocter le vaccin. Depuis, comme tu le sais, une vaccination des femmes à l'échelle planétaire a été ordonnée par les dirigeants du monde entier. Et c'est là que réside toute la beauté de la chose. Le vrai virus est dans le vaccin. (Blackhart semblait interloqué.) Je t'explique. Depuis près d'une trentaine d'années, la population mondiale est consciente d'être soumise à des messages subliminaux. La télévision, depuis son avènement, a toujours été le principal véhicule de ce type de message. Mais la question qui se posait à nous était la suivante : comment introduire de façon illicite une substance chez le maximum de personnes, et ce, à leur insu, afin de multiplier par mille la capacité de leur cerveau à enregistrer et à décoder inconsciemment ces messages subliminaux ?

— Par la vaccination, répondit Edgar, envahi par une soudaine bouffée de joie et de compréhension.

En guise d'assentiment, le savant hocha la tête.

— Exactement. En pensant sauver leurs futurs nouveaunés, ces mères les ont, en réalité, contaminés. Dans moins d'une décennie, ces enfants seront assujettis à notre pouvoir. Grâce à la complicité d'un grand nombre de dirigeants de réseaux de télécommunications dans le monde, voués à notre cause, nous serons alors en mesure, dans quelques années, d'influencer la population de la planète entière. Il en résultera un mouvement de masse mondial tel, qu'il reléguera les révolutions les plus importantes de l'Histoire au second rang. Imagine-toi, toute une jeunesse se révoltant contre l'ordre mondial.

— Félicitations ! dit Edgar Blackhart en assénant une claque dans le dos du savant. C'est du génie ! Beau travail, Sergeï. Sergeï Kabanov, lauréat du prix Nobel de médecine. Ça sonne plutôt bien, non ?

Les deux hommes se mirent à rire.

Les conversations cessèrent peu à peu lorsque les autres membres de la Légion s'approchèrent d'eux et s'assirent autour d'une vieille dalle de granit carrée, celle-là même sur laquelle Jésus, enveloppé d'un suaire, avait été étendu après sa mort par crucifixion.

Minuit approchait. On éteignit toutes les lanternes, à l'exception d'une qui pendait à environ un mètre au-dessus du centre de la dalle. La galerie fut alors plongée dans une pénombre diffuse.

L'allégresse que ressentait Blackhart s'éteignit lorsque, en plus de la place laissée vacante par Tindo, investi de la mission de tuer John Matthews, il en vit une deuxième vide. Au fond de lui, il savait qu'il ne s'agissait pas d'un hasard.

Trahison.

Ce mot, Blackhart n'arrivait pas à le concilier avec la personne qui s'était tant dévouée à leur cause.

Trahison. Le mot lui donnait une envie folle de vomir.

Minuit arriva. Le rituel commença.

À l'instant exact où les deux aiguilles n'en formèrent qu'une, un homme, dans une petite ville de l'Illinois, tua sa femme dans un accès de colère alors qu'il se disputait avec elle. Après l'avoir débitée comme un chevreuil, il alla l'enterrer dans son jardin. Plus tard, au cours de son procès, il ne cesserait de pleurer comme un enfant, prétextant ne pas savoir ce qui l'avait poussé à commettre un meurtre aussi ignoble. Il serait interné.

À Calgary, au Canada, un adolescent utilisa l'arme de service de son père, qui était policier, pour abattre celui-ci dans son lit avant de la retourner contre lui. Un mot avait été écrit sur les murs de sa chambre à coucher : TÉNÈBRES.

À Londres, une femme enceinte de huit mois, qui était en train de lire sur le quai du métro, se mit soudain à hurler, puis à tournoyer comme un chien cherchant à attraper sa queue. Elle se lança devant la rame de métro qui arrivait. Des témoins de la scène certifieraient avoir entendu la femme crier distinctement « *non !* » plusieurs fois, comme si elle suppliait quelqu'un. D'autres iraient jusqu'à dire aux policiers que les pieds de la femme avaient glissé sur le béton, comme si une main invisible l'avait poussée dans le dos. Bien entendu, personne ne les croirait.

Dans la banlieue de Melbourne, un chien boxer sauta au visage d'un gamin de deux ans qui jouait dans le parc sous la surveillance de sa mère. Son maître l'avait laissé courir en toute liberté. Lorsque ce dernier réussit à séparer le chien du garçonnet, qu'il secouait comme une vulgaire poupée de chiffon sous les hurlements hystériques de la mère, l'enfant n'était plus qu'une plaie vivante. Les chirurgiens feraient de leur mieux, mais l'enfant perdrait un œil, une oreille, et ils devraient reconstruire son nez à partir d'un morceau de peau prélevé de sa fesse, et d'un os artificiel. Le chien avait mordillé, puis mangé l'original.

Dans le souterrain, le rituel dura une partie de la nuit. Ensuite, ce furent les réjouissances. Paolo Nazzari leur avait préparé un festin. Ils l'honorèrent.

Chapitre 20

Lorsque John Matthews éteignit la radio de la voiture, il accueillit le silence avec un sourire grimaçant; sa migraine le faisait terriblement souffrir. De toute façon, la politique fédérale ne l'intéressait pas du tout et il avait déjà entendu les nouvelles à son sujet.

« ... après les nouveaux développements de cette nuit, le FBI est en mesure de confirmer que John Matthews est bel et bien l'homme recherché pour les meurtres de... »

En entendant son nom, il avait été secoué.

« ... Alors que les agents du FBI tentaient de l'appréhender dans un restaurant de Manhattan, Matthews aurait ouvert le feu et aurait ensuite pris la fuite par la sortie arrière. Si vous reconnaissez cet homme, veuillez communiquer... Cet individu est considéré comme très dangereux... »

Les infos avaient bien confirmé ses soupçons, mais il était surpris de la rapidité avec laquelle tout s'était déroulé.

Après deux autres kilomètres, John aperçut la ville de Judas se profiler à l'horizon. Le flot de voitures se fit plus dense alors qu'apparaissaient les premières habitations qui bravaient le désert. Une pharmacie. Un restaurant de routiers dont le stationnement était rempli de semi-remorques. Il y avait quelques maisons plus ou moins à l'abandon, leur terrain envahi par les mauvaises herbes. Et, partout, de la poussière et du sable. Beaucoup de sable. Puis, John vit un panneau entouré de buissons maigrichons qui annonçait: *Judas, Texas, U.S.A. Notre hospitalité ne vous trahira pas. 2345 hab.*

Ce qui était moins rassurant, c'est qu'un plaisantin y avait dessiné à la peinture un bonhomme pendu à une branche d'arbre.

John trouva la formule de bienvenue, autant que le dessin, de très mauvais goût. Au moins, il était arrivé. Peut-être trouverait-il ici les réponses à toutes ses questions ? Qui était vraiment le jeune aveugle ? Pourquoi lui avait-il dit de venir à Judas ? Qui essayait de l'accuser de crimes qu'il n'avait pas commis ? Et pourquoi ?

* * *

L'agent du FBI roulait depuis quelques instants lorsqu'il aperçut dans son rétroviseur une voiture de police, gyrophares en action. Le cœur tambourinant, il se gara sur le bas-côté de la route.

Un homme sortit de l'auto-patrouille.

Petit, trapu, arborant des verres fumés, le type avait une démarche pleine de suffisance. Un cure-dent était planté entre ses lèvres.

— Bonjour, monsieur, dit le policier en touchant la pointe de son couvre-chef et en hochant la tête.

Sa voix était polie, mais sa main était posée sur l'étui qui contenait son arme. John se força à rester calme.

Le policier sourit machinalement en observant l'intérieur du véhicule. Il avait toujours la main sur son arme — John avait collé la sienne sous son siège. Après une inspection minutieuse, le flic ne vit rien de remarquable et scruta John. Cheveux blond cendré. Lunettes à monture d'écaille. Yeux bleus. Il portait un jean et une chemise bleu clair. Rien de plus banal.

Détends-toi, se dit John.

— Y a-t-il un problème ? demanda-t-il.

— Votre feu arrière gauche ne fonctionne pas. Vous êtes nouveau dans le coin ? demanda le policier en reportant son regard sur John.

— Ouais ! Seulement de passage à vrai dire. Une urgence à notre nouvelle succursale de Greensworth. Leur système informatique a disjoncté. On m'a envoyé pour réparer le tout, vite fait, bien fait. Si je prends trop de temps, ma femme va râler. Vous connaissez les femmes! Mais comment avez-vous su que...

Le geste que fit l'agent l'interrompit. John le regarda sans comprendre.

— Votre peau. Elle est blanche.

John se mit à rire, mais le flic resta de glace.

— J'aimerais vérifier vos papiers.

Matthews prit un air interrogateur pendant qu'il fouillait dans la poche arrière de son jean.

— Pure routine, souligna le policier, accoutumé à ce genre de réaction.

John lui tendit ses papiers.

— Gage Freeman. Domicilié à Chicago, Illinois. C'est bien ça?

John hocha la tête.

— J'en ai pour une minute.

Dans son rétroviseur, Matthews le vit appeler le central dans le but de vérifier sa plaque d'immatriculation et son dossier, sans doute.

Après cinq minutes, il entendit claquer la portière du flic.

La déception se lisait sur le visage du policier. Il avait sûrement cru tenir le tueur en série en cavale dont tous les journaux faisaient leur une, et une promotion du même coup.

— Tout est en ordre. Vous comprenez, c'est ce que nous aimons, dans le coin: l'ordre, dit-il, un peu menaçant, en rendant presque à contrecœur les papiers.

— Ce n'est rien, j'aurais fait de même. Je peux y aller maintenant?

Le flic hésita, puis hocha la tête.

John s'engagea sur la route. Dans le nuage de poussière, le policier, lui, n'avait pas bougé d'un poil. Il observait Matthews.

* * *

Après avoir déjeuné d'un croissant et d'un café noir, John se dirigea au fond du restaurant. Le téléphone était situé entre les toilettes des femmes et des hommes. Il fouilla dans sa poche et y trouva assez de monnaie pour un appel interurbain. Il était exclu qu'il prenne sa carte de crédit AT & T : il aurait été immédiatement repéré. Après qu'il eut donné son numéro, la standardiste le mit aussitôt en contact avec l'antenne du FBI à New York. Il demanda à parler à Jenny Podein. On le mit en attente. Puis la communication fut établie.

— Jenny Podein à l'appareil.

— Jenny, c'est John.

— John ! Mais qu'est-ce qui se passe ? Où es-tu ? demanda sa collègue d'une voix inquiète.

Il est en vie, pensa-t-elle, soulagée.

— Je ne peux rien t'expliquer pour l'instant. Ça prendrait trop de temps. Écoute, j'ai un service à te demander. Peux-tu consulter le fichier et me sortir tout ce que tu trouveras au sujet d'un nommé Vacha ? Il est inspecteur au NYPD.

John l'entendit crier à un autre interlocuteur d'une voix étouffée, comme si elle venait de poser sa main sur le combiné. Au bout de la ligne, il y avait tant de bruit qu'on aurait dit les gradins du Madison Square Garden un soir de joute de hockey.

— Excuse-moi, c'est la cohue depuis ce matin. J'ai essayé de te contacter par ton téléavertisseur et ton téléphone cellulaire. Pourquoi n'as-tu pas répondu ? dit-elle tout bas, d'un ton énigmatique.

John fut tout à coup sur ses gardes.

— Je les ai largués, avec mon arme de service, au fond d'une poubelle de l'aéroport, dit-il sans donner plus de détails.

Elle dut penser qu'il blaguait, comme à son habitude, car elle n'en fit pas de cas.

— Je t'appelle d'une cabine téléphonique. Peux-tu avoir mes renseignements dans une heure ? Je te rappellerai.

— C'est impossible, John. Nous avons reçu une télécopie ce matin. Une certaine Sharon Nile a été assassinée. Lorsque les flics sont arrivés sur les lieux, ils l'ont découverte nue, sur le ventre, attachée aux montants d'un lit par ses sous-vêtements. Elle avait été violée, sodomisée, mutilée, puis tuée... d'une façon atroce. La police de New York est sur les dents et demande notre aide afin de mettre la main sur... son suspect numéro un. Le spectre d'un tueur en série hante les enquêteurs. Ils croient qu'il pourrait y avoir d'autres cas semblables non encore répertoriés. Sur l'un des murs, le tueur a écrit le chiffre 4 avec le sang de la victime.

Toute cette histoire, John le savait, n'était qu'un tissu de mensonges.

— Crois-moi, Jenny, je suis innocent! Quelqu'un cherche à me faire incriminer. Je peux te le garantir, ce n'est pas moi qui ai fait ça!

— Je veux bien te croire, John. Tu sais que… (elle hésita) je ferais n'importe quoi pour toi, mais ce n'est pas moi qui dirige ici.

Pour éviter les oreilles indiscrètes, elle ajouta, d'une voix plus basse :

— Les ordres viennent d'en haut, John. De Washington. Quelqu'un, quelque part, veut ta peau. Je ne sais pas dans quoi tu as fourré ton nez, mais ça semble avoir chatouillé l'épiderme de certaines personnes…

— Jenny, je te rappellerai.

Il raccrocha brusquement.

Une question le harcelait : qui, à Washington, mettait autant d'énergie à vouloir sa peau ?

* * *

La gorge serrée, Jenny raccrocha le combiné. Alors, le poids de sa trahison pénétra tout son corps comme un poison se répandant lentement dans son organisme. De toute son âme, elle maudit ce destin inexorable qui l'avait amenée à livrer à une mort atroce et certaine le seul homme qu'elle ait un jour aimé. *Je ne peux pas le perdre. Pas de cette façon-là.* Pourtant, elle savait fort bien qu'entre eux, il y avait une distance plus grande que celle qui sépare deux galaxies. Une distance que pas même l'amour, l'amitié ou le pardon ne pourrait franchir.

* * *

Les sens en éveil, John se mit à arpenter les rues de Judas, sans destination précise, dans l'attente d'une manifestation quelconque.

La petite ville pittoresque présentait une architecture éclectique propre au Texas. Les maisons et les édifices publics de Judas arboraient un agréable mélange de styles victorien, colonial, gothique et gréco-latin.

John marcha durant de nombreuses heures sans voir le moindre signe ni l'événement tant espéré. Vers trois heures de l'après-midi, il termina sa promenade au magnifique parc aménagé au cœur du centre-ville. Il y fit quelques pas et apprécia aussitôt son calme et la tiédeur que procurait l'ombrage de superbes hêtres. Habité par un sentiment d'échec, il s'assit, les jambes croisées, sur l'un des bancs en bois. Des gens lisaient assis sur le gazon ou adossés à un arbre. À l'extrémité ouest du parc, une bande de gamins dépensait son énergie dans une partie de football improvisée. Un couple d'amoureux, bras dessus, bras dessous, passa devant Matthews. Plus loin, au milieu du parc, un chien aboyait tout en courant vers une balle que son maître, un vieil homme, venait de lancer.

Le cœur de John s'emballa soudain. Par une intuition obscure, il sut que cela… allait se produire.

Sans s'en rendre compte, il s'était partiellement redressé, gardant un équilibre précaire en s'appuyant de ses deux mains sur le banc. Il était incapable d'arracher son regard du berger allemand qui courait après une balle. En se concentrant, John apercevait maintenant la couleur de la balle. Elle était rouge. Quelque part, un enfant se mit à rire aux éclats. La cloche d'une église sonna l'heure. Une moto, *une Harley Davidson*, songea John, démarra dans un tintamarre assourdissant.

Ça va arriver. Ça va arriver. Ça va arriver.

Cette phrase résonnait dans sa tête en écho. Tout à coup, le chien voulut arrêter net sa course. Mais il glissa avec maladresse sur l'herbe, comme sur de la glace. John était maintenant debout.

Aussitôt qu'il eut repris le contrôle de son corps, le chien, électrisé, se mit à humer le sol dans toutes les directions. Le vieil homme, qui marchait d'un pas rapide malgré une légère claudication, entra dans le champ de vision de John. Il eut beau taper dans ses mains pour l'appeler, le berger allemand l'ignorait. Il s'en rapprocha donc, mais l'animal jappa de manière féroce. Son maître, surpris et un peu effrayé, recula. Le chien reprit son manège, puis, après un instant qui parut interminable, son corps se raidit et, la queue en l'air, il releva la tête dans la direction de John. Ce dernier sut exactement ce que le chien allait faire.

Il va faire le beau, se dit John. Comme de fait, le berger allemand se mit sur son séant, leva les deux pattes de devant et pencha la tête sur le côté dans une attitude qui le faisait paraître plus intelligent encore. Ensuite, il retomba sur ses pattes.

Maintenant, il sait que je l'ai vu, constata John. Le chien aboyait dans sa direction en tournoyant sur lui-même.

Il veut me montrer quelque chose, mais quoi ? Le chien jappa de plus belle, comme s'il voulait lui dire : *Oui, tu as compris.*

John essaya de penser à toute vitesse. *Dieu, Satan…* Tous les événements qui s'étaient produits avaient un rapport avec… la religion. C'est à cet instant qu'il aperçut le clocher d'une toute petite église.

Bizarre que je ne l'aie pas vue auparavant.

Les arbustes qui dansaient dans la brise tiède obstruaient sa vue, mais John n'eut aucune difficulté à voir la gargouille sculptée devant le clocher. Elle tenait une épée, la lame pointée vers le bas. Devant cette représentation qui paraissait menaçante, il éprouva une sensation de malaise indescriptible.

Aussi, se tourna-t-il vers le parc. Le chien jappa une dernière fois pour le saluer et, comme si rien ne s'était produit, il alla cueillir la balle et la déposa au pied de son maître, qui eut un mouvement de recul.

L'église. J'aurais dû y penser. Bon travail, mon chien. Je te remercie, pensa John tandis qu'une main se posait sur son épaule.

* * *

Où Jenny a-t-elle pu dégoter un nom pareil ? pensa Vincent Tindo, amusé, en regardant pour la centième fois son nouveau permis de conduire.

Il était maintenant Mark Zelleweiger.

Le Lear Jet, possession de la Légion, venait d'amorcer sa descente vers l'une des pistes de l'aéroport international d'Austin, lorsqu'une hôtesse vint demander à Vincent de boucler sa ceinture.

— C'est fait, lui répondit-il en la détaillant.

Il était le seul passager de l'avion. À travers le hublot, il vit la ville texane au riche passé s'étendre sous ses pieds tandis qu'il finissait de boire son verre de Dom Pérignon. La descente dura quelques minutes et s'acheva lorsque le train d'atterrissage heurta le macadam. Le pilote amena l'avion au bout de la piste où une Saab noire attendait. Vincent vérifia son Beretta et son silencieux. Tout devait être parfait. L'hôtesse ouvrit le levier qui déverrouillait la porte de sortie, ce qui fit déployer un escalier métallique. Un vent frais accompagna Tindo à sa sortie de l'avion.

Un homme, vêtu d'un complet noir et portant des verres fumés, l'accueillit en lui serrant la main.

— Cisco.

— Zelleweiger.

— Voici les clés de la voiture et l'itinéraire que vous avez demandé.

L'homme voulut monter du côté du passager, mais Tindo l'arrêta.

— C'est quelque chose que je dois faire seul, dit-il.

Comme les ordres que Cisco avait reçus étaient très clairs sur ce point, il ne protesta pas et lui souhaita bonne chance.

L'instant d'après, la Saab roulait à vive allure sur le tarmac.

Vincent sourit. Dans quelques heures, il serait à Judas. La fin approchait. Au petit jour, Matthews serait mort, la Légion récolterait les fruits de son labeur et lui, il entrerait dans l'Histoire.

* * *

Dès qu'il sentit le contact sur son épaule, tous les muscles de John se durcirent et une poussée d'adrénaline fouetta son corps. En un éclair, il avait saisi son arme dans son dos, plié les genoux et fait volte-face. Seuls ses réflexes de professionnel l'empêchèrent d'appuyer sur la détente. La femme qui était devant lui faillit crier. John baissa aussitôt son arme. Cinq secondes s'étaient écoulées. Un rapide coup d'œil circulaire lui confirma que personne ne leur prêtait la moindre attention. Il revint à la femme. Cette dernière était très séduisante. Son visage bronzé était délicat. John lui donna une quarantaine d'années.

— Ne bougez pas, lui ordonna-t-il.

La femme ouvrit la bouche pour répondre, mais les mots refusèrent de sortir. Surprise, elle ne trouva rien d'autre à faire que de hocher la tête en guise d'assentiment.

Sur ses gardes, John s'approcha d'elle. Il la fouilla rapidement. Elle portait une jupe en tweed, un pull à col roulé beige, des bottillons de cuir fauve et une veste de suède. Elle eut un petit cri de protestation lorsque John, remontant ses mains le long de ses cuisses, parvint à son entrejambe. Un excès de pudeur pouvait lui être fatal. C'est pourquoi il vérifia aussi ses aisselles et alla même jusqu'à glisser ses doigts sous ses seins lourds.

Lorsque l'agent eut fini son inspection, il jeta un coup d'œil au sac de cuir posé à côté d'elle et s'en saisit. Son contenu n'avait rien de spécial. Quelques babioles féminines, un trousseau de clés et une enveloppe brune grand format.

— Vous êtes bien John Matthews ? demanda-t-elle enfin d'une voix douce et grave qui ne correspondait pas très bien à sa longue chevelure rousse et à ses traits délicats.

John se raidit en entendant son nom. Il fit mine de ne pas trahir son étonnement et leva le nez du sac. D'immenses yeux verts aussi luminescents que la mer le fixaient.

— Malgré votre déguisement, je vous reconnais. Oui, c'est bien vous. Je le sais.

L'espace d'un instant, la femme parut incapable de respirer.

— Vous ne pouvez pas imaginer à quel point je suis heureuse de vous avoir trouvé. Merci, mon Dieu !

Pendant un court instant, le visage de l'inconnue refléta divers sentiments, mais à la fin, John n'y lut qu'un grand soulagement. Qui était cette femme et comment avait-elle bien pu le reconnaître ? Était-elle un flic ? Non, il ne le croyait pas. Pourtant, une prémonition troublante le frappa de plein fouet : leur rencontre n'était pas fortuite. Ce fut avec un large sourire qu'il lui demanda d'un ton léger :

— À qui ai-je l'honneur ?

— Anna Blackhart.

Lorsqu'elle lui sourit, ce fut comme si un million de soleils brillaient dans ses yeux verts.

— John Matthews. Je suis un peu déçu que vous m'ayez reconnu. À cause de vous, je devrai revoir mon accoutrement. Je me trouvais un certain charme avec mes cheveux blonds.

Ils se serrèrent la main.

John réfléchissait. Le nom lui disait quelque chose.

— Êtes-vous l'épouse d'Edgar Blackhart ? Le juge ?

— Oui. Et... il veut vous tuer.

La nouvelle ébranla John.

— Vous devez absolument lire ceci.

Elle désignait l'enveloppe brune que John avait encore entre les mains.

Ils s'assirent sur le banc. Après deux minutes de lecture, elle le vit pâlir.

* * *

Le gazouillis des oiseaux ramena John à la réalité. Derrière lui, un enfant riait aux éclats. Il avait du mal à croire au contenu de la lettre. S'il était venu à Judas pour connaître la vérité sur son destin, sa lecture n'avait rendu que plus complexe la situation à laquelle il était mêlé. Ses yeux se reportèrent sur les feuilles agrafées qui étaient posées sur le banc entre lui et Anna Blackhart.

Impensable. Ahurissant. Il eut beau secouer la tête comme pour s'éclaircir les idées, le monde resta gris autour de lui.

Aucun qualificatif n'était assez puissant pour décrire le contenu explosif de ce document.

Un nom émergeait du maelström de ses pensées : Edgar Devon Blackhart.

Le juge en chef de la Cour suprême des États-Unis.

Selon le dossier, il faisait partie d'une sorte de secte appelée la Légion. Plus incroyable encore, cette... secte satanique, ayant plusieurs millions d'adeptes à travers le monde, aurait été à l'origine des meurtres, entre autres, de Martin Luther King, de Gandhi, de John F. Kennedy, de Steve Biko et du docteur Janet Drake, cette quinquagénaire qui soignait gratuitement les gens de l'Oklahoma dans sa clinique.

C'était presque impossible.

John ferma les yeux et se massa les tempes. La Légion aurait compté, parmi ses membres les plus actifs, des dictateurs tristement célèbres, un directeur adjoint de la CIA, un ancien secrétaire d'État américain, le vice-premier ministre d'un pays d'Amérique centrale, un athlète olympique de renommée mondiale, Will Basso, un des savants chargés aux États-Unis de la mise au point de la première bombe atomique, ainsi qu'un certain Sergeï Kabanov, directeur, dans l'ancienne URSS, d'un groupe de recherche ultrasecret sur le développement d'armes bactériologiques.

Stupéfiant.

D'abord, Kabanov serait, selon la presse internationale, le futur lauréat du prix Nobel de médecine. Comment aurait-il pu être membre d'une telle secte ?

Ensuite, pourquoi cette secte veut-elle ma mort ? se demanda John. *Est-elle liée à Vincent Tindo et à Matt Vacha ? Est-ce que ces personnes étaient parmi celles contre qui le jeune aveugle l'avait mis en garde ?*

Tant de questions et si peu de réponses.

Fascinée, Anna avait observé John Matthews, non sans une légère pointe d'admiration, tandis qu'il parcourait le dossier. Les traits de l'homme reflétaient un curieux mariage de dureté et de délicatesse. Il semblait ne pas avoir été épargné par la vie et son cortège de tourments. Et pourtant, il ne semblait pas aigri. Au contraire, ses yeux tristes brûlaient toujours d'une envie de vivre.

— Je suis désolée, murmura Anna en posant sa main sur l'avant-bras puissant de John.

— Voyons, vous n'y êtes pour rien, répondit ce dernier, s'arrachant à ses sombres ruminations.

Après un silence, il ajouta, d'une voix qui trahissait sa lassitude :

— J'aimerais tellement comprendre mon rôle dans toute cette histoire.

— Et si c'était votre destin ? ou tout simplement le hasard ? Y avez-vous pensé ? Et moi, pourquoi étais-je certaine, au fond de mon cœur, de vous trouver ? Pourquoi, lorsque je vous regarde, suis-je convaincue que vous êtes mon Sauveur ?

John admira le courage dont faisait preuve Anna Blackhart alors qu'elle paraissait terrorisée. À cet instant précis, il fit un pacte avec lui-même : il protégerait cette mystérieuse femme, dût-il en mourir.

— Vous devriez repartir d'où vous êtes venue, conseilla-t-il.

— Pourquoi ? s'exclama-t-elle, désespérée. Mon mari veut aussi me supprimer. Je n'ai nulle part où aller. Je suis seule. Non. C'est décidé, je reste auprès de vous.

— Ça va être dangereux. En restant à mes côtés, vous risquez tout autant de perdre la vie.

— Je préfère courir le risque. De toute façon, vous ne réussirez pas à me faire changer d'idée.

Elle lui fit un sourire fatigué. John la trouva courageuse.

— D'accord, répondit-il, résigné.

* * *

Ils étaient assis dans le fond de la salle à manger du petit bistro La Calèche, dans l'écrin romantique d'une charmante maison rouge de style colonial. Le propriétaire, un Français, grand gaillard d'une cinquantaine d'années au visage empâté et couperosé, leur servit en personne leur apéritif, un Glenfiddich pour John, un Campari pour Anna.

Une ambiance chaleureuse régnait dans l'établissement, égayé par la voix d'Édith Piaf qui chantait en sourdine. Quelques personnes disputaient une partie d'échecs sur de petites tables en bois transformées en échiquiers. Calés dans des fauteuils en velours marine, deux jeunes tourtereaux sirotaient leur tasse de moka brûlant en parcourant les quotidiens d'outre-mer.

L'endroit, peu achalandé, avait l'air sûr.

La porte de secours n'était qu'à deux mètres derrière lui. Des piliers de bois ainsi qu'un généreux comptoir les dissimulaient en partie aux regards. Ce n'est pas dans un endroit pareil qu'ils attireraient l'attention. Mais John demeurait concentré. Et force lui fut d'admettre que la présence d'Anna Blackhart le tracassait. Il combattit l'attirance et la confiance qu'elle lui inspirait. Cette femme réveillait en lui des émotions qu'il n'avait pas éprouvées depuis les jours de sa passion pour Maureen. En seulement une heure, sa présence avait dissipé les ténèbres qui emprisonnaient son cœur depuis trop longtemps. Cependant, l'étrange désir qu'il ressentait pour Anna lui laissait aussi l'amère impression de trahir la mémoire de celle dont l'image tapissait les murs du couloir de son appartement de New York. Celle avec qui il avait partagé les plus beaux moments de sa vie.

Silencieuse, les mâchoires serrées, Anna observait d'un air triste et énigmatique les traînées roses et pourpres qui embrasaient le ciel. De l'autre côté de la rue, la pénombre glissait lentement sur le parc. Les gens semblaient heureux que la journée soit terminée. Bien qu'elle lui eût avoué se sentir en sécurité à ses côtés, Anna conservait une étincelle de détresse au plus profond de ses prunelles vertes. L'éclairage tamisé faisait briller la masse de ses cheveux roux et bouclés, qui tombaient en cascade autour de ses épaules.

— Qui êtes-vous ? lui demanda-t-il à brûle-pourpoint. Et pourquoi êtes-vous ici ?

— Comme je vous l'ai déjà dit…, commença Anna, étonnée du ton froid, en se reculant instinctivement sur sa chaise.

— Je m'en souviens très bien, la coupa John en observant les réactions de cette femme superbe, sûre d'elle, courageuse et intelligente. Vous avez vu ma photo dans ce dossier secret et vous avez laissé derrière vous votre mari et vingt-cinq années de mariage pour partir à la recherche d'un inconnu. Ma survie dépend d'une foule de facteurs, entre autres celui de ne faire confiance à personne. Et si vous étiez l'appât dont se sert votre mari, le juge, pour m'attirer dans un traquenard ?

Elle l'observa un court instant et lui lança :

— Vous n'êtes qu'un égoïste. J'ai été stupide d'avoir cru que vous pourriez m'aider. Sous vos airs protecteurs, la même colère que celle qui anime Edgar a fait son chemin.

Vous autres, les hommes, dit-elle avec dédain, vous ne pensez qu'à dominer et à changer de maîtresse du moment que ça ne va plus.

Tout au long de son périlleux voyage depuis la Virginie, Anna avait rêvé du visage de John Matthews. Elle avait attendu avec impatience le moment où elle le rencontrerait pour la première fois. Maintenant, avec le recul, elle se rendait compte de son erreur de jugement.

— Comprenez-moi, lui dit-il en l'empoignant par le bras alors qu'elle esquissait un geste pour se lever. La situation est pour le moins irrationnelle, n'est-ce pas ? Asseyez-vous, s'il vous plaît, vous allez attirer l'attention sur nous, ajouta-t-il plus bas en s'assurant que personne ne les observait.

Anna hésita. La colère colorait ses joues. Elle en avait marre de se faire traiter comme une enfant.

— Je vous en prie, supplia John. Je vous présente mes excuses.

Elle le considéra un long moment, puis elle obtempéra. L'humeur de John avait changé, il y avait de la tristesse dans sa voix.

— Reprenons de zéro, voulez-vous. Ces temps-ci, je ne sais plus quoi penser et à qui faire confiance.

John regretta presque aussitôt ses paroles. Une partie de lui s'en voulait d'être ainsi ensorcelée par Anna Blackhart. Sa situation précaire contrecarrait toute idylle… *C'est faux*, songea-t-il en l'observant prendre une longue gorgée de Campari. *Tu crains, en réalité, qu'elle ne subisse le même sort que Kathy et Maureen*. Il se sentit soudain très fatigué.

Émue par le mélange de force et de vulnérabilité qui émanait de cet homme, elle souffla, dans un brusque élan :

— Parlez-moi de vous.

Durant l'heure qui suivit, sans avoir une seule fois touché au sandwich que le Français lui avait apporté, John Matthews se mit donc à lui raconter son passé : ses parents, son enfance à l'orphelinat, ses dix dernières années au sein du FBI, la mort de Kathy, Vincent Tindo, la mort de Maureen et les récentes découvertes qui l'avaient mené à Judas. Lorsqu'il eut terminé son récit, il vida son verre d'un trait. Anna Blackhart comprit à son regard fuyant qu'il regrettait sûrement l'élan qui l'avait poussé à relater une partie de sa vie. D'un geste impulsif, elle prit ses mains entre les siennes. Lorsqu'il releva la tête et plongea ses yeux noirs dans les siens, elle réprima avec difficulté son impérieux désir de l'enlacer et de l'embrasser.

— Dans quelle histoire nous sommes-nous embarqués? demanda-t-elle d'une voix sourde. Dites-moi… comment six cent soixante-six personnes à travers tout le pays peuvent-elles, presque au même moment, s'enlever la vie d'une si horrible façon? C'est complètement fou! Et vous me dites…

— Tutoyons-nous, s'il te plaît, l'interrompit-il.

— Tu me dis, se reprit Anna, rougissante malgré elle de cette marque d'intimité, que tu crois que ces décès sont reliés à cette secte… la Légion?

La pensée de son mari vint l'arracher au bonheur d'être auprès de John. Ses mains tremblaient un peu. Sa voix perdit de sa douceur. Comment ne pas oublier qu'Edgar voulait sa mort et qu'il était sans doute à sa poursuite pour accomplir son funeste châtiment?

— Je ne sais pas, répondit-il en soupirant. Pour commencer, rien ne prouve que ces morts soient des suicides. Par contre, le nombre de victimes laisseraient supposer une imposante armée de tueurs parfaitement coordonnés, ce qui est irréalisable, à mon sens.

— N'est-ce pas aussi insensé de prétendre qu'un si grand nombre de personnes se soient toutes enlevé la vie en même temps pour rendre hommage à Satan? fit-elle en haussant les épaules.

Elle lui lança un sourire timide pour l'amener à de meilleures dispositions.

Je pourrais tomber amoureux de ce sourire, songea-t-il soudain.

— Tu as raison, c'est vrai, avoua-t-il. Quand je pense à tout ça, je me demande bien qui est le jeune aveugle… (Il se passa la main dans les cheveux d'un geste nerveux.) Tu vois, j'ai toujours su où j'allais dans la vie, mais maintenant, j'ai l'impression d'avoir perdu tous mes repères. Je me sens dépassé par des événements qui défient toute logique!

— Que comptes-tu faire?

Il le lui expliqua. Elle pâlit.

Chapitre 21

Ils étaient dissimulés dans une zone d'ombre, entre deux réverbères, juste à la lisière du parc et légèrement de biais par rapport à l'église, lorsqu'ils virent un homme sortir du presbytère. Le vent frais soufflant en bourrasques s'engouffra aussitôt dans ses cheveux. L'homme marchait le dos voûté. Il portait un sac en bandoulière et avait une mallette à la main. Lorsqu'il pénétra dans l'îlot de lumière projetée par le réverbère entre l'église et le presbytère, John aperçut son col romain. Il sentit une pression sur son avant-bras. Il se tourna vers Anna. Silencieuse, elle regardait devant elle, les yeux fixés sur l'homme. *Elle a eu un réflexe*, pensa-t-il. C'était peut-être cinglé, mais à la vue du col romain, une barre de douleur avait oppressé sa poitrine.

Que nous arrive-t-il ? Pourquoi nous cachons-nous comme des voleurs ? Pourquoi ne pas aller simplement cogner au presbytère ? Pourquoi ?

Parce que ! Ce fut la seule réponse que son cerveau donna. Il vit alors le prêtre faire une pause, jeter un regard à son poignet et pénétrer dans l'église.

— Maintenant, que faisons-nous ?

Les chuchotements d'Anna perçaient à peine le murmure du vent dans les branches.

— Nous attendons, lui répondit John.

Leur attente fut de courte durée. Le prêtre ressortit de l'église à peine quelques minutes plus tard, libre cette fois de tout fardeau. Par contre, plutôt que de descendre les escaliers menant au trottoir, il resta sur le parvis, près des portes en bois, comme pour se protéger du vent, très froid pour ce temps de l'année. Il remonta le col de son manteau en dansant d'un pied sur l'autre et frotta ses mains.

— Mais qu'attend-il ? fit Anna.

« Non. Oh, non ! se répéta John. Ça... non... ça ne se peut pas. »

Son cri attira l'attention du prêtre qui cessa sa danse de Saint-Guy et s'immobilisa aussitôt. Derrière le rideau mouvant des arbres, et malgré la distance, Anna put voir la réaction apeurée de l'homme d'Église. Son visage figé dans une expression de surprise ressemblait à celui d'un personnage de cire.

— Allez-vous-en de là ! hurla John en agitant les bras. ALLEZ-VOUS-EN !

Matthews vit que la gargouille vibrait et menaçait d'écraser le prêtre. La statue de pierre avait la silhouette d'un homme, hormis les deux cornes de bouc incurvées vers l'arrière et une formidable paire d'ailes de chauve-souris. Il aperçut l'épée qu'elle tenait au bout de ses mains jointes et, habité par une sombre vision, il se mit à courir à perdre haleine en direction de l'église. L'écho de ses pas sur l'asphalte lui parut irréel.

— ATTENTION ! cria-t-il au prêtre.

Alarmé, celui-ci, plutôt que de s'éloigner, se rapprocha des portes de l'église pour s'y réfugier.

Mon Dieu, pensa John, *faites qu'il s'éloigne.*

Un craquement sinistre se fit alors entendre quand l'épée de pierre échappa à la prise centenaire de la gargouille et fendit l'air en direction du sol comme un javelot.

— Fuyez ! pour l'amour de Dieu ! hurla John.

Le religieux suivit son regard et rejeta sa tête vers l'arrière. Il n'eut même pas le temps de pousser un cri. L'épée le frappa en plein front. Le corps du prêtre fut aussitôt tétanisé, comme s'il venait de subir une décharge électrique. Ses yeux s'ouvrirent de façon démesurée et ses sphincters se relâchèrent. Un flot de sang jaillit de sa bouche lorsque l'épée lui transperça le palais et trancha sa langue en deux. À l'instant même où John entendit le hurlement d'Anna, il vit ressortir l'épée par la gorge du prêtre, exactement au centre du col romain, et déchirer sa poitrine. Après être resté en équilibre précaire quelques secondes, le corps empalé bascula sur le côté.

— Bon sang ! murmura une voix inconnue derrière John.

Surpris, l'agent du FBI se retourna et eut à peine le temps de voir un homme monter dans un taxi qui démarrait en trombe. Anna s'approcha de lui, le visage inondé de larmes.

— Mais comment cela a-t-il pu se produire ? réussit-elle à articuler entre deux sanglots.

Ses deux mains étaient posées à plat sur ses joues. John se tourna vers elle et la prit par les épaules.

Sommes-nous responsables ? lut-il dans ses yeux humides.

Il ne put répondre. Une femme arrivait en courant dans la rue. Ses chaussures martelaient l'asphalte comme de petits coups de fouet. Sa course ralentit au fur et à mesure qu'elle prenait conscience du spectacle macabre qui se déployait sous ses yeux. Sa bouche s'agrandit d'horreur. John s'approcha d'elle avant qu'elle ne se mette à hurler. Elle était maintenant pâle comme un linceul.

Probablement une religieuse, pensa John en voyant une croix, au bout d'une délicate chaîne en argent, pendre sur le renflement de ses seins. *Peut-être était-ce sa gouvernante ?*

Il la serra contre lui pour étouffer ses pleurs qui ressemblaient plus à une espèce de hoquet.

Le bruit d'une sirène retentissait déjà. Des lumières s'allumèrent ici et là dans les demeures à proximité de l'église. Un chien hurla. Puis un autre lui répondit en écho. *C'est le chauffeur de taxi qui les a avertis*, pensa John.

Il se libéra de l'étreinte d'acier de la femme et la prit par les épaules.

— Ma sœur. (Elle se tordait le cou pour regarder le prêtre qui gisait dans une mare de sang.) Ma sœur…

Fébrile, Anna regardait dans la direction d'où provenait le hurlement plaintif des sirènes. Puis elle jeta un coup d'œil inquiet à John.

Je sais. Je sais.

— Vous devez m'écouter, ma sœur, dit John d'un ton doux mais ferme.

La religieuse poussa un petit gémissement plaintif, détourna la tête et planta ses yeux dans ceux de John.

— Mon amie et moi avons besoin d'un endroit pour dormir, poursuivit John. Personne ne doit savoir que nous sommes ici ! Nous devons aussi avoir une discussion. Ma sœur, voulez-vous nous donner asile ?

— Oui, oui, balbutia-t-elle.

Ils allaient entrer dans l'église lorsque John aperçut un rouleau de documents sortant du manteau du prêtre. Il le prit et rejoignit les deux femmes qui attendaient près de la porte entrouverte.

Juste avant qu'ils ne pénètrent dans le lieu sacré, le cri strident et lugubre d'un corbeau perché sur un lampadaire s'éleva dans la nuit. Puis, il s'envola.

* * *

Vincent circulait dans les rues de Judas depuis près de deux heures lorsque son attente fut récompensée. Branché sur les ondes de la police, il entendit le répartiteur envoyer une voiture de patrouille et une ambulance à l'église catholique St. Joseph, angle Main Street et Western Road. Il se gara sur le côté et, saisissant la carte routière sur le siège du passager, il prit quelques secondes pour trouver le chemin.

À peine dix minutes plus tard, il garait sa Saab un coin de rue à l'ouest de l'intersection. Il n'eut qu'à se guider sur le mouvement circulaire des gyrophares pour découvrir l'endroit. La rue était envahie de voisins formant de petits groupes qui conversaient entre eux à voix basse ou en pleurant. Un agent s'affairait déjà à dérouler une banderole jaune autour du cadavre pour délimiter le périmètre de sécurité.

Tindo s'en approcha et vit le corps du prêtre couché dans une mare de sang. Une longue épée en pierre l'avait presque coupé en deux. Tout près de la dépouille, deux ambulanciers séparés par une civière conversaient avec deux policiers et un autre type en civil.

Ils se demandent comment transporter le corps, pensa Vincent, puis, il eut une illumination.

C'était un signe.

Il poussa sans ménagement les personnes massées derrière lui et se fraya un chemin vers le poste d'observation qu'il avait repéré plus tôt. Il n'était pas pressé. Son large sourire attira le regard courroucé de quelques personnes, mais il ne s'en aperçut même pas. Il remercia et pria avec dévouement son Maître. Plus tard, cette nuit, lorsque l'église serait de nouveau déserte, il enquêterait.

* * *

Sans le savoir, Vincent Tindo avait opté pour le poste d'observation qu'Anna et John avaient choisi plus tôt, c'est-à-dire de l'autre côté de la rue, dans l'obscurité du petit boisé. D'où il était, Vincent pouvait surveiller la confusion grandissante autour du prêtre. Quelqu'un avait recouvert le corps d'une couverture trop courte qui n'arrivait pas à cacher les deux extrémités de l'épée en pierre. Vincent avait l'impression délirante d'avoir sous les yeux une brochette de viande… humaine. Un pauvre policier qui devait avoir tout juste l'âge de se raser voulut replacer le drap et, par mégarde, dévoila la tête du cadavre. Les yeux sans vie du prêtre le fixaient, comme s'il avait été plongé dans un rêve éveillé. Une vague de pleurs et de cris monta de la foule, accompagnée des hurlements d'excitation des adolescents qui, dansant sur place, montraient du doigt le sujet de leur agitation.

Le jeune policier, désemparé, avait l'air de ne pas trop savoir comment réparer sa bourde.

Si ça continue, il va y passer la nuit, s'amusa à penser Vincent.

Le policier se retourna et Vincent put voir, malgré la distance, qu'il avait peur. Avec le peu d'assurance qu'il possédait, le jeune homme se pencha et tira sur la couverture pour recouvrir la tête de la dépouille.

Peu à peu, les murmures de la foule s'estompèrent.

Au cours de la demi-heure qui suivit, la foule de curieux dut doubler, peut-être même tripler. L'arrivée d'un camion de pompiers, sirène hurlante, n'arrangea pas les choses. Vincent ne comprenait pas pourquoi on se donnait tant de mal pour un macchabée qui refroidissait déjà. Il observa la scène avec un sourire.

Plus tard, le spectacle terminé, les gens se dispersèrent par petits groupes et la rue redevint calme. Vincent attendit encore une heure, puis s'approcha de l'église. Bien qu'on l'eût aspergé d'eau pour effacer les traces de sang, le parvis demeurait glissant. Tindo cracha dessus.

* * *

Anna prépara du café pour tout le monde. Assise bien droite sur sa chaise, sœur Helen était dans un état catatonique. Attablé en face d'elle, John n'en menait pas large non plus. L'horloge sonna vingt-trois heures. Le père Bucchanan était rarement couché à cette heure et sœur Helen, pour l'aider à trouver le sommeil, lui apportait toujours des biscottes ainsi qu'un verre de lait. À cette pensée, elle se mit à sangloter en enfouissant son visage dans ses mains. John et Anna échangèrent un regard triste.

— Les policiers ont dit que la mort de… du père Bucchanan était accidentelle.

Sœur Helen avait éructé cette phrase entre deux sanglots. Elle renifla et s'excusa. Cependant, elle ne put se contenir et se remit à pleurer.

Matthews se souvint alors du document. Il l'avait mis en sécurité contre sa poitrine. Il le sortit et le déposa sur la table. Anna servit le café et s'assit à son tour.

Sous la lumière crue du plafonnier, John déroula la première page.

— Est-ce que vous connaissiez l'existence de ce document ? demanda-t-il à sœur Helen.

Elle lui prit la feuille des mains et eut un mouvement de répulsion à son contact. La texture du papier lui rappelait quelque chose d'indéfinissable. Elle eut beau chercher mais ne trouva pas. Le texte était rédigé dans une langue indéchiffrable et il ne lui disait absolument rien.

— Non, répondit-elle en levant alors ses yeux rougis vers John. Pourquoi ? Le devrais-je ?

— Je l'ai trouvé sur le corps du prêtre.

— Le père Bucchanan… Il s'appelait Richard, ajouta sœur Helen d'une voix chevrotante en s'efforçant de reprendre le contrôle d'elle-même. Il n'était en poste que depuis trois mois environ. Tous l'aimaient beaucoup.

Elle avait articulé ces mots avec tant de chaleur que John la soupçonna d'être liée au prêtre par un sentiment plus puissant que l'amitié. Compatissant, il lui sourit en essuyant les larmes qui miroitaient sur ses joues.

Le silence retomba.

— Si j'en crois ce qui est écrit, l'auteur de ce texte est... Judas Iscariote.

— L'apôtre qui a livré Jésus aux Romains ? demanda Anna.

John hocha la tête.

— Le document a dû être écrit avant qu'il ne se pende, ajouta-t-elle, soucieuse.

— Non, répondit John, plutôt troublé. Ce document, d'après la date inscrite sur cette page, a été rédigé dix ans après sa... résurrection.

Il regarda les deux femmes. Le temps semblait avoir suspendu son cours.

— Sa résurrection ? s'exclamèrent-elles d'une seule voix.

— Oui, dit-il comme si ce mot lui avait brûlé la langue. Après que Judas se fut pendu, il a été ressuscité... par Satan.

— Seigneur Dieu ! murmura sœur Helen. Dans quelle langue est écrit le document ?

John demeura silencieux une minute avant de répondre. Il l'ignorait. Les mots venaient à lui comme s'il lisait de l'anglais.

— Je... je ne le sais pas.

Les deux femmes frémirent à ces paroles. Après une hésitation, Matthews entreprit de leur expliquer, avec force détails, que le document était une sorte d'évangile prophétique annonçant le retour de Jésus et de Satan sur terre. Il interrompit ses explications pour poser une question à Anna.

— Le texte mentionne l'existence d'un groupe appelé « la Légion ». Est-ce qu'il s'agit du groupe dont ferait partie ton mari, à ton avis ?

— Oui, lâcha une voix derrière John.

— Oh ! Désolée, à cause des événements, je vous avais complètement oublié, s'excusa sœur Helen dans un souffle.

— C'est en effet assez compréhensible, lui répondit le frère Thomas Guillot avec un bon sourire.

L'agent du FBI s'était retourné aussitôt vers la voix.

— Vous ! Ici !

— Oui, mon cher John. Il est maintenant temps que vous sachiez tout.

Chapitre 22

Pour être plus à l'aise, ils s'étaient tous installés dans le séjour du presbytère. Anna, aidée cette fois de sœur Helen, avait préparé assez de café pour tenir un régiment éveillé pendant plus d'une semaine. John, lui, s'était muré dans un silence complet en attendant les explications qui tardaient à venir. Une rage inexplicable l'animait. Une rage résultant du fait qu'il se sentait manipulé.

Il passa en revue les mille et une questions qui le taraudaient. Cette nuit, il aurait des réponses.

— Qui êtes-vous vraiment ? attaqua-t-il.

— Je ne suis qu'un pauvre moine à qui il a été donné de connaître la vérité. Pour le reste, vous connaissez déjà mon nom. Thomas Guillot.

Le moine lui fut alors antipathique à cause de l'aisance décontractée avec laquelle il s'exprimait. Dans l'esprit de John, il était jugé sans autre forme de procès. Bien que le religieux eût saisi l'expression d'irascibilité peinte sur le visage de l'agent, la sérénité ne quitta pas ses traits. Au contraire, il lui sourit avec affection.

— Votre mère, John, avait trente-neuf ans lorsqu'elle est devenue enceinte de vous. Au départ, elle n'y croyait pas ; votre père encore moins. Elle a repassé trois fois les mêmes tests sanguins, allant jusqu'à traiter les techniciens d'incompétents. Elle s'est rendue dans une clinique privée et le médecin lui a confirmé la véracité du premier diagnostic. Elle était bien enceinte. Et sous le choc. À l'âge de vingt ans, un cancer précoce des ovaires et des complications chirurgicales l'ont rendue stérile, anéantissant tous ses espoirs d'avoir un enfant.

— Mais de quel droit avez-vous enquêté sur elle ? Vous débarquez de je ne sais où et vous commencez à déballer sa vie privée ! Vous êtes culotté. Elle n'a rien à faire dans l'histoire qui nous occupe !

— Au contraire, John. Cette histoire a débuté par votre naissance. Et pour votre gouverne, ces informations, elle me les a données de son plein gré peu de temps avant sa mort et... celle de votre père. Quelle horrible tragédie !

— Je ne comprends plus rien...

Anna regarda John et pensa que cet homme qui avait conquis son cœur avait dû souffrir terriblement. Un mélange d'anxiété et de lassitude se lisait sur les traits de son visage.

— Votre mère s'appelait Elizabeth Gregg, continua Thomas en lui coupant la parole, toujours serein malgré l'attitude farouche de son interlocuteur. Une parente à elle, sa cousine, Mary Narding, accoucha, à l'âge de seize ans, d'un magnifique garçon à l'hôpital Bellevue de Manhattan. Je peux vous le certifier, j'y étais.

Matthews digérait les faits avec difficulté. Il marchait de long en large dans le séjour sous le regard des deux femmes.

— J'ai discuté moi-même avec le médecin qui a aidé Mary à accoucher, continua Thomas Guillot. Il a dû perforer son hymen, car elle était vierge.

— Seigneur Jésus ! murmura Anna avec une expression d'émerveillement.

Thomas se tourna vers elle et un large sourire égaya son visage laid.

— Tout juste. C'était bien Lui.

— Impossible, dit John à voix basse. Impossible !

— Si j'ai bien compris, bredouilla sœur Helen, vous êtes en train de dire que... que... (Thomas hocha la tête en guise d'assentiment) Jésus est revenu d'entre les morts une seconde fois.

Tous les regards convergeaient maintenant vers le moine.

— Exactement, dit-il en souriant. Et si l'on se fie aux écrits de la Bible, rapportés par les apôtres, John serait...

— Jean-Baptiste, murmura Anna, la tête entre les mains, en prenant conscience de l'énormité de ses propos.

— Non pas sa réincarnation, mais plutôt son successeur, et il a le même rôle à jouer dans la seconde venue du Christ sur la terre.

— Vous êtes tous cinglés, dit John. Complètement cinglés !

— Tu crois vraiment ? lui répondit Thomas d'un ton calme. De combien de preuves as-tu encore besoin ? Tout à l'heure, ne t'ai-je pas entendu lire un document en araméen, une langue si ancienne qu'il y a peu de spécialistes dans le monde qui la connaissent encore ? N'as-tu pas eu maintes fois la révélation de ta destinée ? Même l'Évangile de Judas, dit-il en désignant le document sur la table, lui qui fut ressuscité d'entre les morts par Satan, prophétise l'arrivée de Jésus sur la terre. Cet évangile répertorié dans les écrits de Paul — le seul qui en fait mention et dont peu de gens connaissent l'existence — cet évangile, dis-je, mentionne le mystère de ta propre naissance. Elizabeth, Mary, John... Tout concorde. Tu ne peux plus nier...

En effet, John ne le pouvait plus. Souvent, dans sa jeunesse, sa mère, en le bordant, lui avait raconté que sa venue avait été comme un *miracle*. C'était ce terme qu'elle employait toujours. Il pensa aux mystérieux événements qu'il avait vécus au cours des deux dernières années. Son besoin de prier. L'affaire Vincent Tindo. Les souvenirs, trop longtemps réprimés, refluaient dans sa tête à un rythme effréné.

John Matthews sentait que Thomas avait raison, mais pour l'instant il avait du mal à mettre ses idées en ordre.

— En 1972, poursuivit Thomas, j'ai eu entre les mains des documents écrits par Darius Rufus, un notable romain qui, au II\ siècle après Jésus–Christ, prophétisait l'avenir. En plus d'avoir prédit, entre autres, la naissance de Jeanne d'Arc et la chute du régime nazi, il annonçait l'arrivée du Christ sur terre, mais aussi celle de l'Antéchrist, le fils de Satan.

John s'était maintenant assis, et tous buvaient les paroles de Guillot.

— Les textes, que j'ai moi-même traduits, étaient sans équivoque : ils faisaient mention d'un ultime affrontement entre le Bien et le Mal, John !

— Vous avez pu vous tromper, rétorqua ce dernier.

— Impossible, répondit Thomas. La preuve, c'est qu'un groupe de commandos a attaqué notre abbaye et tué tous les moines pour s'emparer des précieux documents. Je me suis échappé par un tunnel souterrain. Comme j'étais jeune à l'époque, j'ai décidé de consacrer ma vie à connaître la vérité et à débusquer les meurtriers. Ce que j'ai trouvé au fil des années dépasse l'entendement.

— La Légion, dit John d'un ton circonspect.

— Hum ! Hum ! fit Thomas. Douze personnes vouées au culte de Satan sur terre. Leur premier maître, comme tu le sais maintenant, était Judas. Incroyable, non ? Et pourtant, c'est bien vrai. On peut supposer qu'après avoir été ressuscité par Satan, Judas a décidé de devenir son serviteur et de le vénérer. De toute façon, leur rencontre était inévitable après qu'il se fut pendu.

— Et mon mari, demanda Anna, fait-il vraiment partie de cette… Légion ?

Pour elle, la Légion n'était ni plus ni moins qu'une sorte de regroupement comme le Rotary Club qui comptait parmi ses membres une bande d'illuminés. À vrai dire, elle trouvait tout à fait absurde l'idée que douze personnes consacrent leur existence à une ancienne légende ou prophétie — *Thomas Guillot peut bien l'appeler comme il le veut*, pensa-t-elle.

— Il en est actuellement le Maître, répondit ce dernier sans hésiter, tout en lisant la suspicion sur le visage d'Anna. La Légion existe depuis près de deux millénaires. Chaque fois que meurt un des apôtres du mal, il est aussitôt remplacé. C'est votre mari, Anna, qui dirige la Légion et il s'allie à de fidèles disciples pour l'aider dans sa cause et préparer la venue du prochain apôtre, jusqu'au triomphe de l'Antéchrist. À toutes les époques, ils se sont succédé. Et Blackhart est le dernier.

Devant leur mine ahurie, Thomas Guillot enchaîna :

— N'oubliez jamais que le plus grand mérite de Satan, et sa plus grande victoire, c'est d'avoir fait croire qu'il n'existait pas.

* * *

Anna Blackhart, sœur Helen et John Matthews écoutaient l'incroyable récit de Guillot avec une appréhension mêlée d'étonnement.

— L'apôtre Jean, dans son Apocalypse, avait absolument tout prédit, poursuivit le moine, ce qui est exceptionnel si l'on considère que cela a été écrit il y a près de deux mille ans. Psaume 13, verset 16-17 : « Et elle fit que tous, petits et grands, riches et pauvres, libres et esclaves, reçurent une marque sur leur main droite ou sur leur front, et que personne ne put acheter ni vendre, sans avoir la marque, le nom de la bête ou le nombre de son nom », cita-t-il.

— Voyons ! laissa échapper Anna. Vous croyez vraiment qu'on assiste aujourd'hui à la réalisation des prédictions de l'Apocalypse ? C'est non seulement tiré par les cheveux, mais c'est complètement fou !

Thomas ne se laissa pas démonter par la répartie d'Anna.

— Durant la dernière année, votre mari a usé de son influence et amené la Cour suprême à voter une loi autorisant l'essai de l'implant d'une puce électronique dans le corps humain.

— Oui, oui. J'ai entendu la nouvelle à la radio, lâcha John, les yeux perdus dans le vide.

— Je ne vois pas le rapport, dit Anna, suspicieuse.

— Au début des années 1960, certains directeurs des plus grandes firmes financières du monde entier et des hommes d'affaires parmi les plus influents et les plus riches de la planète se sont rencontrés en secret. On y comptait, entre autres, Mill Jenkins, le véritable propriétaire d'une des plus grandes mines de diamants de l'Afrique du Sud ; Al Monroe, propriétaire de presque tous les puits de pétrole de l'ouest des États-Unis ; et même Tommy Masterton et Alfred Bucks, deux des principaux banquiers de la reine d'Angleterre. Ces hommes étaient extrêmement riches. Après une décennie de recherche, ils ont annoncé simultanément la création d'une carte en plastique qui contiendrait, grâce à une puce, de l'argent électronique. L'ancêtre de la carte de guichet était né. Le but semblait louable et surtout très rentable. C'est pourquoi les mêmes financiers, avec l'aide de personnes dévouées — ces hommes voulaient garder intacte leur réputation — orchestrèrent une savante série de fusions entre leurs sociétés et amassèrent ainsi le fabuleux capital de trois cents milliards de dollars américains. Blank était née. Cette compagnie est spécialisée dans la recherche technologique de pointe et profite à… ses investisseurs. Elle a même été l'une des premières à s'installer sur un terrain vague, au sud-est de San Francisco, endroit qui est devenu par la suite, comme vous vous en doutez, Silicon Valley.

« Puis un jour, un brillant chercheur a inventé, dans un but humanitaire, une puce électronique révolutionnaire qui, transplantée dans le corps humain, devait aider à corriger la perte ou l'atrophie de tonus musculaire résultant de troubles de la moelle épinière. Il n'aurait jamais pu deviner que sa puce servirait de prototype à un tout nouveau système d'identification des êtres humains. Les membres de la Légion y ont vu une occasion unique et tout à fait fabuleuse. C'est là, Anna, que votre mari est entré en scène pour la première fois. Avec son immense pouvoir, à la fois juridique et politique, il a fait voter en 1985 une série d'amendements à la loi antitrust, ce qui a eu pour répercussion une chasse aux sorcières dans tout le pays.

« Savamment orchestré, le plan consistait à répandre un tissu de mensonges afin d'amener le ministère de la Justice à enquêter et à porter des accusations contre la compagnie Blank. Blackhart n'était pas sans savoir que celle-ci venait de faire une importante percée dans la découverte des applications technologiques du lithium. C'est pourquoi, lorsque deux hommes d'affaires allemands ont fait une offre d'achat aux actionnaires de la compagnie Blank, ceux-ci ont accepté sur-le-champ. Ces actionnaires ont réalisé un profit de cent millions de dollars, ce qui était largement au-dessus de leur plus optimiste prédiction. En plus, ils ont évité un coûteux procès. Les nouveaux propriétaires étaient Adam et Detlev Leichtenburger, deux frères qui travaillaient pour la Légion.

— Mais vous ne m'avez toujours pas expliqué…, commença Anna.

— J'y arrive, la coupa d'un ton calme Thomas. Votre mari, le visionnaire de la Légion, n'était pas sans savoir que le commerce électronique à l'aide d'une carte à puce deviendrait, tôt ou tard, obsolète. Et puis la carte risquait d'être souvent perdue, volée ou piratée, tant et si bien qu'il eut…

— … l'idée d'introduire une puce contenant certaines informations dans le corps humain, compléta John.

— Exactement. La puce que les chercheurs de Blank avaient inventée mesurait à peine 7 millimètres de longueur sur 0,75 millimètres de largeur.

Il estima la longueur avec son pouce et son index.

— À peine plus gros qu'un grain de riz, dit sœur Helen.

— Eh oui! acquiesça Thomas en hochant la tête. La puce contient une pile au lithium et un émetteur-récepteur détectable par satellite. Finie la vie privée. À tout moment, les gens seront repérables par ordinateur. Les grosses têtes de la Légion ont dépensé quatre millions de dollars en recherche juste pour déterminer où ils l'implanteraient.

— Laissez-moi deviner! cria presque Anna. Cette bande de tarés, avec leurs brillantes études à la con, ont trouvé que le meilleur endroit serait la main droite ou le front.

Elle sut qu'elle avait raison quand elle lut la réponse dans les yeux du moine.

— Oh non! Oh non! Oh non!

John alla serrer Anna dans ses bras pour la réconforter. Cette dernière posa la tête sur son épaule. Seule sœur Helen n'avait pas bougé.

— «Et elle fit que tous, petits et grands, riches et pauvres, libres et esclaves, reçurent une marque sur leur main droite ou sur leur front», clama Guillot, avec la voix grave d'un prophète. J'ai rencontré Shawn Quency juste avant qu'il ne soit retrouvé mort, crucifié à un arbre, la tête en bas, dans le bois jouxtant son chalet situé dans les montagnes du Montana. Il faut croire que la Légion a une drôle de façon de régler ses problèmes.

Thomas les vit tourner vers lui des regards interrogateurs.

— Quency était l'une des têtes pensantes et donc dirigeantes du département de recherche de Blank. Il m'a alors expliqué que la pile au lithium devait se recharger d'elle-même grâce au changement de température du corps humain. Et les deux endroits du corps humain qui subissent le maximum de fluctuations de température sont justement la main et le front.

— Pourquoi l'a-t-on tué ? demanda John.

— Il parlait trop. Il s'est opposé à cette utilisation de la puce, car le lithium qu'elle contient est un élément des plus dangereux pour le corps humain. Quency l'avait vu en consultant les résultats des études de faisabilité. À cause de ses 250 000 composantes, il considérait que la puce était trop fragile, donc inutilisable. Au moindre coup un peu trop violent, elle risquait de se détruire. La majorité des chiens à qui on avait implanté la puce avaient subi de graves brûlures cérébrales et avaient manifesté une soudaine poussée d'agressivité lorsque le lithium était entré directement en contact avec leur peau. Au psaume 16, verset 2, on peut lire : « Le premier alla et versa sa coupe sur la terre. Et un ulcère malin et douloureux frappa les hommes qui avaient la marque de la bête et qui adoraient son image. »

— Si je comprends bien, dit John, il y a actuellement dans le monde des forces occultes qui chercheraient à s'instaurer, au profit de… Satan (il avait de la difficulté à se résoudre à employer ce nom), un régime totalitaire mondial gouverné par un seul homme. Un homme qui aurait le pouvoir absolu sur chaque individu.

— Oui, John. Un monde et un régime nouveaux. Le chaos. Je ne vous l'ai pas dit pour ne pas vous effrayer…

— Au point où nous en sommes, ça ne peut pas être pire, rétorqua Anna.

Thomas les regarda tous, puis continua.

— À la fin de ma rencontre avec Quency, je m'en souviens comme si c'était hier, j'étais sur le seuil de sa porte quand il s'est approché et m'a dit :

« Les chiens. » Je vous le jure, après qu'il eut parlé, il a dû s'écouler au moins trente secondes. À cet instant précis, j'ai cru qu'il était complètement fou. Comme j'allais lui demander s'il allait bien, il m'a fixé d'un regard empli de terreur. « Les chiens », a-t-il murmuré de nouveau. « À une seule occasion, une seule, à peine une minute, comprends-tu, nous avons mis les quarante chiens ensemble. Ce n'était qu'un petit problème électrique. Toutes les grilles des cages se sont ouvertes en même temps. Une chance sur un million que ça arrive. Sans crier gare, les chiens se sont tous rués les uns sur les autres et se sont dévorés entre eux. Un vrai carnage. Il y avait du sang partout. À la fin, il n'en restait que trois. Les plus forts. Mais aussi les plus dangereux. Dans leur tuerie, ils n'avaient pas épargné mes trois assistants. La police n'a réussi à les identifier que par leur badge. J'aurais pu y laisser ma peau, mais j'étais parti aux toilettes. » Il m'a alors secoué comme un prunier en m'agrippant par les épaules. « Sais-tu qui me regardait du haut de la tour vitrée lorsque j'ai ouvert la porte de mon labo ? Edgar Blackhart. Le juge. Il souriait. C'était sûrement lui qui avait ordonné l'ouverture des cages. Voilà ce qui va arriver à l'espèce humaine si l'on procède à l'implantation de la puce », a-t-il ajouté en accentuant la pression de ses mains jusqu'à me faire craquer les os. « On va tous mourir. Seule une poignée de gens supérieurs survivra. »

Pendant un très long moment, personne ne parla, mesurant l'étendue des paroles du moine.

— Ce n'est pas tout, continua Thomas. Comme vous avez pu le constater, les produits dans les magasins sont maintenant tous marqués d'un code-barres. Lorsque vous payez, le préposé se sert d'un lecteur optique qui lit le code apposé au produit et un prix apparaît alors sur la caisse enregistreuse. (Tous acquiescèrent, se demandant bien quelle horreur il allait encore sortir de son sac.) Eh bien maintenant, plus besoin de carte de guichet ni d'argent comptant pour payer ces produits. Le consommateur n'aura qu'à présenter sa main droite ou son front et le même lecteur optique débitera du total de ses achats son compte bancaire. Les nouveaux dirigeants de Blank ont déjà signé un contrat d'entente avec pas moins de cinquante pays pour les brevets et les droits commerciaux de leur puce, dont les États-Unis, le Canada, la Nouvelle-Zélande, l'Australie, la Chine, Israël, la France, l'Italie et bien d'autres. Les modalités de l'accord sont à l'étude par une commission indépendante d'économistes, de fiscalistes et d'avocats — je ne me souviens plus du nom — afin que soit vérifiée la possibilité d'utiliser la puce comme solution aux actuels différends économiques de l'Union européenne. Mais, c'est là tout le génie de la Légion, une clause dans chacun de ces contrats stipule bien, noir sur blanc, que lorsqu'on se servira de la puce humaine comme monnaie électronique, trois chiffres devront être systématiquement inclus au-dessus de chaque code-barres.

— Laissez-moi deviner, dit Anna. Ce chiffre ne serait pas « six », par hasard ? Écrit trois fois, ça fait 666.

— Oui. Le psaume 13, verset 18, ne dit-il pas : « C'est ici la sagesse. Que celui qui a de l'intelligence calcule le nombre de la bête. Car c'est un nombre d'homme, et son nombre est six cent soixante-six. » Peut-être préférez-vous le psaume 13, verset 15 : « Et il lui fut donné d'animer l'image de la bête, afin que l'image de la bête parlât, et qu'elle fît que tous ceux qui n'adoreraient pas l'image de la bête fussent tués. »

— Et tout ce que vous venez de nous dire ce soir arrive actuellement dans le monde sans que personne soit au courant ? lui demanda sœur Helen, sous le choc.

— Oui, ma sœur.

Anna et John restaient silencieux, enregistrant ce qu'ils entendaient.

— Juste pour vous donner une petite idée, la semaine dernière, Blank a déménagé sans raison son siège social au 666, 5e Avenue à Manhattan. Et les chercheurs de Blank travaillent maintenant en association avec le département de la Défense américaine à un projet top secret. Le nom de code du projet est Tessera.

— Et moi ? lui demanda John. Quel rôle suis-je censé jouer dans toute cette histoire ?

— Malheureusement, je ne le sais pas du tout, répondit Thomas. J'aimerais pouvoir vous dire : « Faites ceci ou faites cela », mais Dieu ne m'a pas permis d'en connaître davantage.

— Pourquoi moi ?

La question lui brûlait les lèvres depuis fort longtemps. Jamais John ne s'était senti aussi désorienté et impuissant.

— Pourquoi Dieu a-t-il choisi Joseph et Marie comme parents du Christ ? Je crois que ça restera à jamais incompréhensible. Comme pour vous, John.

— Que vient faire Tindo dans toute l'histoire ?

— C'est l'un des membres actifs de la Légion, le plus dangereux. Il fallait à Blackhart la certitude que vous chercheriez à vous emparer de l'Évangile de Judas en allant dans une ville qui serait…

— ... désignée comme étant le cœur d'un pentacle formé par la mort de six cent soixante-six personnes, fidèles à Satan, enchaîna John.

— C'est juste. Nous supposons que la Légion n'a jamais su, et ce, jusqu'au suicide collectif de tous ces pauvres gens, quel était l'emplacement véritable de l'Évangile. Blackhart ne pouvait donc pas se permettre le luxe de vous supprimer. Si vous étiez réellement au service de Dieu, vous alliez le mener aux documents. Comment a-t-il pu savoir au départ que vous pouviez être cet homme ? Je l'ignore. Mais lorsque vous avez pris l'avion pour le Texas, il en a alors eu la preuve incontestable.

Assis sur le sofa, la tête entre les mains, John ne voulait pas croire les explications du moine, et pourtant cela avait une certaine logique. Une logique implacable, à tout considérer. Il suggéra alors à tout le monde d'aller dormir, car la journée qui les attendait serait longue. Tous acquiescèrent. Sœur Helen et Anna étaient affairées dans la cuisine à nettoyer les tasses de café quand John apostropha Thomas.

— Guillot, l'Évangile de Judas doit aller au Vatican à tout prix. Là, il sera en sécurité.

Le moine hocha la tête. Il suivrait le conseil de John, même s'il n'était pas certain que ce fût la meilleure solution.

* * *

De sa cachette, Vincent Tindo vit un chien surgir de derrière une voiture. C'était un pit-bull et il trottait au beau milieu de la rue sous le clair de lune. Ses griffes cliquetaient sur l'asphalte et il avait une allure sinistre qui fit jubiler Vincent. À un moment, il sembla se lasser d'avancer dans la rue, car il bondit sur le trottoir. Puis il s'arrêta en relevant la tête pour humer l'air un instant. De son pas leste, il gagna le pied des escaliers menant au presbytère et, en bon chien de chasse, il aboya devant le gibier.

Un sourire sombre teinté de résolution inflexible apparut alors sur le visage de Tindo.

* * *

270

Le rez-de-chaussée ne comportait que trois chambres. Sœur Helen avait donc proposé la sienne au couple, puisque c'était l'une des plus confortables. Cependant, John avait poliment décliné. Anna lui fit un sourire résigné et lui souhaita une bonne nuit.

En allant à sa chambre, le poids de la solitude s'abattit sur Anna. Elle aurait tant désiré passer la nuit dans les bras de John, elle aurait eu envie d'être réconfortée aussi. Plus que jamais, elle avait besoin du détachement et de l'optimisme inébranlable de cet homme.

Allongé sur le canapé du séjour, John craignait de ne pouvoir s'endormir, mais aussitôt qu'il eut baissé ses paupières sur ses yeux rougis par la fatigue, un abîme l'engloutit dans un monde sans rêve. Et, surtout, sans cauchemar.

* * *

Un grognement sourd extirpa l'agent du FBI du sommeil.

À demi endormi, il jeta un bref coup d'œil à la vieille horloge en bois fixée au mur. Les aiguilles indiquaient 3 h 19. Il fut étonné de constater qu'il avait dormi à peine deux heures.

John souffrait d'un violent mal de tête.

Le grognement reprit. Plus fort, cette fois-ci. Le bruit semblait provenir d'une des trois chambres du couloir situé à sa droite. Il se redressa sur le canapé, le geste amplifiant alors le martèlement dans ses tempes et faisant presque craquer ses articulations douloureuses.

À ce moment-là, le silence fut troublé par un autre grognement. Il s'agissait hors de tout doute d'un gémissement féminin. Intrigué et un peu inquiet, John alla voir ce qui se passait. Par habitude, il prit son .38 dans le holster suspendu au dossier de l'une des chaises de la cuisine. Alors qu'il s'aventurait dans le couloir plongé dans l'obscurité, le plancher lambrissé grinça et craqua sous ses pas comme les articulations d'un vieillard. Tout ouïe, John s'immobilisa.

Seul le vent de l'extérieur qui sifflait dans les interstices des carreaux troublait le presbytère, aussi silencieux que le vide de l'espace. John s'approcha d'une des chambres à sa gauche. Celle du centre. Il glissa son oreille contre la fente entre le chambranle et la porte.

Rien.

Avec l'impression absurde de se sentir en danger, il saisit la poignée et la tourna avec la même délicatesse que s'il s'était agi d'une poterie datant de trois mille ans.

Par le mince entrebâillement, il vit Anna, toujours habillée, qui dormait en chien de fusil dans la pâle clarté lunaire pénétrant par la fenêtre. Elle se mit soudain à balbutier des mots inintelligibles comme si elle combattait des fantômes.

Ou son fantôme ? spécula John, en s'imaginant sans peine les supplices qu'avait dû lui faire subir un homme comme Edgar Blackhart.

Il referma la porte tout doucement.

À cet instant, un cri bref retentit dans son dos. Un cri de douleur. De souffrance. John fit volte-face. Son cœur s'emballa.

À la seconde où il fit irruption dans la chambre ténébreuse, la lumière de la lampe de chevet s'alluma. Ses réflexes conditionnés par des années sur le terrain le firent se plaquer au sol.

— Salut, John. Content de te voir, mon vieux.

À la vitesse de l'éclair, Matthews se releva et braqua son arme sur Tindo qui, le bras passé sous le cou de sœur Helen dont il avait recouvert le visage d'un oreiller, le tenait déjà en joue de son Beretta.

La vue du tueur emplit John de haine.

Les trois couteaux de boucher fichés dans le mur, juste au-dessus de la tête du lit, avaient attiré son attention. Du sang visqueux dégoulinait des lames, traçant des lignes rougeâtres et irrégulières sur la peinture blanche. C'est à ce moment que John aperçut les jambes de la religieuse. Des genoux jusqu'aux chevilles, la peau pendait en lambeaux et, à plusieurs endroits, les tendons et les nerfs avaient été mis à nu.

Tindo suivit son regard.

— Ce n'est pas ma faute ! clama Vincent. Cette chienne n'arrêtait pas de se débattre et de me donner des coups de pied. J'ai donc été obligé de la punir. Mais quel gâchis, mon ami ! C'est qu'elle saigne et couine comme une truie !

Il baissa le ton comme s'il confiait un secret à l'agent :

— Maintenant, par contre, la nonne est calme et docile comme un agneau.

John avait détourné la tête, incapable de soutenir un tel spectacle.

Une brise légère fit flotter les rideaux. Sœur Helen avait été victime de sa malchance. En voulant profiter de la fraîcheur de la nuit, elle avait ouvert la voie à Tindo.

— La petite était vierge, savais-tu ? Oh ! Mais c'est vrai ! Tu ne peux pas le savoir, tu ne l'as pas goûtée.

La fureur qui s'empara de Matthews mit aussitôt fin à la guerre sans merci que se livraient dans son esprit le bien et le mal. Une vérité terrifiante lui glaça le sang tandis qu'il avançait vers Tindo. Il allait tuer cet enfant de pute, même si son âme devait être damnée à jamais.

— Tu vas me le payer. J'aurai ta peau ! éructa-t-il.

Il serra les lèvres. La crosse de son arme était brûlante dans sa main.

Un sourire victorieux éclaira le visage de Vincent Tindo.

— Avant de visiter ma nouvelle copine, j'ai fait un petit crochet dans le séjour où tu dormais et j'ai déchargé ton arme.

— Ne tirez pas ! cria tout à coup Thomas qui venait de surgir dans l'embrasure de la porte. Si jamais vous le tuez de sang-froid, vous serez damné comme lui.

— Sale pédé, cracha Tindo. Je croyais bien qu'en 1972 vous aviez tous été liquidés dans votre satanée abbaye. Mais vous connaissez le dicton : Plus on est de fous, plus on rit. Venez, mon cher frère.

Au même moment, de sa main libre et d'un geste théâtral, il ôta l'oreiller qui couvrait le visage de sœur Helen.

Le regard vide de la religieuse fixait le plafond. Sa gorge avait été tranchée d'une oreille à l'autre et sa poitrine, qui n'était plus qu'une masse sanglante, faisait ressortir de manière brutale la pâleur cadavérique de son corps.

— Vous comprenez maintenant pourquoi je lui ai caché le visage. La nonne était beaucoup moins excitante avec son deuxième sourire dans le cou. John ! Calme-toi, vieux ! Pourquoi te mets-tu dans tous tes états ? Ce n'était qu'une pute du Seigneur.

L'agent vint pour s'élancer sur le tueur quand ce dernier anticipa son geste.

— Crois-moi sur parole, je ne te donnerai pas une seule chance de jouer au héros. Au moindre mouvement de ta part, je te fais un joli trou au milieu du front.

Vincent agita son pistolet comme un enfant, son hochet, et lança, le moins embarrassé du monde :

— Certes, le couteau est un instrument plus romantique, plus sensuel, mais, à cette distance, j'opte pour la fiabilité. Impossible que je manque mon coup !

Un hurlement terrible déchira l'air derrière eux.

Éveillée par le bruit qui provenait de l'autre chambre, Anna s'était levée. En voyant le carnage, elle se couvrit le visage de ses mains et se mit à pleurer.

— Oh ! Mon Dieu !

— Ma très chère Anna, s'écria Vincent, tout sourire. (Il se tourna vers John.) Quel cachottier fais-tu !

Sur un ton coquin, il ajouta :

— Si j'étais toi, Anna, je ferais très attention. Tu as été une vilaine fille et Edgar n'est pas du tout content. Une petite voix me dit que tu auras une sévère correction.

— Taisez-vous, salaud ! cracha-t-elle dans sa direction.

— Cessez de me regarder ainsi, dit Tindo, d'un air outré en dévisageant tour à tour John et Anna. Je sais que la blessure de la nonne a dû être très douloureuse. Toutes les blessures le sont, mais certaines plus que d'autres, je vous le concède. Au moins, il faut voir le beau côté des choses, cette pauvre garce va aller retrouver son Dieu. Sois réaliste, John, et surtout, ne le prends pas mal ! Je suis tout simplement plus fort que toi. Avec les femmes, avec ma force et avec mon esprit. Allez en paix, amen.

Le regard du tueur dériva vers Anna.

— Approche, voyons. N'aie aucune crainte, je ne te ferai pas de mal, lui susurra Tindo.

— Ferme-la, fils de pute ! hurla John d'une voix enragée.

Au même moment, Thomas, d'un geste protecteur, fit un écran de son corps pour dissimuler Anna.

— Tss-tss, mon frère. Reculez. À ce que je sache, mon invitation ne s'adressait pas à vous. À moins que vous vouliez vous aussi profiter de mon dard… Dans votre religion, la communion entre frères est interdite, mais chacun sait qu'elle est pratique courante. Je ne vois pas pourquoi le gentil peuple s'en offusque. Dans ma religion, tout le monde a le droit de goûter à tous les plaisirs.

Thomas, choqué, recula devant ce démon réincarné.

— Es-tu sourde, connasse ? Viens ici ! cria Tindo à Anna. Veux-tu que je tue tes amis ?

Anna se mit à avancer et contourna John.

— Vous devez comprendre, dit-elle à John et au frère Thomas. De la même façon que ton âme, John, sera souillée si tu te sers de ton arme. La mienne l'est depuis le jour où j'ai uni ma destinée à celle d'Edgar Blackhart. Il est trop tard pour revenir en arrière.

Lorsqu'elle fut à proximité de Tindo, celui-ci l'attrapa par les cheveux et la tira vers lui. Anna poussa un hurlement de terreur plus que de douleur. Elle sentit un contact glacé sur sa tempe. Des larmes silencieuses coulèrent sur ses joues.

— Lâche-la, Tindo, dit John. Elle n'a rien à voir avec tout ça. C'est moi que tu veux, ne l'oublie pas. Laisse-la partir, je prendrai sa place.

Pour toute réponse, Tindo passa délicatement sa main sur la joue d'Anna, essuya ses larmes, huma avec délice son doux parfum. Il la trouvait très excitante. Son index glissa sur les lèvres pulpeuses, ensuite sur la peau douce de son cou gracile. Puis, sa main se referma sur un sein. Il le pétrit, titillant le bout du mamelon. Anna hoqueta de surprise et sa respiration resta bloquée dans sa poitrine. Elle était incapable de dire un mot. Tout le temps que ce manège dura, Tindo continua de pointer son arme sur John.

— Ça suffit ! cria Matthews d'une voix enragée.

— Juste pour te prouver que tu as perdu sur toute la ligne, je vais la violer sous tes yeux et ramener l'Évangile à Blackhart. Déshabille-toi, ordonna-t-il à la femme.

Tindo avait les yeux rivés sur elle.

— Ce que tu peux m'exciter, avec tes larmes de vierge éplorée !

Anna passa une main derrière son dos pour descendre la fermeture éclair de sa jupe.

La suite se déroula à la vitesse de l'éclair.

Prenant l'arme que Thomas Guillot lui avait glissée lorsqu'elle était derrière lui, elle la brandit en tremblant et fit feu sur Tindo.

L'arme était enrayée.

Les traits défigurés par la surprise, Anna fixa le vieil engin rouillé qui semblait dater de la Deuxième Guerre mondiale.

Vincent hurla de rire devant le comique de la situation. Sans cesser de pointer son arme en direction de John, Tindo leva les yeux au ciel et s'écria :

— Merci, mon Dieu, je vois que toi-même tu as compris et que tu m'as béni ! Et toi, méchante fille, dit-il en vrillant son regard assassin sur Anna, tu vas crier de douleur.

Conscient que leur vie ne tenait plus qu'à un fil, Thomas remit son espoir entre les mains de Dieu et se signa.

Au même moment, profitant du geste de Tindo en direction d'Anna, John s'élança sur le meurtrier avec toute la puissance de sa rage trop longtemps contenue.

Avant qu'il ne s'abattît sur lui, Anna pointa de nouveau le pistolet, appuya sur la gâchette et fit exploser la tête de Vincent Tindo, éclaboussant John de sa cervelle. L'arme cracha un second coup de feu et les parties génitales du tueur s'envolèrent en morceaux

— Bienvenue en enfer, salaud !

John comprit l'ampleur du sacrifice qu'Anna venait de commettre pour lui. Elle venait de noircir son âme d'un meurtre pour préserver la sienne. Cependant, malgré le soulagement de voir le corps de Tindo enfin sans vie, une cuisante déception étreignit le cœur de Matthews : il eût tant aimé éliminer lui-même ce monstre dément ! « Relève-toi, salopard ! La partie n'est pas terminée ! » avait-il envie de hurler au cadavre. Elle ne le serait jamais. John ne pouvait s'empêcher de se rappeler avec fureur le sourire moqueur du tueur, juste avant que la balle ne lui fît sauter la cervelle. À cet instant précis, le Tueur fantôme savait combien les tourments hanteraient l'agent du FBI jusqu'à sa mort. En exhalant son dernier souffle, Tindo savait qu'il était le seul vainqueur.

— Oh ! Mon Dieu…, balbutia Anna en laissant tomber le Sterling.

Elle se mit à sangloter et se laissa choir sur le sol.

— Je ne pouvais pas te laisser le tuer, ajouta-t-elle d'une voix chevrotante.

John se précipita vers elle et la serra dans ses bras.

Thomas Guillot étreignait la croix qui pendait à son cou. Son visage était pâle comme un croissant de lune.

— Mettez les documents en sécurité au Vatican, lui recommanda Matthews.

— Et vous ? Où allez-vous ?

— Je crois qu'il est maintenant temps d'aller rendre visite à Edgar Blackhart.

Chapitre 23

John et Anna eurent juste le temps d'attraper le vol 8 Austin — Washington de la United Airlines. Auparavant, Matthews s'était empressé de garer la Camry dans un quartier peu recommandé d'Austin, à un endroit où elle serait volée à coup sûr par une bande de voyous ou démantelée par une équipe de professionnels. Sa prévoyance lui dictait de brouiller les pistes pouvant mener la Légion à eux.

Ils n'avaient guère parlé depuis leur départ précipité de Judas, et pourtant, ni l'un ni l'autre ne se sentaient gênés par ces longs silences.

Quelques minutes avant le décollage, le pilote les informa des conditions météo et leur souhaita un bon vol. Bientôt, l'avion navigua sur une couche nuageuse sans cesse zébrée d'éclairs incandescents. Le gros-porteur était secoué comme un fétu de paille et les hôtesses ne réussissaient pas à répondre à toutes les demandes des passagers inquiets.

Anna posa sa main sur celle de John et elle sentit une agréable chaleur monter en elle. À ce contact, il plongea son regard profond dans le sien, comme s'il eut voulu d'un seul coup tout connaître d'elle, et répondit à son geste en lui caressant le poignet sans cesser de l'observer. Grisée par ce magnétisme qui lui faisait oublier leur situation précaire, elle n'avait qu'une envie, celle de sentir son corps contre le sien, de se laisser bercer par cette tendresse qu'elle sentait affleurer sous des dehors endurcis et une incroyable maîtrise de soi. Il ne ressemblait à aucun des hommes qu'elle avait connus. Elle se prit à rêver de refaire sa vie.

Matthews sourit. Il avait tout à coup l'impression de renaître. Anna, par sa présence d'une extrême douceur, par sa compréhension et par sa beauté radieuse, faisait fondre ses réserves et effaçait les cuisants souvenirs qui l'empêchaient de vivre depuis si longtemps.

— Ne m'abandonne pas...

C'était une prière, un aveu de son total abandon.

Malade à l'idée qu'il puisse en être séparé, John aurait souhaité se trouver avec elle à des milliers de kilomètres de là, dans une autre histoire que la sienne.

* * *

Il était deux heures de l'après-midi lorsque les roues de l'avion rebondirent sur la piste numéro 17 de l'aéroport Ronald Reagan. Une bruine se déversait d'un ciel gris et maussade. Ils ne mirent qu'une demi-heure pour répondre à toutes les formalités, descendre un gigantesque escalier roulant et franchir les portes automatiques avant de se retrouver à l'extérieur dans le froid humide. Le vent qui soufflait du nord-ouest leur mordit la peau du visage et des mains.

Devant eux, la file de taxis était impressionnante.

Dans cette section du terminus, la cohue régnait. Les gens traversaient au beau milieu de la rue sans prendre garde aux voitures venant dans les deux sens, et une partie de la circulation était en partie interrompue par des conducteurs qui se servaient de cette portion de la route à la fois comme d'un embarcadère et d'un débarcadère.

Ils n'eurent pas à héler un taxi : le premier de la file s'avança tout de suite dans leur direction et s'arrêta devant eux.

À la pensée de son mari, la peur avait fait se recroqueviller Anna sur la banquette. Son visage n'était plus qu'un masque blanc. De la voir ainsi fit monter la colère que John ressentait envers le juge. Dans peu de temps, il mettrait la main sur ce salaud et lui ferait cracher la vérité.

* * *

Ils arrivèrent à Alexandria, en Virginie, vers les seize heures, après avoir fait une courte escale au Crystal City Shops, un centre commercial d'Arlington que John fréquentait jadis, à l'époque où il demeurait à Georgetown. Le temps était toujours gris et venteux, et l'humidité transperçait leurs vêtements neufs pour planter ses griffes dans leurs os.

John se sentait plus en sécurité dans une ville en banlieue de la capitale nationale. Située à une dizaine de kilomètres au sud-ouest de Washington, de l'autre côté du fleuve Potomac, Alexandria leur conférerait un certain anonymat.

Anna fut étonnée de constater qu'il partageait son engouement pour cette petite ville portuaire et son fabuleux quartier historique où de nombreuses maisons des XVIIIe et XIXe siècles avaient été rénovées. Ils appréciaient chacun y séjourner en automne, s'y promener en visitant les antiquaires, s'arrêter sur une terrasse pour se délecter d'un café tout en admirant le cachet pittoresque de l'endroit magnifié par les charmes de l'automne.

Le taxi les déposa à la Morrison House, 116 Alfred Street.

Ceinte par une rangée de magnifiques chênes centenaires égayés, à l'approche de la fête de Noël, par des lumières multicolores, Morrison House était une auberge de style colonial en brique rouge et à volets noirs. La demeure impressionna Anna tant par sa beauté discrète que par son architecture élégante. Le luxueux hall lui arracha un soupir d'émerveillement. Pendant que John prenait les clés de leurs chambres, Anna jeta un regard admiratif autour d'elle. Le décor rappelait celui d'un vieux manoir anglais du XVIIIe siècle avec les planchers en marqueterie, les toiles anciennes et le feu qui crépitait dans l'immense foyer de pierre. John prit son bras avec galanterie pour l'amener à l'étage.

* * *

Dignes d'un palais royal, les deux chambres avaient une salle de bains mitoyenne qui, par son ampleur, aurait pu faire office de bain public.

Lorsque Anna déclara à Matthews qu'elle allait prendre une douche, il en profita pour faire quelques appels. Longtemps après que le bruit de l'eau eut cessé, John entra dans la salle de bains à son tour. Une serviette enroulée autour de la tête, splendide dans un soutien-gorge pigeonnant et un string, Anna s'affairait à enlever les étiquettes de prix à ses vêtements déposés en pile sur le dessus du comptoir. La pièce était chaude et embuée. Sans s'offusquer de cette intrusion, elle lui sourit et continua sa tâche. John s'excusa et referma la porte, confus d'être ainsi troublé par cette femme vers qui tout le poussait.

* * *

Ce soir-là, par souci de discrétion et de sécurité, ils firent monter leur repas à la chambre de John. Coq au vin pour ce dernier, épaule de veau braisée pour Anna. Le tout arrosé d'un excellent Meritage St. Supery, une merveille de la vallée de Napa.

Deux serveurs en gants blancs avaient disposé le dîner sur la petite table en bois de style fédéral, débouché la bouteille de vin, puis allumé les bougies du chandelier en argent. Éblouissante, Anna portait une robe en velours noir au décolleté plongeant qui épousait parfaitement ses formes. Durant tout le repas, elle l'avait fixé d'un regard si clair qu'il en avait éprouvé des frissons. À défaut de lui déclarer ouvertement ses sentiments, elle se livrait à lui avec ses yeux. De son côté, John réprimait le désir violent de l'attirer contre son torse pour lui jurer que plus aucun mal ne lui serait fait.

— Edgar n'a jamais passé deux jours d'affilée sans faire un saut à son bureau, relata-t-elle en prenant une gorgée de vin.

Matthews n'était pas sans savoir que l'équipe de sécurité du juge compterait au minimum trois agents des services secrets parmi les meilleurs. Plus, peut-être, si Blackhart avait fait mention au président des risques d'un attentat. Or, même si le juge était surveillé vingt-quatre heures sur vingt-quatre, rien n'arrêterait l'agent. Le monde devait être informé des machinations machiavéliques de ce fou et de son groupe d'illuminés.

— Quand comptes-tu le... faire ? demanda Anna consciente qu'elle parlait avec froideur de l'enlèvement ou peut-être même du meurtre de son propre mari, l'homme avec qui elle avait partagé presque toute sa vie.

L'évocation de son époux avait gâché l'atmosphère joyeuse qui avait inauguré leur repas. Cependant, l'humiliation et l'asservissement que Blackhart lui avait fait subir lui laissaient encore une empreinte cuisante dont elle ne pouvait faire abstraction. Elle voulait sa vengeance plus que tout au monde.

— La préparation de ce type d'opération peut prendre plusieurs jours. Je dois déterminer le lieu et le moment propice de l'attaque en identifiant la faille dans son système de sécurité. La moindre erreur pourrait être fatale.

Anna pâlit.

— Laisse-moi t'aider. Je pourrais t'être utile.

— C'est trop dangereux pour toi.

Galvanisée, elle explosa d'une voix vibrante de colère :

— Excuse-moi, John, mais il est hors de question que je reste ici à t'attendre ! Je ne suis pas à tes ordres. Je n'ai pas fait tout ce chemin pour me voir confiner à une chambre d'hôtel. Ne vois-tu pas que c'est moi qui ai choisi de venir te rejoindre ?

Ses yeux verts brillaient d'une détermination redoutable.

Plus que jamais, Matthews se dit qu'Anna avait dû hériter ses cheveux roux et ses sautes d'humeur volcaniques du peuple irlandais.

— Je ne veux pas avoir ta mort sur la conscience, ce serait une de trop.

— J'ai besoin de me libérer, comprends-tu ? Je veux voir ce salaud ramper dans la boue et m'implorer de lui laisser la vie sauve. L'avoir à ma merci !

Sa voix vibrait, proche du déchirement.

— Pour réaliser ton vœu, je dois opérer seul, trancha John en se levant de table pour arpenter la pièce. Avec toi, il aurait vite fait de me repérer. Pendant ce temps, j'ai un ami qui pourrait veiller à ta protection. C'est un ancien agent secret. Un des meilleurs.

Il observa Anna pour y détecter une hésitation quelconque, mais son attitude était toujours aussi déterminée. Cela fit naître un espoir en lui.

— Lorsque tout sera terminé, nous pourrons penser à un avenir possible ensemble.

Étonnée de son audace, Anna alla se lover contre lui en nouant ses bras autour de son cou. Elle avait désespérément besoin de son amour. Avec lui, elle avait l'impression de pouvoir déplacer des montagnes. John réalisa à ce doux contact qu'il était déjà follement amoureux d'elle. Jamais encore il n'avait éprouvé un désir aussi irrationnel et passionné pour une femme, pas même pour Maureen. Comment avait-elle pu conquérir si vite son cœur ? Il resserra son étreinte et enfouit son visage dans ses longs cheveux roux.

Pour la première fois depuis des années, Anna Blackhart se sentit en sécurité, l'esprit détendu. Blottie dans les bras de John, elle s'abandonna au bonheur, s'émerveillant de sentir le désir monter en elle, ce désir qu'elle n'avait pas ressenti depuis si longtemps. Se libérant de son étreinte et plantant ses yeux dans les siens, comme pour garder d'elle un souvenir impérissable, il appuya ses paumes sur ses tempes et déposa sur ses lèvres un baiser d'une douceur infinie. Elle répondit à ce baiser avec une ardeur qui la sortit d'une longue léthargie. Les mains de John se mirent à parcourir son corps à la recherche de ses moindres secrets. Dans une longue danse langoureuse, ils se dévêtirent mutuellement, goûtant l'intensité de chaque instant, comme s'ils pressentaient que la vie n'allait peut-être jamais leur offrir de nouveau tant de volupté.

Se laissant glisser sur la moquette épaisse, ils s'abandonnèrent à leur amour.

* * *

En rangeant à la hâte ses vêtements dans un sac de voyage, Anna contempla son amant, assoupi comme un enfant qui sait que l'on veille sur lui. Une bouffée de tendresse la saisit, qui lui donna envie de caresser ce beau visage qui s'offrait sans retenue. Sa décision était prise : elle tuerait Edgar. C'était à elle de le faire, pas à John. Même coupable, elle savait que son époux n'aurait pas à faire face à la justice : il était trop influent.

Elle s'assura que le mot laissé à John était bien en évidence sur la table à thé. Il lui avait promis qu'un jour, ils seraient réunis. Ce serment, Anna le savait, ne se réaliserait jamais. Son destin l'appelait vers une autre voie. Malgré sa volonté, elle tremblait. Elle prit une longue inspiration. Il fallait à tout prix qu'elle reprenne le contrôle d'elle-même.

Je ne lui ai jamais dit que je l'aimais ! pensa-t-elle alors en sentant son cœur éclater en mille morceaux. *Et pourquoi a-t-il fallu que j'épouse Edgar Blackhart ? Pourquoi ? Pourquoi ? Pourquoi ?*

Sentant plus que jamais sa solitude, elle mit son manteau, puis éteignit les lumières de la chambre. Elle se devait d'être méfiante : Washington était le territoire de son mari. Anna, le cœur déchiré, réalisa qu'Edgar Devon Blackhart serait toujours un obstacle entre elle et John.

Chapitre 24

Assise dans une voiture louée sous un faux nom, Jenny Podein était terrifiée. Elle trahissait la Légion et, à cette heure, Blackhart devait avoir lâché ses sbires à sa poursuite. Elle savait que Blackhart finirait par lui mettre le grappin dessus et la faire payer.

Depuis sa défection, Jenny n'avait cessé de chercher des moyens qui lui permettraient à la fois de sauver l'homme qui avait bouleversé sa vie, John Matthews, et de détruire la Légion. Elle n'était pourtant pas dupe. L'ampleur de cette organisation et de ses ramifications était si considérable qu'il lui aurait fallu une armée afin d'en venir à bout. Elle avait tout de même passé cinq jours à dresser des plans, et il lui était venu une idée.

* * *

Lorsqu'il sortit du Captain Higgins, situé à quelques pas de la Maison-Blanche, Sergeï Kabanov n'entretenait — à la différence de Jenny Podein — aucune inquiétude quant à son avenir. Il n'était pas du genre à s'embarrasser de telles... formalités.

Pour fêter son prix Nobel de médecine, il s'était payé un petit festin : soufflé aux crabes, langoustines grillées au melon et, comme dessert, une superbe mousse au chocolat, le tout accompagné d'un Cristal Roederer.

À sa sortie du restaurant, le portier lui avait fait avancer un taxi, mais il avait décliné son offre. La nuit était belle, une douce neige tombait d'un ciel d'encre, et il avait envie d'une promenade.

Il marcha donc, les mains dans les poches de son imperméable, serein. Il descendit Pennsylvania Avenue en direction de la Maison-Blanche. Cette merveilleuse soirée lui rappela Moscou et sa légendaire place Rouge.

Kabanov avait un peu perdu la notion du temps lorsqu'une voiture ralentit et se rangea près de lui. Il n'eut pas le loisir de se demander qui était au volant, car la vitre du côté passager descendit aussitôt.

— Salut !

La voix était douce et chaude. Comme la lumière des réverbères ne suffisait pas à illuminer l'intérieur de l'habitacle, Sergeï ne put résister à l'envie de s'approcher de la voiture pour voir ce qui semblait être un morceau de choix.

— Pardonnez-moi, mais je crois m'être égarée.

Dans la trentaine, les cheveux auburn, le visage fin, la femme arborait un sourire timide.

— Comment puis-je aider une si charmante femme ?

— J'ai un rendez-vous important à l'Université George-town et le plan qu'une de mes copines m'a donné est franchement nul. Peut-être pourriez-vous m'indiquer le chemin ?

Le regard de Kabanov se posa sur le décolleté très appétissant de la conductrice.

— C'est votre jour de chance. Je me sens l'âme d'un chevalier servant. Peut-être pourrions-nous faire un bout de chemin ensemble ?

La jeune femme parut réfléchir, le temps de décider si elle avait affaire à un détraqué.

Comme s'il lisait dans ses pensées, Sergeï lui sourit.

Elle fit de même.

— Montez, dit-elle.

Il ne se fit pas prier. Lorsque la lumière du plafonnier s'alluma, il put à loisir l'observer. Jupe courte en cuir, bas fins comme un voile, escarpins noirs.

— Êtes-vous Américain ? demanda-t-elle.

— Je vois que mon accent m'a encore trahi. Je ne suis pas Américain, mais Russe. Je viens de Sourgout.

Devant son air intrigué, Kabanov crut bon de préciser :

— Sourgout est une ville de Russie située au cœur de la Sibérie occidentale. Mais j'ai fait mes études à Moscou.

— Vous êtes bien loin de chez vous, alors. Que venez-vous faire à Washington ?

— L'université dont vous m'avez demandé le chemin a décidé d'offrir au pauvre savant que je suis un doctorat *honoris causa* pour ses travaux de médecine. Attention. Après Washington Circle, vous continuez sur Pennsylvania Avenue jusqu'à M Street, puis vous tournez à votre gauche. L'université est à quelques kilomètres. Le temps pour nous de faire plus ample connaissance.

— Bon sang ! s'écria-t-elle tandis qu'elle essayait de bifurquer sur la voie de droite.

Après une manœuvre que Kabanov jugea téméraire, elle réussit à se glisser entre deux voitures.

— Je déteste conduire en ville.

Dans son énervement, elle échappa le bout de papier sur lequel elle avait noté les indications erronées d'une copine fictive et qu'elle tenait à la main tout en conduisant. Galant, Kabanov se pencha pour le ramasser ; il sentit alors une piqûre dans son cou. Sa vision se brouilla. Ses membres devinrent lourds. Il tenta de se relever, mais il en fut incapable. « Bon séjour au pays des rêves, mon cher Sergeï », entendit-il avant de sombrer dans l'inconscience.

* * *

Une vigoureuse claque au visage sortit Sergeï Kabanov de sa torpeur. En essayant de bouger ses bras, il prit conscience d'être ficelé comme un saucisson.

— Bienvenue dans le monde des vivants, dit la jeune femme assise devant lui.

La voix avait perdu toute trace de douceur.

Ayant une grande connaissance des anesthésiques, Sergeï supposa que sa délicieuse assaillante lui avait administré du methohexital de sodium, c'est-à-dire de quoi l'envoyer dans les vapes un certain nombre d'heures. Il ignorait par contre ses motifs.

Après l'avoir étudié quelques secondes, la femme se leva et lui arracha sans ménagement le sparadrap collé sur sa bouche en guise de bâillon.

La douleur fut vive, mais Sergeï resta muet. Il fit une sorte de gymnastique faciale destinée à dégourdir ses muscles endoloris avant de se risquer à parler.

— Vous m'êtes moins sympathique qu'à notre première rencontre. Où sommes-nous ?

— Dans un hangar désaffecté. Là où tes hurlements ne pourront pas être entendus.

— Comme c'est charmant ! ironisa-t-il. Je suis plus à l'aise dans un lit ; mais je suis ouvert à toutes les nouvelles expériences que la vie m'offre. C'est le S & M qui te branche, ma poulette ?

— Je suis contente que ça te plaise, car ce sera le dernier endroit que tu pourras contempler de ton vivant, répondit-elle.

Lorsque Kabanov détailla les traits de sa geôlière, sa cage thoracique se resserra comme dans un étau. Il sut alors qu'elle ne mentait pas. Il se mit aussitôt à échafauder des plans d'évasion. Il vérifia la solidité de ses liens en bougeant les mains. Aucun espoir de ce côté.

La jeune femme sortit un magnétophone d'un sac de sport posé à côté d'elle.

— Mon cher Sergeï, nous allons jouer au jeu de la vérité. Je pose une question et tu réponds. C'est simple, non ?

— Mais qui êtes-vous donc, au juste ? Une flic ? Un agent fédéral ?

— Tu ne m'as pas reconnue, hein ? C'est fou ce qu'une bonne teinture et des verres de contact colorés peuvent changer l'apparence d'une personne. Aimes-tu le résultat ?

Elle fit un tour complet sur elle-même comme un mannequin qui défile.

— Vous êtes très jolie, je dois humblement le reconnaître. Par contre, vous portez mieux la jupe que le jean. Mais vous ne me semblez pas avoir toute votre tête, si je puis me permettre ce léger commentaire désobligeant.

288

Pour toute réponse, la femme souleva son pull. Un soleil jaune vif était tatoué autour de son nombril. Il miroitait sous l'éclairage ténu.

— Jenny ! hurla presque le savant russe en levant les yeux vers elle.

— En personne, lui répondit-elle avec un petit sourire narquois.

— La traîtresse, c'est bien toi ! Si je pouvais…

— Trêve de bavardage.

Elle prit une seringue dans le sac.

— Il est temps que tu me donnes certaines réponses et, vois-tu, je suis pressée.

Kabanov se débattit sur sa chaise. Il gémit. La colère l'étouffait.

— Reste tranquille, Sergeï, lui dit-elle en injectant l'amytal sodique dans une veine de son cou. Je sais que tu en es capable.

Quelques minutes plus tard, il lui dit tout ce qu'elle voulait savoir. Elle l'embrassa en souvenir du passé. Puis, elle l'abattit d'une balle dans la tête.

* * *

Le Pinto Motel était situé à la sortie de Cheverly, une petite ville située à une demi-heure au nord-est de Washington, dans le Delaware. À cette heure de la nuit, l'endroit était presque désert. Il n'y avait qu'une discothèque, un kilomètre plus loin, et elle fermait au petit matin.

Jenny Podein s'engagea dans le stationnement et amena la voiture tout au bout de la bâtisse miteuse qui comportait un seul étage avec une douzaine de chambres.

Tous phares éteints, une voiture attendait dans l'obscurité. Jenny alla se garer à côté.

La portière s'ouvrit. Jenny ouvrit la sienne. Un sifflement admiratif se fit entendre.

— J'aime ton nouveau look ! Mais j'espère que tu as une bonne raison, mon chou, de m'avoir tirée du lit.

Pearl Glasberg, journaliste au *Washington Post*, étreignit son amie d'enfance. Jenny lui tendit alors discrètement une cassette. Intriguée, Pearl Glasberg s'en saisit.

— Qu'est-ce que c'est ?

— La preuve de l'innocence de John Matthews.

— Cet agent du FBI en cavale, que l'on accuse du meurtre de quatre femmes ?

La quarantaine, les cheveux gris et une paire de lunettes à grosses montures noires lui mangeant la moitié du visage, Pearl Glasberg ressemblait à une institutrice anglaise encore vieille fille.

— Oui.

À ce moment, des phares illuminèrent la façade du motel. En alerte, Jenny se pencha automatiquement et prit son arme. Mais la voiture les ignora et alla se garer près de la réception. À la lumière maladive du néon, elle vit un gosse à peine sorti de l'adolescence émerger de la voiture.

— Tu peux me publier ça dans l'édition de demain ? demanda-t-elle.

— Si je me dépêche de pondre l'article, c'est possible. J'ai deux heures, répondit-elle en consultant sa montre.

— Ton père est rabbin, n'est-ce pas ? lui demanda Podein.

— Oui. Pourquoi ?

— Un conseil : va passer la nuit chez ton père.

— Peux-tu m'expliquer ? Car…

— Je n'ai pas le temps. Mais si tu veux vivre jusqu'au lever du soleil, fais ce que je te dis.

Sans un mot, Pearl Glasberg monta dans sa BMW et quitta le stationnement en trombe.

— Allez, ma fille. C'est maintenant à toi de disparaître.

* * *

Delaware. 4 h 3.

Jenny roulait depuis maintenant près de deux heures lorsqu'elle arriva dans la petite bourgade côtière de Hands Branch.

Les mains moites crispées sur le volant, elle n'avait pas cessé de consulter son rétroviseur, car elle craignait une filature. L'heure tardive lui avait facilité la tâche, il y avait peu de circulation. En revanche, des professionnels bien entraînés et disposant d'une flotte importante de véhicules auraient passé inaperçus.

À un moment, elle avait eu l'impression d'être suivie, mais la voiture avait emprunté une sortie et n'était pas réapparue. Un peu plus tard, son attention avait été attirée par un hélicoptère volant à basse altitude, comme un faucon au-dessus de sa proie, et après une minute ou deux, il avait viré sur sa droite pour disparaître au-dessus de la masse noire des arbres et se fondre dans la nuit.

Jenny roula encore pendant deux kilomètres dans les rues désertes, puis bifurqua à sa droite sur Riverside Road, qui n'était en fait qu'une pente très abrupte menant à une marina, sur la côte atlantique. Avec un peu de chance, espérait-elle de tout cœur, cette route la mènerait vers la liberté.

Le stationnement était désert. Elle se gara et coupa le contact. Son plan devait avoir réussi, car aucun comité d'accueil ne l'attendait.

Pendant les minutes qui suivirent, épuisée par les événements des dernières quarante-huit heures, Jenny ne fit rien d'autre que de fermer les paupières et de chasser toute pensée de son esprit.

Rassérénée, elle sortit du véhicule.

Un vent vif soufflant du nord-est soulevait de petites vagues surmontées d'une crête d'écume et agitait mollement les bateaux.

D'un pas rapide, Jenny se dirigea vers la passerelle flottante menant au quai, qui était gardée par une lourde porte en métal. Une lune ronde, pleine et brillante éclaira ses traits fatigués tandis qu'elle déverrouillait la porte avec des mouvements mal coordonnés, signe de sa nervosité. Aussitôt sur le quai, elle ne put refréner son envie de courir. Elle s'arrêta devant un superbe voilier de sept mètres.

Une vague d'espoir gonfla aussitôt sa poitrine, mais cet optimisme grisant ne dura guère, car il fut remplacé par la conviction qu'Edgar Blackhart n'accepterait jamais la défaite. Pourtant, il fallait qu'elle continue de croire en sa chance.

Cinq minutes après avoir sauté sur le voilier, Jenny avait largué les amarres, levé les voiles, et dirigeait son embarcation, plein sud, le long de la côte. La tête relevée pour mieux humer l'air frais qui mordait son visage, les yeux mi-clos, elle savoura cet instant. Puis, elle mit le pilotage automatique, le temps d'aller se changer et de boire un verre avant de retourner à la barre.

Des présents l'attendaient dans la petite cabine : une bouteille de champagne et un téléphone cellulaire qui attira son attention par sa sonnerie stridente.

Jenny le regarda avec dégoût. Découragée, elle s'affala sur la banquette en cuir. Un long moment passa puis, enfin, elle répondit.

— Chère Jenny, j'ai bien cru que tu lancerais le téléphone par-dessus bord, lui dit Blackhart, un sourire dans la voix.

— Rien ne m'interdit encore de le faire, répliqua-t-elle, sans chercher à dissimuler sa colère.

— N'es-tu pas curieuse de savoir de quelle façon je t'ai retrouvée ?

Jenny garda le silence.

— Je t'ai déjà connue plus... ouverte à la communication, continua Blackhart en riant. Je vais donc parler pour nous deux. J'ai commencé à douter de toi en constatant ton absence à la dernière réunion du groupe. Qui plus est, tu travaillais avec Matthews... alors je me suis dit que tu devais avoir succombé à son charme. Je te rappelle, ma chérie, que tu n'avais comme mission que de le surveiller, pas plus. Mon instinct me dictait de te garder à l'œil. Je t'ai donc fait suivre. Discrètement. Jenny ? Jenny ?

— Je suis encore là.

— Comme je le disais, mes efforts ont été récompensés lorsque tu as liquidé notre petit ami russe. Il a emporté dans sa mort le secret de nos recherches scientifiques ainsi que la formule du vaccin contre le virus qu'il a lui-même créé et répandu sur toute la planète. Malheureusement pour l'humanité, j'en suis maintenant le seul possesseur, dit-il en éclatant de rire.

— De toute façon, dans quelques heures, le monde entier saura tout de cette affaire et de vos diaboliques machinations.

— Tu parles sûrement des documents que tu as donnés à cette journaliste, rétorqua Blackhart d'une voix posée. Son père a retrouvé son corps devant la porte d'entrée de sa demeure. Selon mes renseignements, elle est morte asphyxiée. Son agresseur l'aurait tuée en lui enfonçant de force une langue de porc dans la gorge. N'était-elle pas... juive ?

— Dis-moi où tu es, enfant de salope, que j'aille t'égorger vivant.

— Regarde par le hublot de tribord, tu verras ma limousine sur la jetée.

Elle jeta un coup d'œil. Un appel de phares troua la brume opaque qui couvrait la mer.

— Tu es fou à lier, hurla-t-elle.

— C'est tout à fait ce qu'on dira de toi, après ta mort, Jenny. Délire paranoïaque et obsessionnel, pour être plus précis.

Podein consulta sa montre.

— À l'heure qu'il est, répliqua-t-elle, une personne en qui j'ai une entière confiance possède un double des documents. Il a comme directive de les rendre publics dès demain. Me croyais-tu stupide au point de ne pas avoir assuré mes arrières ? Vos jours sont comptés à tous. On vous inculpera d'assassinats, de chantage, de corruption... la liste est longue.

— C'était une probabilité avec laquelle je devais composer. À l'instant même, un officier supérieur du FBI, de surcroît psychiatre et ami personnel, est en train de rédiger un rapport détaillé sur tes... désordres affectifs et mentaux. Depuis hier, une enquête est menée par le FBI dans tout le pays sur la contrefaçon d'ordonnances médicales aux fins de trafic. Ton nom figure sur la liste des suspects. De plus, la police de Washington vient d'émettre un mandat d'arrêt contre toi pour le meurtre de Sergeï Kabanov.

— T'es un beau salaud !

— Tu m'en vois flatté ! Autre détail. En t'imputant le meurtre de Kabanov, j'ai eu l'idée géniale de te mettre sur le dos celui de Vincent Tindo et ceux pour lesquels on recherche John Matthews. Plus tu paraîtras mentalement dérangée aux yeux du public et des médias, plus il sera facile de te discréditer. Tu deviens donc la cible idéale. Malheureusement pour nous, John Matthews sera lavé de tous les soupçons qui pèsent sur lui, mais tu ne seras plus en vie pour assister à son triomphe. Et celui-ci sera de courte durée. Quel beau gaspillage !

— On posera des questions, Blackhart. Il y aura une commission présidentielle, des enquêtes... Trop de gros bonnets sont impliqués dans tes opérations. Des têtes vont tomber.

— C'est là que réside la beauté de mon plan. Les gens haut placés du gouvernement pourront-ils adhérer aux divagations d'une présumée meurtrière qui accuse, entre autres, le responsable du Mossad, le bras droit du premier ministre de Pologne, une chanteuse française de renommée mondiale, un informaticien de la CIA, un savant russe, le dernier récipiendaire du prix Nobel de littérature ?... Non, je ne le crois pas. Donc, comme par le passé, tu es baisée sur toute la ligne. Par mesure préventive, le Centro Marcello Fabrizio a même été brûlé hier soir jusqu'aux fondations.

— Quel sort m'as-tu réservé ? questionna Jenny d'une voix lasse.

— Une charge de Semtex a été dissimulée à bord du voilier. Grâce à la présence d'un témoin opportun qui, de la rive, verra la déflagration, on conclura que l'accident a été causé par l'explosion des moteurs.

— Je te hais du plus profond de mon être.

— Je sais. Et puisque tu es passée dans le camp ennemi, je peux sans contredit te suggérer de faire tes prières, n'est-ce pas ?

— Je ne te donnerai pas la chance de me tuer, Blackhart.

Le téléphone cellulaire renvoya au juge l'écho d'une détonation. Blackhart sourit et fit tout de même exploser à distance le voilier que Jenny avait baptisé *Second Chance*.

Chapitre 25

Alexandria

Lorsque John s'éveilla, la nuit n'avait pas réussi à apaiser ses craintes. La persistante prémonition d'une tragédie le hantait encore. Le soleil entrait par les immenses portes-fenêtres et frappait de ses rayons lumineux les meubles luxueux de la suite.

Il glissa sa main sur l'espace vide et froid à côté de lui, cherchant du même coup la présence d'Anna.

En se redressant sur le lit d'acajou d'époque, John consulta sa montre. Il avait pourtant demandé à la réception de l'hôtel de le réveiller à sept heures précises.

Soudain inquiet, il enfila son pantalon, prit le .38 dans le tiroir de la table de chevet et vérifia s'il était bien chargé. Tendu contre le mur et retenant son souffle, il cogna de brefs coups à la porte de la salle de bains mitoyenne. Aucune réponse. Pointant alors son arme devant lui, il se rua dans la pièce. Personne. Les effets personnels d'Anna avaient disparu.

D'un coup d'épaule, il força la porte de la chambre. Elle était déserte, à l'exception d'un message déposé contre un long vase en céramique contenant un bouquet de freesias.

Il saisit la lettre, qui était brève mais sans équivoque.

Mon cher John,
Ne cherche pas à me retrouver. Comme je suis la seule respon-
sable de ce gâchis, je dois y mettre fin seule. Cependant, quoi qu'il

advienne, je garderai à jamais au fond de mon cœur le doux souvenir de ta tendresse. Tu as été le plus beau cadeau que la vie m'ait fait.

Adieu...

Anna

Il chiffonna le papier, puis le lança à travers la pièce. Il n'avait plus qu'une seule solution : retrouver Blackhart avant qu'Anna ne le fasse.

Un employé cogna discrètement à la porte de la chambre sous laquelle on glissa la dernière édition du *Washington Post*. La une du quotidien capta l'attention de Matthews.

Jenny Podein, agent du FBI, est vraisemblablement la personne décédée hier soir à bord du voilier qui a explosé au large des côtes du Delaware. Selon nos informations, un problème d'ordre mécanique serait à l'origine de l'explosion. Un porte-parole du FBI a confirmé qu'au moment de l'accident, la jeune femme était recherchée pour une série de meurtres perpétrés dans plusieurs États. Des documents appartenant à la présumée victime et trouvés après sa mort feraient état toutefois d'un complot visant à l'inculper injustement. Selon une source anonyme, Jenny Podein prenait des médicaments pour soigner une grave dépression... Le procureur général a aussitôt levé les charges qui pesaient sur un autre agent du FBI, John Matthews, qui... Une enquête visant à faire la lumière sur cette affaire pour le moins ténébreuse et sur ses nombreux rebondissements a été ouverte...

« Jenny, murmura John, comment est-ce possible ? » *Faisait-elle partie de la Légion ?* se demanda-t-il, décontenancé.

Sans plus attendre, il alla se raser et prit une douche rapide. Avant de préparer ses bagages, il appela la réception pour que l'on prépare la note.

La chasse commençait...

Chapitre 26

Orchestré à la perfection, le plan était d'une simplicité désarmante. Non, il ne commettrait pas d'erreur. Il ne lui avait suffi que de deux jours pour repérer et déterminer l'endroit et le lieu où il comptait opérer. Deux jours durant lesquels John Matthews n'avait pas une seule fois aperçu Anna. *Où est-elle et que fait-elle ?* se questionna-t-il, la mort dans l'âme, en sortant de la Buick 97, volée la veille dans le stationnement d'un centre commercial d'Arlington.

Le juge suivait un horaire ayant la précision d'une montre suisse. Escorté par cinq agents des services secrets — une protection rapprochée qui n'était pas infaillible —, Blackhart quittait sa demeure huppée de Georgetown tous les matins à 6 h 45 pour son bureau à l'édifice de la Cour suprême. Il prenait le repas du midi au Willington sur Connecticut Avenue, non loin de Farragut Square, et après un saut à son bureau, il était toujours de retour chez lui à 18 h. Après deux verres de sherry, le magistrat prenait le repas que lui avait préparé sa gouvernante, seul à la table de la salle à manger, en regardant CNN. Plus tard en soirée, l'équipe de surveillance l'accompagnait pour sa promenade quotidienne d'un kilomètre qui l'amenait invariablement devant l'église anglicane St. John située au coin de Potomac et O Street.

C'est à cet endroit précis, du haut du clocher, que John abattrait Blackhart. Il se servirait d'une carabine longue portée, une Barrett Model 82A1 — l'arme de prédilection des *snipers* de l'armée américaine pendant la guerre du Golfe —, qui pouvait atteindre une cible à près de deux kilomètres. Grâce à un ancien indicateur reconnu jadis pour ses contacts au sein de l'armée, Matthews s'était procuré la carabine moyennant deux mille dollars.

Un bon investissement…

Les lampadaires de la rue éclairaient en partie la façade en pierre de l'église. Personne ne lui prêta la moindre attention lorsqu'il sortit un long étui noir de son coffre. Le vent frais soufflait en bourrasques, la nuit s'annonçait froide.

Il allait réussir…

* * *

Après avoir trempé le bout de son index dans la grande vasque en marbre contenant l'eau bénite, John se signa. Le narthex, la nef et près de la moitié de l'église étaient plongés dans un clair-obscur. En résonnant sur le plancher en pierre, ses pas troublèrent le silence lourd et respectueux qui baignait l'église. Un faible parfum d'encens imprégnait l'air et, du haut de son crucifix en bois, le Christ suivait sa progression.

Matthews n'avait fait que quelques pas lorsqu'il aperçut un homme affalé, les pieds croisés sur le banc de devant.

Il souriait.

Ses dents blanches étincelaient dans son visage à la chair flasque.

Edgar Devon Blackhart.

— Je suis très content de te voir, John, dit le juge d'une voix forte.

Les murs renvoyèrent ses paroles en écho et les gens se retournèrent, intrigués. Il reprit :

— Je commençais à m'impatienter. J'ai toujours trouvé que cette foutue odeur de cierges empuantissait l'air ! Inutile de te rappeler que moi et les églises, nous ne faisons pas bon ménage.

Après un long soupir, il poursuivit :

— T'ai-je déjà dit que tant de dévotion chez un homme comme toi m'émerveille ? Félicitations ! Est pris qui croyait prendre, hein ? Présumais-tu que j'irais faire une promenade, dis-moi ? Que tu es prévisible, John ! La vue, du haut de ce clocher, doit être fabuleuse, n'est-ce pas ?

— Qu'est-ce que vous voulez, Blackhart ? demanda John en déposant lentement sa mallette sur le sol. Profitez-en, car c'est votre dernière chance ; après je vous tuerai !

— Tu as rencontré ma femme, John. Dis-moi, comment l'as-tu trouvée ? Arrête de me regarder comme ça. Allez, dis ! Cesse de jouer au timide. Nous sommes entre hommes. Entre toi et moi, Matthews, c'est une sacrée baiseuse, hein ?

Blackhart eut un rictus de haine et de triomphe lorsqu'il vit les traits du flic se décomposer. John aurait pu arracher les yeux du juge de sang-froid juste pour ce qu'il y voyait.

La victoire. Blackhart jubilait.

— Chaque personne a ses motivations personnelles. Vois-tu, Jenny, elle, m'a trahi parce qu'elle s'était mis en tête qu'elle t'aimait et voulait te sauver. Cette pauvre sotte a voulu se repentir, aller vers Dieu, et me causer un tort irréparable. Hum ! Hum ! Elle aurait dû y penser à deux fois.

Au moment où une femme enceinte passait à côté de lui à toute vitesse pour atteindre la sortie, Blackhart s'en saisit en l'agrippant par les cheveux. Elle tourbillonna comme une feuille d'automne dans le vent et lâcha un cri de douleur lorsque son ventre alla heurter l'angle pointu du banc. Blackhart la força à s'asseoir près de lui. Alors que la femme tremblait de tous ses membres, il attrapa le revers de son manteau, fit céder les boutons dans un geste rageur et releva le chandail de laine rouge qui couvrait son ventre arrondi.

— Lâchez-la ! cria John.

Quand le juge, pour toute réponse, sortit un long couteau qu'il avait caché contre sa jambe et en appuya la pointe sur le nombril de la femme en pleine crise d'hystérie, John prit le .38 qu'il gardait dans son dos, à la hauteur de sa ceinture, et se rapprocha de Blackhart.

— Laissez la femme partir. Ce qui ce passe ne concerne que vous et moi.

— Vas-tu aller jusqu'à sacrifier cette femme plutôt que de m'éliminer ? Tire ! Qu'attends-tu ? Ton Dieu ne te pardonnera pas de ne pas avoir empêché sa mort. Ta lâcheté va te rendre complice de son assassinat. TIRE! Allez, John! Une vie pour ton âme.

Blackhart flatta le ventre rebondi du plat de sa lame.

— Je me demande si c'est un garçon ou une fille. Et toi, John, en as-tu une idée? Est-ce qu'on vérifie?

La femme pleurait abondamment.

— Non, répétait la femme, *por favor*, ne faites pas de mal à mon bébé!

— Ta gueule, salope, éructa le juge.

— Ne faites pas ça, Blackhart, ça ne sert à rien de la tuer. Son destin n'est pas entre mes mains, mais entre celles de Dieu.

— Écoute donc ton cœur. Appuie sur la détente.

— Non, je ne le ferai pas, répondit John. Vous ne me ferez pas échouer. Vous n'aurez pas mon âme.

Mais qu'attendez-vous pour tirer? semblait exprimer la femme. *Je ne veux pas mourir.*

— Si tu ne peux rien pour cette femme, moi, je le peux, cria Blackhart en s'apprêtant à enfoncer la lame acérée de son couteau dans le bas-ventre rebondi de la femme.

Même s'il savait que le sang de Blackhart, qui coulerait dans une église par sa faute, signerait la victoire de la Légion et, du même coup, de Satan, John tira.

Un silence sidéral succéda à la détonation. Incrédule, John fixa Blackhart toujours debout. Souriant. Vivant.

Mon Dieu, c'est impossible! songea Matthews, stupéfait devant l'absurdité de la scène.

Le rire de triomphe du juge s'éteignit lorsque la jeune femme empoigna son couteau et le lui plongea dans l'abdomen. Il couina comme un cochon qu'on égorge et s'effondra sur le banc. Une violente douleur dans le bas-ventre raidit Blackhart tout entier comme une barre de fer.

* * *

Lorsqu'il eut repris son souffle, Edgar tâta sa blessure, de laquelle coulait un liquide poisseux, à la recherche du couteau. Il tira sur le manche et sentit la lame déchirer sa chair. Il se mordit profondément la lèvre pour s'empêcher de crier. Le sang gicla. Il réussit à se relever en s'appuyant sur les coudes.

— Salope, balbutia-t-il à l'intention de la femme qui sanglotait en s'éloignant de lui à toute vitesse.

Au moment où John allait achever Blackhart, il vit une personne seule, assise plus loin, et il la reconnut. Alors, il n'eut plus aucun doute. C'était le Christ lui-même… réincarné dans le corps du jeune aveugle. La lumière des bougies se reflétait dans ses verres fumés.

Aie confiance en moi ! Je te montrerai la Voie. N'écoute que ton cœur ! chuchota une voix dans sa tête.

* * *

Baignant dans son sang, le corps de Blackhart était agité de spasmes désordonnés. Il dut faire un terrible effort pour se retourner sur le dos. Il regarda sa plaie. Elle était rouge et profonde.

— Mau… dite… alope…, articula-t-il.

Un flot de sang sortait de sa bouche avec chaque syllabe.

— Tue-moi, Mat… ews !

Sa voix n'était plus qu'un sifflement étranglé qui parvenait à peine à se faire entendre. Il agrippa John par le bras. Sa poigne était d'une solidité étonnante.

— Tue-moi ! ! !

Que dois-je faire ? se demanda John après avoir laissé tomber son arme par terre.

Tu le sais, John. Tu l'as toujours su.

Une vision submergea son esprit, chassant d'un coup toute sa confusion. Tout devint clair et limpide comme du cristal.

Oui, fils. C'est ce que tu dois faire.

John s'assit, tout près du corps agonisant du juge, et il prit délicatement sa tête pour la poser sur ses genoux. Les deux hommes s'observèrent avec intensité.

Blackhart ne comprenait pas pourquoi le flic faisait preuve de tant de bonté. Il aurait voulu le lui demander, mais le sang lui emplissait la bouche. La mort approchait. Un voile blanc obscurcissait sa vision comme lorsqu'il était petit et qu'il regardait longtemps au fond de la piscine trop chlorée, malgré les exhortations de sa mère.

Amour.

L'amour faisait flamboyer les yeux de John.

NON! hurla l'esprit de Blackhart, comprenant ce qui allait arriver.

C'est à cet instant que John prononça trois petits mots contenant tout le pouvoir de l'univers... trois mots qui avaient ouvert les portes du Paradis à des violeurs et à des meurtriers.

— Je te pardonne... Je te pardonne, Edgar Blackhart.

Le juge résista de toutes ses forces au poison que venait de lui administrer le flic et qui se distillait dans ses veines jusqu'à son cœur noir et dur comme du marbre. Il lutta autant qu'il put, déchiré. Il se serait lui-même achevé pour éviter ce qui était en train de se produire. Mais John le serra encore plus fort dans ses bras tout en posant sa joue sur la sienne. Ses larmes, salvatrices, achevèrent de faire fondre la haine de cet homme qui n'avait jamais fait que du mal. Un rayon de lumière éclatante perça pour la première fois l'univers ténébreux qui enchaînait son cœur. À son dernier souffle, il sut que Matthews avait gagné : il fut envahi d'un coup par tout l'amour qu'on lui avait voué au cours de sa vie et qu'il avait fui : celui de sa mère et celui d'Anna. Sur ses plus beaux souvenirs, il fut emporté dans la mort.

* * *

John fermait les paupières de Blackhart au moment où une intense contraction sortit la jeune femme enceinte de sa contemplation fascinée de la scène de pardon.

— Le bébé s'en vient, dit-elle avec difficulté en relevant la tête où la sueur avait plaqué ses cheveux noirs sur son front. Je viens de perdre mes eaux. Aidez-moi, s'il vous plaît.

Lorsque les policiers arrivèrent dans l'église, ils les trouvèrent sur le sol. L'hémorragie de la femme avait été stoppée et John tenait, enroulé dans son manteau, un magnifique garçon. Il le confia à l'équipe paramédicale, qui lui assura que la mère allait aussi s'en sortir.

Couchée sur la civière, la femme demanda à voir John juste avant que les ambulanciers ne la conduisent vers l'hôpital.

— J'appellerai mon fils Juan Mateo Santo, lui dit-elle, reconnaissante.

Devant l'air intrigué de John, elle traduisit.

— Cela veut dire : Saint John Matthews.

Chapitre 27

Les obsèques eurent lieu au cimetière national d'Arlington. Washington au complet se déplaça pour honorer la mémoire d'un homme qui avait consacré sa vie au service de la justice et de la nation. Au début de la cérémonie, le président fit un court discours très émouvant, relatant l'extraordinaire carrière d'Edgar Devon Blackhart.

La foule, impressionnante, dut être refoulée aux limites du cimetière, ce qui souleva un tollé de protestations de la part des journalistes qui ne purent, malgré leur téléobjectif, faire des photographies des funérailles.

Le cardinal Elliot Madigan assura le service funèbre. La majorité des gens présents pleurèrent en silence, serrés les uns contre les autres.

À la toute fin de la cérémonie, une jeune musicienne, comme le stipulaient les dernières volontés d'Edgar Blackhart, joua une triste mélodie au violon. Une longue plainte déchirante assista la mise en terre. Accompagnée alors d'une nappe de brouillard, une pluie fine et froide commença à tomber d'un ciel noir et menaçant.

Ces derniers jours, John Matthews avait essayé de haïr Blackhart, mais il n'y était pas parvenu. Anna se tenait à quelques mètres de lui, fière et droite. Aucune larme ne brillait sur ses joues. Elle ne se joignit pas aux collaborateurs personnels de son mari qui allèrent déposer une rose blanche sur le cercueil du juge.

Dans la folie des derniers jours, il n'avait revu Anna qu'une seule fois.

La veille au soir, ils s'étaient rencontrés brièvement dans le stationnement du J. Edgar Hoover Building, siège du FBI. D'une voix brisée, mais sereine, Anna n'avait prononcé qu'un seul mot : merci. Laissant de côté sa réserve naturelle, elle s'était jetée dans les bras de l'agent, se blottissant contre lui, le monde autour d'eux n'existant plus. *Son geste d'adieu*, avait alors soudain pensé John, en rassemblant au fond de lui l'amour, la chaleur et la tendresse de cette femme qui l'avait transporté par son courage et la force de son âme.

Le cœur lourd et douloureux, les dents serrées, John était en proie à un sentiment de solitude absolue. Il aperçut alors au loin une personne qui se tenait immobile sous les branches dépouillées des érables de la petite colline qui dominait le lieu de l'inhumation. Malgré la distance, la teinture de sa chevelure et les revers de son imperméable noir relevés sur son visage, John reconnut sans difficulté Jenny Podein. Il aurait même pu jurer la voir sourire.

— Quelle façon atroce de mourir, chuchota une voix féminine dans son dos. Comme c'est tragique ! Le monde est complètement fou !

— D'autant plus que son fidèle protégé est en pleine campagne présidentielle, répondit une voix masculine. J'espère qu'il n'en sera pas trop affecté et qu'il ne laissera pas tomber la politique. Les experts s'entendent tous pour dire que ce Hands est le candidat présidentiel le plus charismatique de toute l'histoire des États-Unis. Plus encore que Kennedy. Il a déjà mon vote.

Comme s'il venait d'entendre le couple discuter, ce qui était impossible, un homme dans la quarantaine, grand, mince et à peine grisonnant qui se recueillait de l'autre côté des fosses, leva soudain la tête et sourit de façon machiavélique à John.

Le sénateur Tyre Hands.

Une malignité pure et animale brillait dans les yeux noirs du politicien. John réalisa que cet homme était immensément plus dangereux qu'Edgar Blackhart.

Tout à coup, derrière le sénateur, l'agent du FBI vit apparaître un adolescent avec de grosses lunettes noires, debout entre deux énormes chênes. Il tenait une canne blanche dans la main droite. Il attendait.

John Matthews se sentit envahi de satisfaction. Son propre combat était véritablement terminé, la suite n'étant plus de son ressort.

Épilogue

« … la garde côtière a abandonné les recherches mises en branle lundi pour retrouver le corps du sénateur Tyre Hands. Rappelons que son bateau a été retrouvé sans personne à son bord dans la nuit du 29 septembre au large des côtes de la Floride et que… »

Pour la première fois depuis fort longtemps, John se permit de sourire.

Tout était enfin terminé. Il éteignit le poste de radio.

Peut-être pourrait-il maintenant retrouver la paix. La culpabilité n'avait pas cessé de le ronger comme de l'acide durant les dernières semaines.

Quelques jours après l'enterrement d'Edgar Blackhart, il avait donné sa démission au FBI. On n'avait pas cherché à le retenir, et c'était tant mieux. Il était ensuite venu s'installer dans cette partie sauvage de l'Idaho, pour oublier. Pour être aussi le plus loin possible de Washington.

John admira l'intérieur du chalet qu'il avait mis six mois à bâtir avec l'aide d'ouvriers locaux.

La cuisine, avec son cellier, ses placards à portes vitrées, le vieux vaisselier en pin et la grille à laquelle étaient suspendues des marmites et des casseroles en cuivre était sa pièce préférée. Les poutres basses du plafond et les planchers en noyer conféraient au lieu une ambiance chaleureuse. Le beau canapé en tissu bleu, que Rubens avait pris en affection, séparait la petite salle à manger du séjour.

Ce matin encore, ce satané chat grassouillet avait fait sa sieste sur la couverture indienne tissée à la main que John avait dénichée dans une des rares boutiques du village. Selon les consignes du vétérinaire, Rubens suivait maintenant un régime à faible teneur en gras, mais il faisait toujours aussi peu d'exercice physique. À l'occasion, il sortait pour accompagner son maître jusqu'au quai, et il en profitait pour faire une sieste au soleil tandis que John taquinait la truite ou lisait un bouquin.

Depuis la semaine précédente, John avait trouvé un boulot qu'il adorait : il s'occupait d'entretenir les chalets des vacanciers. Les gens du coin l'aimaient beaucoup, même s'il était discret et s'il parlait peu. Les plus vieux disaient que son cœur était aussi insondable que la profondeur du lac. John pensait qu'ils avaient peut-être raison.

Il prit une gorgée de café et contempla le paysage à travers la baie vitrée de son chalet. En contrebas, à travers le feuillage fourni de la forêt qui ceinturait le lac scintillant, apparaissait son hydravion, amarré au quai. Construit en 1958, l'appareil canadien de couleur blanche était un Havilland que les pilotes de brousse surnommaient le « Beaver ». Malgré son âge avancé, cet avion, d'une fiabilité légendaire, n'avait rien à envier à ses cadets. John se rappela, du même coup, l'appel de Reth Washburn lui annonçant que la bielle, qu'il attendait depuis trois semaines, était arrivée.

Le klaxon du vieux break de Pat Carr, le facteur, le sortit de sa méditation. Il avait du courrier. Il sortit. L'air était vif ; le soleil, éclatant. Après avoir enfilé une veste de laine rouge, il parcourut sans se presser, les deux mains dans les poches, les trois cents mètres qui le séparaient de sa boîte aux lettres.

Une enveloppe l'attendait. Elle était bleue avec des bordures dorées et portait le sceau du Vatican. John l'ouvrit sur-le-champ.

Succincte, la lettre contenait des remerciements pour son formidable travail et, surtout, pour avoir fait parvenir des documents religieux d'une valeur inestimable au Vatican. John sentit la paix l'envahir au fur et à mesure qu'il lisait.

Au moment où il regarda la signature du pape Pierre II, il réalisa que la forme du chiffre romain était identique à la signature de Tindo...